爱的分析

岳雯

译林出版社

图书在版编目（CIP）数据

爱的分析 / 岳雯著. —南京：译林出版社，
2023.1
ISBN 978-7-5447-9402-2

Ⅰ.①爱… Ⅱ.①岳… Ⅲ.①文学评论 – 中国 – 文集
Ⅳ.①I206-53

中国版本图书馆 CIP 数据核字（2022）第 163196 号

爱的分析　岳　雯 / 著

责任编辑　管小榕
装帧设计　好谢翔
校　　对　戴小娥
责任印制　颜　亮

出版发行　译林出版社
地　　址　南京市湖南路 1 号 A 楼
邮　　箱　yilin@yilin.com
网　　址　www.yilin.com
市场热线　025-86633278
排　　版　南京展望文化发展有限公司
印　　刷　江苏凤凰通达印刷有限公司
开　　本　880 毫米 ×1240 毫米　1/32
印　　张　8.875
插　　页　2
版　　次　2023 年 1 月第 1 版
印　　次　2023 年 1 月第 1 次印刷
书　　号　ISBN 978-7-5447-9402-2
定　　价　58.00 元

序

现在，我们走到了小径分岔的路口。是时候停下来，歇歇脚，张望张望前路了。

我们是谁？我们大多出生在二十世纪七十年代末八十年代初，大约在十年前，因缘际会，不约而同地踏上了文学批评的道路。从那时候起，人们称呼我们为“青年批评家”。“青年”，说的是我们刚刚而立，离学问的成熟尚有距离。“批评家”，大约是对我们的美好期冀吧。人们相信，一时代有一时代的文学，一时代自然有一时代的批评家。我们这些寄身于学院、作协的年轻人，仿佛听到了召唤，将文学，准确地说是文学批评，作为自己的志业。这里的“志业”，是韦伯意义上的，不仅仅是职业，还有使命的意思，是一个伦理概念。这意味着，我们宣誓效忠于文学这位神祇，甚至不惜得罪别的神祇。在诸神之间，在不可调和的立场之间，我们站在文学这一边。

为什么会以文学为业？时至今日，我已经很难清楚地回想起当初的缘由。所有的叙述都不过是追溯，而追溯，则很难说是完全可靠的。有的时候，我将之归为文学所带来的愉悦。在一篇文章中，我曾这样写道："文学最美妙的地方就在于，它让我们感受到，在黯淡无光的日常生活之上，还有一个流光溢彩的文字世界。我无比迷恋在文字所搭建的迷宫中体验愉悦，正是这份愉悦感吸引我时时躲到文字的世界中来，体会多姿多彩的、不一样的人生。我愿意将我所体会到的那一点点心得写下来，也不过是为了小小回报文学所带给我的愉悦，并将这份愉悦与同道分享。所谓不忘初心，既然如此，我首先得在写作过程中让自己感到愉悦，同时，尽可能地让看我文章的人感到愉悦。说起来容易，做到却没那么简单。这些年，我不过是在实验令人愉悦的不同写作道路，并期望自己能通过练习写得稍好一些。"那个时候，当我在谈论"愉悦"的时候，我意识到其中被消费主义所争夺并强力支配的成分了吗？恐怕那一缕自省尚未获得应有的形式就烟消云散了吧。有的时候，我将文学视为理解自我的形式，我曾经以绝对化的口吻断言："说到底，文学是在帮助我们真切地理解遥远陌生的他人，理解我们复杂缠绕的生活，理解我们所处的瞬息万变的时代，当然，最重要的是，理解我们自己。"现在，我开始深深怀疑，"自我"有那么重要吗？或者说，真的存在如此抽象的自我吗？这些理由看起来是如此虚浮、脆弱，不堪一击，摘录于此，不过是为了说明，从什么地方开始或者因为什么开始，或许并不重要，而变化，某种意义上正是批评的题中之义。

当我还在困惑于文学批评是什么的时候，同行者已经举起反抗的旗帜，以批评的名义潜移默化地改写着文学的版图。他们重新赋予历史以沉重而具体的肉身。我们当中最聪明的头脑之一一早就对当下的文学批评表达了不满，认为“其背后隐藏着的是一种历史的健忘症以及对当代严重的不自信”。把“历史”请出来，不是借历史的光环为文学加冕，而是在历史的延长线上理解今天的现实。历史洞察力，或者说历史感以独特的方式进入了我们的视野，成为我们的内在要求。这或许让人意外。在人们的想象中，生活在“小时代”的我们应该是去历史的。我们的文学也一度给人这样的印象。但是，只关注现象而不去追问现象之下的深层原因，毫无疑问是批评的失职。弱化了历史，也就是拒绝了现实。于是，我们重新勘探文学的历史——我们讨论不同时期的文学，“十七年”“八十年代”“九十年代”……在教科书上清晰的文学判断在我们这里重新被问题化了。枝杈生长出来，有的还深入大地，重新长成一棵树。作家的形象在不同的叙述中摇晃，暧昧、模糊、复杂……这些似乎才是文学的真谛。不妨武断一点说，对于历史的尊崇，成为我们这一代人的美学理想。当然，这并不意味着我们分享着同一种历史观念。恰恰是在历史观上，我们争论得面红耳赤、寸步不让。不同的人生经验、理论视野与兴趣爱好，都决定了我们对于历史、对于世界有完全不同的认识。不同的认识让我们在同一部作品的价值判断上针锋相对，也让我们选择了不同的作品，展开不同的言说。基于此，我甚至将这些年里青年作家的历史化写作倾向看作是批评辐射的结果。毕竟，历史不是在某一个人身上起作用，而是在一代人身上发挥着无远弗届的影响。

另外一个重要改变是，我们视批评为写作。这是另外一种形式的抵抗。尽管我们中的大部分人出身学院，或就职于学院，但我们不满足于论文式的写作方式。有人说："囿于理论与材料的批评文字只有理论的气息、材料的气息，而没有文学的气息、人的气息，它们是僵死的。但是，批评家是人，不是理论机器。人的情感和人的感受性是重要的，在批评领域，在占有理论资源的基础上，人的主体性应该受到重视。"视批评为写作，这不仅意味着重视感性与直觉，还意味着批评的言说方式与问题意识来自生活，来自内心的痛楚与热望。我们都在学习用自己的语言说话。不夸张地说，对于这一代青年批评家，即使盖上名字，我也能分辨出文章为谁所著。读他们的评论，就像在听他们说话。

回望这十年，我们的生命被文学批评打上了深深的烙印。我们在不同的文学会议上相遇，或唇枪舌剑，或秉烛夜谈；我们奋笔疾书，是深海采珠，也是为未来的文学史留下一份备忘。通过文学批评，我们想要召唤出更好的自己，更重要的是，我们也在寻找一个时代的根本性难题，并试图与之对话。有的时候，我们雄心勃勃，"会当凌绝顶，一览众山小"；有的时候，我们陷入间歇性虚无，不信任手中的文字能创造更好的世界。

而今，站在一个时代的交叉路口，才恍觉同行者零落，人烟渐稀。他们有的经由文学批评这条小径进入了文学创作的大花园——他们写诗、写小说、写散文，由评论者转而成为被评论者。有的则成为经典的阐释者、传统的守卫者——他们读《诗经》、读《史记》、读孔孟、读《左传》，较之于当下，他们离古人更近，或者说，“纵身于过去与现在之间的永恒裂缝之中，令自身成就为一种填补裂隙的创造物”。文学批评就像一个孔眼巨大的筛子，留下的是像我这样无力逃逸的人。

何以如此？

大约因为文学批评消耗巨大。批评不是别的，就是读。读所有的文学作品，也读非文学作品；读中国的，读外国的；读当代的，读古代的。有前辈坦言，之所以淡出评论，并没有什么特别的理由，就是年纪大了，体力不济，阅读量跟不上了。可见，批评真是一个体力活。读几十万字，所出可能不过几百字，性价比实在是不高。除了读书以外，消耗云云，还指的是写作方式的巨大消耗。正如一个同行者所描述的那样，“每个作品都有具体的语境，无法用同样的方法处理不同的具体，故此每当面对一部新作品的时候，必须试着去摸清这部作品自身的肌理，并用适合这部作品的方式将其表达出来。在这种情形下，几乎每次写作累积的经验，在面对下一部作品时都完全失效，从开头到结尾，都要重新摸索”。读一本评论集，最怕看到的是篇篇是同一种写作范式，同一套话语，甚至得出同一种结论。说的不是别人，就是我自己。尽管有心避免，但是下笔的时候，仍然不免一再落入早就织就的文字之网。

变法势在必行。

所谓变法，一是知识结构的调整。这些年，大家都在抱怨文学不再成为思想的前沿，文学无法提供人生的滋养，这与我们对于文学的观念是有关的。长久以来，我们将文学全然封闭在个体的心象中，隔绝于政治、经济等社会生活之外。狭小的空间与自循环使文学丧失了活力与生机。如果说，之前的文学批评还能在新自由主义话语所构造的太平盛世的幻觉中自娱自乐，显然，现在我们不得不面临危机时代的来临。疫情所引发的人与自然的关系问题、资本主义生产方式的内在矛盾与秩序演变，都将一个急剧变化着的世界的图景放大了呈现在我们面前。经此一役，文学的位置、结构与功能，都将无可避免地发生根本性的改变。历史学家罗新说，“毕生所学，只为此刻”。对于文学和以文学为志业的人来说，大约也是如此。在大变面前，我们之前关于文学的种种阐释、想象与期待都可能失效。如何超越之前的知识惯性，以世界性的眼光和胸怀，应对文明的差异乃至冲突，进而构想新的世界秩序，对我们是巨大的挑战。我知道，这听上去过分宏阔了，但是，倘若不打开文学的边界，将与生活实践密切相关的文学以及类文学纳入视野，那么，无可避免的，曾经蓬勃的文学能量将走向衰微。

当然，说到底，文学还是落实在形式和语言中。一个新的认知框架需要新的语言。长期以来，我困扰于自己语言的疏松、乏味，不够密实，不够强健有力。这固然主要与个人的修为有关，可是，又何尝不是一个贫瘠的时代的显影。我们正在日益脱离丰富的感觉与丰富的语言。那些我们读过的作品，非但没有参与我们的精神构建，反而钝化了我们的感知。语言的疆域正在飞速缩减，让位于图像、视频。人们不再凭借语言去思考，语言愈发无力和粗糙。这正是我们所置身的当下的现实。这一事实与每个人息息相关，但是，文学仍然负有特殊的责任。或者，用文学的话说，语言是我们站立的大地，是我们想象一个更好的世界的依凭。

经过漫长的跋涉之后，我们大约也会散落天涯吧。有的人，也许已经发现了一条狭窄、垂直的小径，假如他们不停歇地走下去，早晚会找到属于自己的园地；有的人，已经偃旗息鼓，不知所终。至于我，或许还会写吧。以无为之事，遣有生之涯。感谢我的读者，与我共同去爱，去分析。

目录

辑　一

3　从何开始：长篇小说开头研究
23　好人的故事
39　重新理解女性意识与女性书写
56　二十一世纪二十年：长篇小说的“世界”

辑　二

81　双重意识——从《长恨歌》到《繁花》
93　爱的分析——冯良《西南边》
116　安魂——阿来《云中记》

136 人的状况、限度与可能
——邓一光《人，或所有的士兵》
160 平民中国的道德视域——梁晓声《人世间》
181 新的地方意识的兴起——叶舟《敦煌本纪》
199 “艺术的圣徒”——冯骥才《艺术家们》

辑　三

221 小说之可说与不可说
232 老之将至，何枝可依
240 像生活一样的文学
251 当我们谈论短篇小说的时候，我们在谈论什么
258 杀人游戏，或相遇

辑一

从何开始：长篇小说开头研究

开头之于小说的意义往往在非常重要和不重要的两端来回摆动：对于有的读者而言，开头意味着他与作者缔结了一份契约，是否能接受这一契约直接决定了他将看完全书还是把书扔在一边；对于有的读者而言，开头似乎完全无关紧要，他急着略过开头进入他期待的部分；然而，对于大部分作者而言，倘若找不到开头，就意味着整部小说胎死腹中，开头的语调、情境、人物等等直接决定小说的全部走向。批评家如何看待这一问题，我们所知十分有限，除了以色列作家奥兹、英国作家戴维·洛奇等少数几个人或多或少涉及开头这一命题以外，只有美国文学批评家爱德华·W. 萨义德对此做了充分的研究。在《开端：意图与方法》一书中，他赋予了“开端”以特殊的重要性：“开端就是意义产生意图的第一步。”[1]我对于新世纪长篇小说的开头的关注，是在萨义德颇为启发性的论述下开

1 ［美］爱德华·W. 萨义德：《开端：意图与方法》，章乐天译，生活·读书·新知三联书店2014年版，第21页。

始的，但萨义德并未就这一问题提供一整套完整的理论框架。相反，对开头的研究必须从头开始。

近几年中国大陆地区长篇小说的开头确实与之前有显著不同。而这种不同，我们不能仅仅看作是小说家在形式上的创新。如我们所知，形式创新的动力来源于小说家对于世界、对于我们所处的这个时代的理解的变化，而指出并阐释这一变化，正是批评家的职责所在。

一、虚构的危机

致网友

亲们！本人前些日子接受一对母女的委托，为一位已过世的省长写一部传记。目前，素材收集阶段已经结束，正式的传记尚在写作之中，预计两月后即可完工。届时，想借各位的微信平台，将这部传记传给更多的人一读。眼下，如果有哪位正巧在出版社工作，看了下边我收集到的素材且又相信我撰写传记的能力，觉得这本传记有出版纸质书的价值并有卖钱的可能，请与我联系。我的条件是，首印五万册，版税百分之十二，装帧典雅。我的电子邮箱为666666666@163.com，手机是19999999999。

先致谢意了！

周大新

乙未年早春[1]

---

1 周大新：《曲终人在》，人民文学出版社2015年版，第1页。

这是周大新的长篇小说《曲终人在》的开头。这一开头有如下特点：第一，开头与小说的主体部分构成套层结构，开头更像是对小说主体部分的一种说明；第二，作家的名字以及出版的相关信息都直接出现在开头；第三，开头将小说的主体部分定义为非虚构——传记或者地方志。这样的例子还有很多。比如，宁肯的长篇小说《三个三重奏》的开头也有一个"序曲"，也是写作者本人书写情境的再现。我无意于将之简单地指认为作家之间互相影响的结果。我倾向于认为，隐藏在时代岩层深处的某种因素，让小说家不约而同地选择了在长篇小说里如此开头。

稍有阅读经验的读者会发现，这样的开头与以往的经典长篇小说有很大的不同。以二十世纪八十年代的长篇小说《平凡的世界》为例。它是这样开头的：

> 1975年二三月间，一个平平常常的日子，细蒙蒙的雨丝夹着一星半点的雪花，正纷纷淋淋地向大地飘洒着。时令已快到惊蛰，雪当然再不会存留，往往还没等落地，就已经消失得无踪无影了。黄土高原严寒而漫长的冬天看来就要过去，但那真正温暖的春天还远远地没有到来。[1]

这是巴尔扎克、福楼拜们在十九世纪处理过的开头。开头将故

1　路遥：《平凡的世界》，北京十月文艺出版社2013年版，第1页。

事锚定在一个具体的时间节点上，并通过细致的描写让故事发生的环境真实可感，就像我们所处的真实世界。只有在足够真实的世界中，想象的人物才得以怡然走上这一舞台，在我们的注视下经历他们所必然要经历的一切。显然，这样的开头让我们笃定。与之相比，当下长篇小说的开头则将我们置于真实与虚构的中间地带。它更像一个暴露其内部装置的建筑，将原先隐藏的东西全部打开。可是，打开并不让我们了解得更多，相反，我们陷入迷惑之中。我们知道周大新、阎连科是真的，那么，他们关于传记或地方志的说法值得信任吗？关于这些书的一切附加信息又该如何理解？真实与虚构以一种悖论式的方式扭结在一起，让读者无从分辨。

这恰恰是时代的症候所在。在传统文学理论中，虚构被当作小说最核心的要素，是“文学性”的主要来源。法国女作家斯达尔夫人就从虚构、想象的角度来定义文学。韦勒克和沃伦合著的《文学理论》中提出，“‘文学’一词如果限指文学艺术，即想象性文学，似乎是最恰当的”[1]。他们进一步解释说：“文学艺术的中心显然是在抒情诗、史诗和戏剧等传统的文学类型上。它们处理的都是一个虚构的世界、想象的世界。小说、诗歌或戏剧中所陈述的，从字面上说都不是真实的；它们不是逻辑上的命题。小说中的陈述，即使是一本历史小说，或者一

---

1 ［美］勒内·韦勒克、奥斯汀·沃伦：《文学理论》，刘象愚等译，江苏教育出版社2005年版，第11页。

本巴尔扎克的似乎记录真事的小说，与历史学或社会学书所载的同一事实之间仍有重大差别。……小说中的人物，不同于历史人物或现实生活中的人物。小说人物不过是由作者描写他的句子和让他发表的言辞所塑造的。他没有过去，没有将来，有时也没有生命的连续性。”[1]换句话说，现实世界与虚构世界泾渭分明，它们仿佛隔着深深的沟壑，没有彼此交界的可能。然而，这一情形正在被打破。虚构正逐渐扩大地盘。它首先让历史发生变形。如果说，之前的人们相信，历史是由真实的人物和真实的世界构成的，新历史主义理论家则试图说服我们相信历史是被编撰的，因而也是一种构造，充满虚构的可能。从这个意义上说，历史与文学共享一套语言符号系统，因而都是虚构的。

这是虚构的一次攻城略地。当虚构轻而易举地占领了历史的堡垒之后，攻克现实世界指日可待。波德里亚将晚期资本主义社会指认为仿真的时代："今天则是政治、社会、历史、经济等全部现实都吸收了超级现实主义的仿真维度：我们到处都已经生活在现实的'美学'幻觉中了。'现实胜于虚构'这个符合生活美学化的超级现实主义阶段的古老口号现在已经被超越了：不再有生活可以与之对照的虚构。”[2]是的，虚构正在慢慢吞噬我们所处的现实世界。我们对真实的追求愈烈，现实愈以虚构回

---

1 ［美］勒内·韦勒克、奥斯汀·沃伦：《文学理论》，第15页。

2 ［法］波德里亚：《象征交换与死亡》，车槿山译，译林出版社2009年版，第96页。

馈于我们。比如，现在最让观众着迷的节目莫过于“真人秀”了。他们情愿相信那都是发生在真人身上的真实故事。只是，当你想到这些都是由精心挑选过的参与者与被剪辑过的素材构成的，所谓的“现实”就会碎成虚构。

现在，我们大概能理解为什么周大新、阎连科们会选择以这样的方式开始他们的长篇小说。小说的开头出现了作家的名字，这与二十世纪八十年代马原在小说中说“我就是那个叫马原的汉人”[1]有着本质的不同。当时的马原所面对的并不是今天虚构化了的现实，充其量不过是作家的文本试验。但是，对今天的作家而言，创造一个足以逼真的生活情境已然成为“影子的影子”。仍以周大新的《曲终人在》为例。在谈到为什么以“拟纪实文学”的方式展开小说的时候，周大新说：“读者心里会排斥虚构的样式，觉得你编的还不如真实的精彩。”[2]这番话透露出作家面对现实的焦虑感。他要写的是一个省部级官员的人生。显然，如果按照常规小说的方式开头，从人物的出生徐徐写来，不仅读者会感到厌倦，作家本人也会面临价值判断的困境——你如何理解一个官员？是写出好人身上的坏，还是坏人身上的好？周大新用这样的方式巧妙地卸除了价值的重负。首先，这是一次被动的写作，是受省长夫人的委托展开的创作，必然从有利于主人公的视角展开。其次，非虚构成为小说模仿的目标。

1 马原：《虚构》，《收获》，1986年第5期。

2 《周大新：谷俊山案促使我写小说》，载腾讯文化，2015年4月27日。

周大新将小说的主体部分说成是素材，强调其原始性与真实性。另外，既然是素材，就有再加工的可能。最后，以这样的方式开头，表明了小说家无意与新闻展开竞争，某种程度上也与传统的“官场小说”拉开界限，从而另辟蹊径，实现小说的可能。

这当然只是一种可能——面对虚构化了的现实，以真实写虚构。既然整个现实世界都拟真了，那么，长篇小说又为何不可？有的作家则选择了另外一种方式。余华的《第七天》是这样开头的——

> 浓雾弥漫之时，我走出了出租屋，在空虚混沌的城市里孑孓而行。我要去的地方名叫殡仪馆，这是它现在的名字，它过去的名字叫火葬场。我得到一个通知，让我早晨九点之前赶到殡仪馆，我的火化时间预约在九点半。[1]

与周大新们不同的是，余华彻底打破了现实主义小说旨在建立的幻觉。叙述者“我”是一个即将要被火化的死人。一个死人怎么能开口说话？读者在震惊于这一点之后，又会迅速地好奇，死人将会看到哪些活人永远看不到的景观，死人又会经历什么。在关于现实这一维度上，余华做出了与周大新类似的判断：“中国现实太荒唐，你永远赶不上它，我妒忌现实！我们老说文学

1　余华：《第七天》，新星出版社2013年版，第1页。

高于现实，那是骗人的，根本不可能的。”[1]（这仿佛已经成为小说家共同的心声）如果说，周大新们是在“真”的维度上同这个世界竞争，那么，余华则一心作“假”，从一开始他就告诉读者这个长篇是彻头彻尾的虚构，你没办法把它当真。有趣的是，但凡接受了这一契约的读者，都在渴求更高的“真实”。所谓“假作真时真亦假”，真真假假，本来就内化在中国人的思想深处，在今天又一次决定了长篇小说开头的走向。

二、讲述高于一切

既然像老巴尔扎克那样营造真实环境的幻觉感已不再可能，换句话说，这意味着，以描写式的语言展开长篇小说可能无效，那么，换一种方式呢？

> 沪生经过静安寺菜场，听见有人招呼，沪生一看，是陶陶，前女朋友梅瑞的邻居。沪生说，陶陶卖大闸蟹了。陶陶说，长远不见，进来吃杯茶。沪生说，我有事体。陶陶说，进来嘛，进来看风景。沪生勉强走进摊位。……沪生觉得心烦，身体让开一点。陶陶说，有意思吧。沪生说，七花八花，当心触霉头。陶陶说，女人是一朵花，男人是

1 《余华捍卫〈第七天〉：最能代表我全部风格的小说》，《都市快报》，2013年7月4日。

蜜蜂。沪生说，我走了。沪生拿过蒲包，朝陶陶手里一送，立刻离开。[1]

三十五万字的长篇小说《繁花》，就是以沪生和陶陶再家常不过的聊天方式开了头。细察这开头，确实与其他长篇小说不同。叙述语言尽量俭省，不加任何修饰，只由主谓宾构成。重心是在对话语言上，一会儿是陶陶说，一会儿是沪生说。在这段对话中，陶陶占据了主体，他讲出了各种各样的故事，他与老婆芳妹的，沪生与白萍的，朋友玲子的，弄堂一枝花女律师的（被沪生打断了），中间还穿插了陶陶与一个三十多岁女子的对话，而对话间隐约透露故事将会展开。当然，与所有的闲聊一样，这些故事都是碎片化的，语言从故事上擦过，很快又略开，是无头无脑、掐头去尾的。所有的故事几乎都是同一个主题，那就是男女，或者说风情。这番对话的两方也是不平衡的。陶陶滔滔不绝地说，沪生似乎意兴阑珊，常常“不响”。当沪生“不响”的时候，陶陶很快又转换了新的谈资。如果按照长篇小说的一般写法，大概会写出两个人对谈时候的心理活动，怎么说与怎么想，往往会构成一种张力。可是，从《繁花》的开头就能看出，其心理活动一概省略，也许是因为金宇澄觉得那很“假”。这是一个精雕细刻的开头。作为一个编辑，他对小说的开头有十足的敏感：“小说的开头，等于出门赴一个重要约会，

1　金宇澄：《繁花》，上海文艺出版社2013年版，第1页。

会郑重考虑穿什么，不是马马虎虎就可以出门的，除非天才。”[1] 事实上，这样一个开头，包含了《繁花》的全部元素——这是一个由讲述构成的小说，几乎所有的故事都从讲述里来。讲述高于一切。

讲述自身获得了蓬勃生长的力量。金宇澄自己是这么说《繁花》的："放弃'心理层面的幽冥'，口语铺陈，意气渐平，如何说，如何做，由一件事，带出另一件事，讲完张三，讲李四，以各自语气、行为、穿戴，划分各自环境，过各自生活。”[2]讲述，也就是批评家程德培所说的“讲”或“聊”："《繁花》立足一个'讲'字，通过你讲我讲他讲的方法试图把两者结合起来。客观性并不意味着不带立场的评判，相反，只有身处可能了解的局面，你才知道局面的真相。只有站在现象的某个角度，你才可能领悟现实。言谈是一种真实的存在，它自身既不重也不轻，既不积极也不消极。它不仅仅是主体，还形成一种环境。它是真实的、可见的、可闻的，既是物质的又是历史的。同时它又是打破一切障碍的想象。”[3]

如果我们还记得卢卡契曾经雄辩地对叙述和描写进行对比分析，我们一定会赞同，选择什么样的语言方式（比如叙述还是描写）绝不仅仅是文学技巧和风格的问题，它关乎作家的世

---

1 金宇澄、木叶：《〈繁花〉对谈》，《文景》，2013年第6期。

2 金宇澄：《〈繁花〉跋》，《繁花》，第443页。

3 程德培等：《我讲你讲他讲　闲聊对聊神聊——〈繁花〉的上海叙事》《批评史中的作家》，上海文艺出版社2014年版，第323页。

界观，关乎我们怎么理解这个世界的问题。比如，“采用描写方法的作家们在世界观和创作上的基本弱点就在于，他们毫不抵抗地屈服于既成的结局，屈服于资本主义现实的既成的表现形式”[1]，这反映了“1848年以后资产阶级知识分子的普遍的世界观危机”[2]。同样，《繁花》以讲述开头，并奠定了整部长篇小说的叙述基调，正是这部长篇最重要的意义所在。我们在《繁花》的讲述中发现传统的影子。这种姿态来源于说书人，说完这个说那个，每一个故事仿佛都是自动生成的，可以无限延展下去。然而，《繁花》又是最现代的。对于今天的读者来说，丰盈充沛的信息铺天盖地，他们什么没看过，什么没听过？对于那些拙劣映照现实的小说，他们会笑笑：这有什么？我们早就知道了。因此，对于长篇小说而言，呈现了什么已经变得无关紧要，重要的是用什么样的方式讲述正在发生的现实。讲述让不同的人物说话，将一件事情从不同的角度表现，临了，我们会恍然，这所有的讲述因为笼罩在语言的穹庐之下无限地趋近虚构，也无限地趋近现实。这就是为什么金宇澄会在小说中引用穆旦的诗：“静静地，我们拥抱在／用言语所能照明的世界里／而那未成形的黑暗是可怕的／那可能和不可能的使我们沉迷／那窒息着我们的／是甜蜜的未生即死的言语／它底幽灵笼罩，使我们

1 ［匈］卢卡契：《卢卡契文学论文集（一）》，中国社会科学院外国文学研究所外国文学研究资料丛刊编辑委员会编，中国社会科学出版社1980年版，第76页。

2 同上，第73页。

游离 / 游进混乱的爱底自由和美丽。”[1]言语即是一切。

金宇澄自觉把自己放在说书人的位置，这姿态很重要，决定了他“不说教，没主张；不美化也不补救人物形象，不提升‘有意义’的内涵；位置放得很低，常常等于记录，讲口水故事、口水人——城市的另一个夹层，那些被疏忽的群落”[2]。也就是说，《繁花》里的那个枝繁叶茂、趣味无限趋窄，然而窄中自有人间万象的世界是从旁观者的角度来叙述的。看上去，这个旁观者是“没主张”的，可是，正是在讲述过程中，人物的语言方式、曾经有过的经历、这经历中蕴含的性格特点以及由此性格所带来的命运展现得淋漓尽致。诚然，以讲述为主要方法的小说，并不呈现小说人物的内心活动，但是，作为读者的你，难道不从每一个“不响”中捕捉到人物千姿百态而又变化多端的内心吗？隐藏在人物语言之下的动态的内心生活，难道不比那些仅仅从静态地描写人物内心活动的小说更意味无穷吗？更何况，选择讲述什么而不讲述什么，本身就是一种权力。这权力牢牢地掌握在“讲述者”手中，从这个意义上说，“讲述”本身就具有意识形态的性质。

当然，这并不是大多数中国作家在长篇小说中习惯的叙事姿态，哪怕是贾平凹——也许，在许多读者看来，贾平凹是一位颇有文人气质的作家——事实上，我以为，决定其精神质地的仍然是知识分子的话语系统。所以，他不大可能像金宇澄一样，选择

1　金宇澄：《繁花》，第442页。

2　金宇澄：《不说教、没主张，讲完张三讲李四》，《南方周末》，2013年4月26日。

以“讲述”作为结构小说的基本原则。但是，传统的描写的方法也已然失效。不妨看看他在《带灯》中是如何开头的：

> 高速路没有修进秦岭，秦岭混沌着，云遮雾罩。高速路修进秦岭了，华阳坪那个小金窑就迅速地长，长成大矿区。大矿区现在热闹得很，有十万人，每日里仍还有劳力和资金往那里潮。这年代人都发了疯似的要富裕，这年代是开发的年代。[1]

带灯是小说中女主人公的名字。那部以“包法利夫人”为题的小说，开篇是从包法利先生的少年时代写起；同样，《带灯》写的是一位女性，却从高速路、秦岭、大矿区开始。贾平凹一开始就明确地告诉读者，带灯的故事绝对不是她个人的事，必然是与时代、社会的变化紧密联系起来的。因此，贾平凹是现实主义精神的继承者，他的小说关注的是个人，比如带灯这样一个乡镇干部，但是小说呼唤人们通过个人来理解变化中的社会。小说一开篇里的秦岭，是处于自然状态的秦岭，“混沌”“云遮雾罩”，只有当高速路修进来之后，原始的自然状态才被一洗而空，自然迅速地人化了。高速公路带来的一个显著变化是，由于交通方便了，秦岭的矿产资源有了往外运输的可能，因而吸引了大量的劳动力和资金。贾平凹用三言两语概括了当下乡土文学的一个主题：封闭的自然社会被打开之后带来的种种变化。最后一句话，

1 贾平凹：《带灯》，人民文学出版社2013年版，第1页。

他用一个词概括了这个时代——“开发”。这也不是传统长篇小说的写法。传统意义上，小说家应该通过具体的描写，唤起读者心中这个词。而现在，小说家们直截了当地对一个时代进行命名。这样一个开头毫无疑问有提纲挈领的意义。接下来他所讲述的带灯的故事，在“热闹的大矿区”之下展开——带灯所面临的上访、环境破坏给人带来疾患与贫穷等诸多事件，都与矿区的活动有或紧或疏的联系；同时，带灯的故事，也佐证了贾平凹一开始对这个时代的判断。但一定要如此斩钉截铁地开头吗？毕竟，小说家在给出一个判断的同时，有可能削弱小说本身所蕴含的复杂性。但贾平凹们又不得不如此，或许，“开发”的时代已然不太适应含蓄蕴藉、九曲回肠式的开头了吧。

三、结尾与开头

开头已经变得如此困难，以至于有的小说家甚至选择让“开头”缺失。徐则臣的长篇小说《耶路撒冷》，一开始就是小说人物之一初平阳的返乡之行。小说细致描写了初平阳在火车上最真实的感官：

> 他的脸和身体贴在清凉平滑的挡板上，时间的速度突然降了下来，有种失重的平和，他真切地听到了不再转动的车轮摩擦铁轨的凄厉之声。那声音让他的牙齿缓慢地发酸，身上发痒，毛发因此懒洋洋地竖起来。他在眼罩后面分明

> 看见了摩擦绽放的火花连绵不绝，像雨天里车轮甩带起的一大片水珠，如同孔雀开屏。[1]

格外细致的描写让人有超现实主义的恐怖之感，仿佛一只手轻轻拂过你的所有感官，所有在喧嚣的现代社会沉睡了的器官一一苏醒过来，真实得有几分虚幻。然后，徐则臣迅速回到了现实。火车暂停行驶，清晰地指向了停留在读者记忆里的新闻事件——2011年7月23日20点30分左右，甬温线永嘉站至温州南站间，北京南至福州D301次列车与杭州至福州南D3115次列车发生追尾事故，初步查明事故原因是D3115次列车遭到雷击后失去动力停车，造成D301次列车追尾。此时，虽然小说中的人物尚且不明白发生了什么，但已经有人预言是故障，而且是为了庆祝大人物的多少年诞辰而提前通车造成的故障。于是，初平阳从车窗翻出了火车，徒步踏上了回家的路。

《耶路撒冷》的开头也有几分不同寻常。徐则臣从直接交代初平阳回家这件事切入叙述，精心赋予了这个开头以现实主义、浪漫主义与现代主义的多重风格。从细节的精准以及对现实的指涉而言，这是现实主义式的；从人物内心充盈的感受而言，这是浪漫主义式的；回家的路被阻碍，这里面有奥德赛式的激情，同时指向现代主义的某个主题——从离开故乡的那一天起，我们就失去了自己的故乡。这一部分写的是回故乡，然而小标题是“到

1　徐则臣：《耶路撒冷》，北京十月文艺出版社2014年版，第1页。

世界去”，正是回到故乡之后，初平阳开始写作他的专栏《到世界去》，两者之间形成了奇怪的张力，“回”和“去”，在世界的某一个点上似乎达到了平衡。更有趣的是，事后再一次证明了现实有强大的力量。初平阳所乘坐的火车确实是因为遭到雷击而停驶，而这一事实却是率先从傻子口里说出来的。

到了小说的结尾，火车再一次出现了。这一次，他们是要去送押送长安的火车离开淮海。在那之前，初平阳一直在寻找一个开头。“他想在格拉斯的文章里找到一道闪电（唯有这一道闪电是他可以接受且愿意寻找的），照亮他头脑里关于专栏《2019》的第一句话。对他来说，第一句话永远是最重要的；这句话写对了，文章就完成了一半。”我相信，这是对缺失的开头的一次回顾。这个开头只有到最后才出现。睡着了的孩子天送嘴里，说了一句梦话：“掉在地上的都要捡起来。”

> “《2019》的第一句有了。”那只夜鸟听见戴眼镜的年轻人说，“没有比这更合适的开头了。”他又把男孩的梦话重复了一遍。
>
> ——掉在地上的都要捡起来。[1]

结尾指向了开头，预示着一个新的开端。于是，开头与结尾，以这种方式拥抱了彼此。

1 徐则臣：《耶路撒冷》，第509页。

林白在《北去来辞》中的开头也显得颇为“古怪”。小说是以“蝉叫彻夜不停”开始的。林白格外细腻地描写蝉鸣，各种各样的蝉，以及蝉在这个城市的命运，紧接着，叙述发生急转，原来，那不是蝉鸣，“终于，海红意识到是耳鸣”[1]。也就是说，那一切不过是流淌在海红心灵深处的意识流，耳鸣甚至是各种形式的，蝉鸣、蛙鸣，呼啸而过的火车……伴随着海红大大小小的思虑，以及各种各样奇怪的恐怖的梦。一开始，林白就让这样一个被身体和思想“咬得千疮百孔，只剩下筋络”的海红呈现在读者面前。这是一个被悬置的形象，像一幅流动的油画，被定格在一瞬间，然而，其内部正在一刻不停地发生变化。似乎这一形象与随后长篇小说所叙述出来的海红的个人经验并无关联，然而，这样一个海红的形象却深深地留在了读者心中，任何一个时刻，无论是早期的海红，还是后来的海红，都能与之建立关联。

正式开始叙述海红的故事的则是“时间的悬崖”这一章节。史道良与海红相继登场，他们的生活从此勾连起来，编织成纵横交错的网。小说的结尾是“时间的支流／旷野”。“悬崖”与“旷野”构成了奇妙的对位关系。如果说，遇到史道良的海红有着“文艺青年的伤感、矫情、自恋与轻逸”，生活之于她犹如“悬崖”，那么，到了小说的结尾，年近五十岁的海红终于结束了“漫长的青春期”，生活变得开阔、荒凉，犹如“旷野”。踏上北去火车的海红遇到了她生命中曾经相遇的人，包括陈青铜、

1　林白：《北去来辞》，北京出版社2013年版，第3页。

史道良，于是，火车从实体一跃成为象征的存在——这是一趟时间的列车，过去的生活渐次向海红展现其意义。同《耶路撒冷》的开头有着奇妙的巧合，海红也遇上了临时停车，也像初平阳一样下了车。“路面崭崭如新”，一如即将在海红面前展开的生活一样，有趣的是，在这一刻，那个被耳鸣困扰、为思虑所缠绕、为各式各样的噩梦所纠葛的海红瞬间消失了，一个新的海红诞生了。在漫长的时间之流中，一个“崭崭如新”的海红诞生了。小说的结尾以消解开头的方式获得了新的意义，事实上，整部长篇小说也因此而豁然开朗。

余　论

我们如果将新世纪以来长篇小说开头的形式特征置于当下的文化语境中，就会发现，小说，特别是长篇小说的形式与观念正在发生某种变化。

作为在现代文学中占据主导地位的文学体裁，长篇小说通常被认为是全景式地展现了现代生活的图景。其中，“世界”占据了绝对比重，正如巴赫金所说：“当代现实，转瞬即逝的东西，‘低级’的东西，现时——这种‘没开头也没结尾’的生活，只有在低级的体裁里，才能成为描绘的对象。”[1]然而，当下的长篇小

1 ［苏］巴赫金：《巴赫金全集》（第三卷），钱中文等编，白春仁、晓河译，河北教育出版社2009年版，第516页。

说，越来越将天平倾向于个人一端。无论是将小说家本人请到虚构的世界里去，还是让讲述本身替代对于现实世界的描摹，包括让开头缺失的做法，无疑都使长篇小说所呈现的世界成为主观化的、小说作者化的世界。

之所以如此，某种程度上是因为小说家对于世界的认识出现了巨大的困难。以赛亚·伯林认为："每个人和每个时代都可以说至少有两个层次：一个是在上面的、公开的、得到说明的、能够清楚描述的表层，可以从中卓有成效地抽象出共同点并浓缩为规律；在此之下的一条道路则是通向越来越不明显却更为本质和普遍深入的，与情感和行为水乳交融、彼此难以区分的种种特性。以巨大的耐心、勤奋和刻苦，我们能潜入表层以下——这点小说家比受过训练的'社会科学家'做得好——但那里的构成却是黏稠的物质：我们没有碰到石墙，没有不可逾越的障碍，但每一步都更加艰难，每一次前进的努力都夺去我们继续下去的愿望或能力。"[1]也就是说，小说家的天赋在于理解与人的情感和行为更为密切相关的社会深层，他能帮助我们发现习焉不察的日常生活中所隐藏的思维形式、情感结构与行为方式。事实上，这也是我们对长篇小说的期待——它在创建一个新的世界的同时，让我们在某一个瞬间洞察我们所生活的世界的秘密。可是，随着信息的极大丰富和信息的碎

1 ［英］以赛亚·伯林：《现实感：观念及其历史研究》，潘荣荣、林茂译，译林出版社2011年版，第22页。

片化，以整体性的方式理解这个世界愈发不易，因此，长篇小说所创造的那个世界是且只能是在个人的视野下展开。于是，长篇小说的开头呈现出了这样或那样的变化，就在情理之中了吧。

好人的故事

一

在这个封闭的小团体里，他们宣布他为好人。

他是谁？他是严歌苓小说《芳华》里的主人公刘峰。他们又是谁？他们是刘峰的战友们，某部队文工团的少男少女。

什么样的人，才担当得起“好人”这一称谓呢？或许，这个问题没能那么轻易回答，至少，我们得在具体的场景里，在这可信的人间小心翼翼地做出自己的辨析。

时间坐标是二十世纪七十年代的中国，空间坐标是一幢颤颤巍巍、注定要消失在时间烟尘里的红楼。那个时候，关于好人，有鲜明的人物形象——雷锋。是的，那个过早献出了自己的生命，却在领袖的题词里永垂不朽的年轻士兵，被公认为是好人的典范。

于是，我们的刘峰，诨号就是雷又锋。他也确确实实是一个雷锋式的人物。他每天要帮孤苦残疾的男孩挑两担水；他真心实意地理解那个在起过红苕的田里再刨一遍的老太太；他是全团的修理工，哪儿需要他，他都会被请过去敲敲打打：是的，正如所有人看到的，他尽己所能地帮助每一个人。

倘若在你的生活中出现了这么一位雷锋式的人物，或者更进一步说，倘若你就是刘峰的战友们，你是会仰望他还是俯视他？你是会视他如兄如友，亲近他尊敬他，还是会避而远之，质疑他打击他？或许，做出选择的不是我们，而是一个时代。

深受个人主义洗礼的严歌苓不会相信生活中会有如此纯洁的不带任何杂质的“好”——“好”大约只能作为理想存在于想象之中，而当现实世界出现了“好人”的时候，要么是这个世界出了问题，要么是这个人颇为可疑。

好吧，沿着这个思路，让我们再打量一下刘峰这个人吧。相貌么，平淡无奇。出身呢？他是因为跟头翻得好从某野战军的工兵营里给挑到了文工团。同那些具有文艺天赋的战友相比，刘峰显然在专业上不那么出众。揣度，大概就是从这里开始了。“这是个自知不重要的人，要用无数不重要的事凑成重要。他很快在我们当中重要起来。”这句话，出自“我们”之口。而“我们”相信，刘峰的“好”不过是一种弥补需要，弥补才干不足，进而在一个小团体里挣得自己的位置。换句话说，所有的利他行为背后，其心理根源却是利己的。这是“我们”对于“好”的读解，只有这般读解，“好”才有了人性根源，才能存活下来。关于这一点，刘峰是怎么想的？不仅“我们”不知道，作为读者的我们尽管被允诺了更大范围的知情权，却依然是不知道的。好人刘峰如此平淡，又如此神秘，在小说中，他始终封闭他自身，拒绝向我们泄露他的所思所想，也未曾留下一点半点踪迹让我们得以追踪“好”的来源。这个“好”简直就像一个烫手山芋，严歌苓似乎也不知道到底该拿这个“好”怎么办。严歌苓需要重新找到一根钉子，这根钉子将重新定义内涵和外延都有些模糊的“好”。

这根钉子是什么？严歌苓的逻辑是，一个全然无私对待他人的人，最没有办法处理的是爱的问题。因为，一旦涉及爱，必然要将自我放置进去。而那个时代所标识的“好”，是没有给自我留下太多的余地的，或者说，是要将“自我”清洗出去。所以必须让刘峰遇到爱，只有被爱试炼，“好”才能在时代的放大镜下显露真形。

好人遇到爱情会怎样？他像这世间所有为爱沉醉的人一样，小心翼翼地仰望心中的女神，付出艰辛的努力以期一步一步接近爱情。然而，严歌苓残酷地认为，好人是不会得到爱情的。“如果雷锋具有一种弗洛伊德推论的‘超我人格（Super-ego）’，那么刘峰人格每向此进化一步，就是脱离了一点正常人格，即弗洛伊德推论的掺兑着‘本能（Id）’的‘自我（Ego）’。反过来说，一个人距离完美人格‘超我’越近，就距离‘自我’和‘本能’越远，同时可以认为，这个完美人格越是完美，所具有的藏污纳垢的人性就越少。人之所以为人，就是他有着令人憎恨也令人热爱、令人发笑也令人悲悯的人性，并且人性的不可预期、不可靠，以及它的变幻无穷、不乏罪恶、荤腥肉欲，正是魅力所在。”那些所有在爱情生活中收到“好人卡”的人大概都会心有戚戚吧，是的，在感情的疆域，“好人”常常意味着乏味、无聊，无法唤起强烈的对等感情的人。说某人是好人，往往意味着你不想同这个人发生能量交换，不愿意回应他的感情。

进一步，严歌苓将“我们”对好人的爱无能与“我们”对好人的认知联系起来。“我们由于人性的局限，在心的黑暗潜流里，从来没有相信刘峰是真实的。假如是真实的，像表面表现的那样，那他就不是人。哪个女人会爱‘不是人’的人呢？”换句话说，像刘峰这样的好人在逻辑上陷入了两难境地。如果他一切都是虚伪的，都是在装作像一个好人一样生活，那么，他就是不折不扣的伪君子。在我们的现实语境中，伪君子甚至比不上真小人。如果他一切都发自内心，是真实的，那么，他就是神一样的存在。而神，是不会被认为是我们中的一员，更遑论与之产生感情。这就注定了，“好人”不会为刘峰的爱情带来加持，助其成功，反而会令其一败涂地。

这就看出好人叙事与英雄叙事的不同了。英雄是一定会得到爱情的，没有爱情的英雄简直人神共愤。可是，好人呢？他似乎不配也不会得到爱情女神的青睐。如果说，英雄是在智慧或勇气的层面不断拓展我们的想象，那么，好人就是在善或道德的层面同样拓展我们的想象。可是，为什么好人无法得到英雄一样的待遇？难道，英雄不应该首先是一个好人吗？难道，好人本身不就是现实生活中的英雄吗？我们在内心将好人和英雄分类存放的时候，意味着我们在潜意识中如何对待善呢？或许，英雄象征着我们生命中对既定生活秩序的破坏那一端，是生命中的烟花与奇迹；而好人则象征了对秩序的捍卫，某种程度上也意味着乏味和无趣。

如果，让好人显示出欲望，显示出与“我们”一样真实的人性，我们是否就会接纳好人为自己人，从此好人就将在世俗生活中寻找到属于自己的一席之地，幸福地生活下去？不，严歌苓再次残酷地告诉我们，你要这么想，你是将生活当作了童话。刘峰的故事继续着。是的，他仅仅只是表露了对丁丁的爱，就足以将他的人生陷入万劫不复的境地。他的那一点纯真的爱意在讯问过程中被引导到了他自己也想象不到的地方，被围观被批判，直到体无完肤、面目全非。

为什么像刘峰这样一个处处以帮助他人为己任的好人，在遇到麻烦的时候，不但没有收到之前他付出的善意，反而被落井下石，深陷于周围人的深深恶意中？或许是因为时代吧。严歌苓叹息说，她曾经经历了一个以“讲坏话”为正义和荣耀的时代，在刘峰遇到这样一场“事故”的时候，“讲坏话”本能地成为人们共同的选择。就连刘峰自己，不也得把自己说到无以复加的地步么？

可是，谁能保证说，将整个故事换一个时代，刘峰就能获得不一样的结局。是的，我们都清楚，一切不会有什么不同，刘峰仍然会被众人背弃，只是背弃的形式不同罢了。对此，严歌苓有一番颇为弗洛伊德的分析：“因为我们的卑琐自私，都是与生俱来，都被共同的人性弱点框定，我们恨，我们无奈，但我们又不得不跟自己和解，放过自己，我们无法惩罚自己，也没有宗教背景和境界想到‘原罪’。而我们的丑恶一旦发生在刘峰身上，啊，他居然也包含着我们的不堪，标兵模范都挡不住他本性中那个触摸，他也是我们！他是个伪装了的我们！好了，我们所有的自我嫌恶不再忍受了，刘峰就是我们想臭骂抽打的自我，我们无法打自己，但我们可以打他，打得再痛也没关系。”“一旦发现英雄也会落井，投石的人格外勇敢，人群会格外拥挤。我们高不了，我们要靠一个一直高的人低下去来拔高，要靠相互借胆来体味我们的高。”真的是那样吗？我们真的是因为自我嫌弃才会对刘峰如此毫不留情的吗？问题是，我们真的接纳过刘峰成为我们自己吗？刘峰因为善获得了许多人世间的褒奖，我们难道不是在那个时候就在等待褒奖化为乌有的那一刻吗？我们真的像我们的传统所教导我们的那样，发自肺腑地珍视善，视善德为人变得更好的可能吗？一时间，我都不敢深想这心灵深处回荡的种种追问。

甚至，连命运也加入我们，一起参与到对好人的捉弄中。“触摸”事件，仿佛开启了多米诺骨牌。刘峰的命运，像坐过山车一样，从高点瞬间滑落。因为“触摸”事件，他被下放伐木连当兵，紧接着，他回到了过去的老连队，在中越边境冲突的时候上了战场，并在战场上丢掉了一只胳膊。时代的车轮迅速向前，斗转星移，一日千年，好人依然没有获得好报。他艰难地挣扎在市场的泥沼里，却并没有像传说中的弄潮儿那样分得时代的红利。平淡、灰暗、不乏窘迫的人生，在小说中，他是最早谢幕的那个人——似乎只有他从这个世间消失了，我们才能坐下来，好好地哀叹一番好人的故事。

当然，这世间也不是一味的黑暗，好人也会获得情感的回馈。小曼对于刘峰的感情，似乎可以看作对于好人的小小酬答。可问题是，正像丁丁没有呼应刘峰的感情一样，刘峰也没有呼应小曼的感情。两个人，更像是在命运的手掌间相濡以沫的难友。那小小的微火，似乎不足以滋养一个好人的精神世界。所以，直到最后，在“我们”看来，刘峰的人生仍然是平凡甚至称得上贫瘠的。这大约是无情的人世对于好人的描绘。

现在，我们大约对好人看得更清楚了：好人是去欲望化的崇高客体，他无法与周围的人群产生联系，发生情感交换，对，哪怕是触摸都不可以。好人注定了会被人群所放逐，过一种颠沛流离的生活。严歌苓更果断，她说：

他是个当今谁也不需要、谁也不尊重的人了，这种人就叫“好人”。

如果这就是我们关于好人的定义，如果我们的生活不能给好留下一席之地，这是多么可怖的事情。这样的人世，再光色鲜美，也不值得一过。

二

任晓雯大概也赞同严歌苓关于好人的定义，所以，她直接给她的主人公取名叫“没用”。她的长篇小说就叫《好人宋没用》。

任晓雯不是在圣徒、英雄的尺度上塑造好人。她笔下的宋没用，像刘峰一样，是这浩荡人世的一粒尘埃，平凡得几乎叫人记不起她的模样。

那么，宋没用又是如何以她漫长而不易的一生，承担起好人之身的呢？对于这个问题，说实话，我有几分迟疑。显然，宋没用不像刘峰那样有着雷锋般的辨识度，她似乎只是一个普通人，普通得不足以担当好人之名。但是任晓雯这般肯定，不惜以此命名，自然有她的道理。或许在她看来，好人是需要小心辨析的，我们需要在一个普通人身上发掘出好人的光芒。

宋没用的生活穿越了动荡不安的历史，但并不开阔。相反，她的生活就是局限在她与身边少数几个人的交往之中。而这少数几个人，最重要的组成部分，就是她的亲人。对于她的亲人，不管那些人怎么待她，宋没用有一股子自虐般的牺牲精神，仿佛她活着的全部目的，就是让她的亲人活下去且活得好。作为穷人家的女儿，被取名叫“没用”，单从名字里就能听出亲生父母对她的嫌弃。母亲，那个书本里歌颂了一万遍的母亲，是怎么对待她的？“她像对待一条狗似的，对待这个女儿。”种种遭际，尽在此中。可是，真到了要紧关头，是她守在母亲身边，陪着她，亲眼看到人究竟要遭多少罪，才会挺到再也挺不下去。对于母亲，尽管心里有怨言，但行为上，她是至诚至孝的。对待哥哥宋大福她也是这般。这个哥哥，待她实在算不上好。当汉奸那会儿吃香的喝辣的时候，完全没想到过她，待到落魄之时，却缠住她，讹诈她，只管要她养着他。宋没用呢，却在他身上看到了她自己。“她决定待他好一些，又似感觉来不及了。‘我怎会饿死你呢，’她听见自己说，‘有我一口饭，就有你一口饭。’”是啊，宋没用的世界就那么大，周边挤挤攘攘的都是她的亲人，父亲、母亲、哥哥、儿子、女儿。她将自己完全奉献给他们，哪怕自己过得不好，也要尽自己所能让他们过得好一些，尽管她的力量是那么微弱。这是宋没用最朴素的人生哲学。而这人生哲学的基础又是如此简单——她和他们之间，血脉相连。她在他们身上，看到她自己。

她对亲人的忘我付出，能让她称得上好人吗？我们还应该考察一下她对待他人的态度。宋没用和倪路得的关系，应该是一个标本。在宋没用带着孩子，被鸠占鹊巢走投无路之时，是倪路得收留了她，给了她遮檐的屋头，让她得以凭借双手，将一群儿女养大成人。说起来，倪路得给予宋没用的，是活命之恩。可是，当“文革”的潮水席卷一切，倪路得一家挣扎在运动之间，甚至有性命之虞时，宋没用陷入了深深的怀疑中。“宋梅用回忆着，觉得善太太未免过于殷勤。人世间的道理，你帮我，我也帮你。你算计我，我也算计你。哪有送这送那，不求回报的。莫非真有什么阴谋。……善太太虽然好，她的男人却不大好。”怀疑之间，她将倪路得赠送给她的一件体面的衣服扔了出去。虽然在倪路得离开之际，宋没用谨慎地表达了善意，但在我看来，这善意较之于倪路得对她的恩情，实在是过于微弱了。是我对好人要求太高吗？你也许会批评我说，在那样一个势大于情的时刻，要求一个人不顾惜自己，逆时代潮流而行，委实不容易。可是，成为一个好人，难道不应该披荆斩棘地从时代的洪流中越过，在捍卫什么的时候成为他自身吗？

从这个角度看，我更倾向于认为是倪路得而不是宋没用更符合我对好人的期待。在宋没用和倪路得分开之际，宋没用说："善太太，再见，你是好同志，很好很好的同志。"是的，我也想这么说，"善"和"好"，真是让倪路得这个人熠熠生辉，让人心生向往。只可惜这么一个好人，在与宋没用分别之后就消失了，再也不见踪影。

在回答为什么"好人"和"没用"这两种看似有些矛盾的设定却恰恰是主角宋没用身上最突出的特征时，任晓雯说："《圣经》里说：'没有好人，连一个也没有。'倘若要我塑造一个全然高洁的人物，我想我是塑造不出来的，因为没有见过这样的人。宋没用当然不算道德楷模，她身上有懦弱、自私、狡黠、随波逐流的地方，在人生最重大的事情上也并非完全明白。但她心地柔软，常有怜悯，这让她在黑暗之中，依然存留人性的光芒。"好吧，在严歌苓那里，"人性"这个词，是与局限啊，黑暗啊，欲念之类的连在一起的，而在任晓雯那里，"人性"是跟光芒连在一起的。由此可见，"好人"在严歌苓和任晓雯那里，是有着不同的等级标准的。严歌苓坚决认为，"好人"是超越了人性的，是一个最高标准，而在任晓雯那里，只要有人身上的美德，哪怕不那么完美，也是一个"好人"。对待"好人"这一概念的差别，固然与"好人"词义本身的含混有关，某种程度上，也与一个时代对待“善好”的观念有一定的关系。从这个意义上说，或许，我们正生活在一个不断下坠的时代。

好人的标准固然有差别，但是好人的遭遇却是相似。刘峰是如何在他所付出心血的人群中碰壁的，宋没用就是如何在她的亲人中逐渐失去自己，真的成了一个“没用”的人。固然，宋没用不像刘峰那样被集体放逐，但是没有一个人想深入她的精神世界，关心她的喜怒哀乐。继子沪生是唯一心疼她的人，却因为自己的感情，远离了她，叫她“就当没我这个人”。儿子儿媳在生活中、在情感上离她越来越远。一个人老去，就逐渐从有用变成了没用。她像刘峰一样，越发感到了人世的孤独，尽管这孤独她说不出也道不明。这孤独，只能是读者替她发现的。而发现这孤独所在，文字就有了重量，一下一下地砸到了人心里去。同《芳华》一样，任晓雯也写到了好人的死亡。“宋没用听不见了，她进入一条黑色甬道。往事一帧一帧浮现。最微小的细节，最陌生的人物，都历历可辨。仿佛宋没用此生度过的所有时间，都被收藏起来，突然一秒不落地全数交还给她。她领受到某种感情，让她温暖而安全，再没有缺憾。一团人形的强光笼罩她。七十四岁的宋没用，回到了最初之地。”严歌苓慨然于好人的死亡如此潦草，而在任晓雯的笔下，宋没用猝不及防的死亡反而是“温暖而安全”的，仿佛只有死亡才能抵消人世间的一切不如意，重新获得新的生命。这似乎更加令人悲哀。

通过他们浮皮潦草甚至不乏荒诞的死亡，我们基本可以确认，好人，其实就是弱者。“好”并不能帮助他们理解世间的运行逻辑，改善自己的命运；更遑论对他人施加影响，进而作用于社会。“好”成了让人心生怜悯的东西。是什么时候，中国古人“内圣外王”的理想在我们脚下碎落，变成了被俯视的事物？想到这里，一阵惘然。

三

石一枫会认为《心灵外史》中的大姨妈王春娥是个好人吗？对于这个问题，我犹豫再三。如果我向他求证，他也许会挂着一贯的带着些许狡黠些许忠厚的微笑说，你认为是就是吧。对于一个以现实主义为旗帜的作家而言，大概是不好将人简单分为好人或者不那么好的人吧。那么，让我们转换一下思路，大姨妈对于小说的叙述者“我”，也就是杨麦来说，这个问题就简单多了。他一定会毫不犹豫地说，是的，她是一个好人。

她当然是一个好人。在亲生父母关系破裂，杨麦感觉被全世界抛弃的时候，大姨妈来到了他的生活中，把他从准孤儿状态中拯救出来。她真心关心他，不放弃他。就连杨麦的妈妈都觉得杨麦无所谓的时候，大姨妈斩钉截铁地告诉他：“人只要活着，怎么能凑合？我不能眼睁睁地看着你比别人差一截。”对于杨麦的生长发育迟缓，大姨妈深觉自己有责任。面对深信不疑的气功大师和“宝贵”的接受大师发功的唯一机会时，大姨妈无私地奉献给了他。

奉献，是好人人格的核心。在面对诸如此类的抉择的时候，好人最先放弃的是自己。在利他和利己之间，好人会选择利他。是奉献让我们和他人紧密联系在一起。“她的眼泪从斜上方坠下来，落到我的脸上，和我的眼泪混合在了一处。眼泪难分彼此，仿佛寓意着世界上所有的悲伤都是同一种悲伤。”“我走在陌生、颓败的路上，感到我的孤独就是大姨妈的孤独，我的伤感就是大姨妈的伤感，我的迷惘就是大姨妈的迷惘。”也只有好人让我们深刻意识到，我们和他人其实是一体的。这样一种连接感，是十分宝贵的感情。这也是杨麦在成年之后一直锲而不舍地寻找大姨妈，不惜一切努力要把大姨妈从她的生活中拯救出来的根本原因。

是的，你已经猜到了，像刘峰、宋没用一样，大姨妈自始至终也未能获得好的生活。在中国社会转型的几十年，她几乎赶上了每一个关口的变化，亲身体验了在每个重要变化发生之时生活的混沌、无序，这么说吧，她应该算得上是变化所付出的“代价”。从北京到河南，从国企职工到“分享艰难”，从陷入传销的泥沼到转信基督教，结婚，生不了孩子，离婚，这就是大姨妈一生的简史。在许许多多人通过变而变得更好的时候，她被远远甩在后面。每一次，她都努力想跟这个时代同步前进，但只能是一次又一次地失望，直到陷入绝望。

为什么好人不像歌儿里唱的那样“好人都会有好报”呢？当我们一而再，再而三地在小说里遭遇好人的远远谈不上好的人生时，这个问题大概就躲无可躲了。这固然是因为作文的需要——一帆风顺、事事顺遂的人生，不必说生活里本身都很罕见，更不用说也不会成为小说家偏爱的素材。但是，好人一定要生活得这么悲惨吗？

这悲惨里，有时代的因素，有命运让人身不由己的成分，除此之外，好人自己需要对不好的生活负责吗？仍然以大姨妈为例。事实上，她的每一个选择，都无不让人扼腕叹息。她在刚一出场的时候，就是气功大师的忠实信徒。当还是孩子的杨麦都明明白白表示“不信这一套”时，大姨妈仍然执迷不悟。而杨麦的父母，更是认为大姨妈脑子坏掉了。到传销阶段，当杨麦历经千难万险，在传销团伙里卧底找到大姨妈，想要带她逃离这一切的时候，大姨妈却坚决不愿配合，甚至让杨麦差点丢了性命。为什么对于显而易见的事实，比如气功、传销，大姨妈这么个好人却执迷不悟呢？小说中，石一枫不时让大姨妈向杨麦，也向读者倾诉，以期让我们理解她——“我的脑子是满的，但心是空的，我必须得相信什么东西才能把心填满。你说人跟人都一样，但为什么别人可以什么都不信，我却不能？我觉得心一空就会疼，就会孤单和害怕，我好像一分一秒也活不下去了，好像所有的日子全都白活了，好像自己压根儿就不配活着……我就想，信什么都无所谓了，关键得是先找个东西信了，别让心一直空着……”

石一枫试图让这番颇为文艺的话来解释为什么大姨妈不停地信仰那些我们看来根本就是荒诞的事情。他的重心在“心”。但在我看来，“脑子”恐怕是另外一个核心要素。大姨妈说自己“脑子是满的”，什么意思呢？也就是说，当她全盘接受了她所相信的事情，她的头脑再也无法接受相反观点的质疑。除了一根筋地在现有道路上狂飙突进，她似乎没有别的道路可以走了。

这似乎可以看作是当下小说中对于好人的一种共同想象：智性的缺失。“好”的意义是德性上的，奉献、牺牲、忍让、利他等等都可以成为描述好人的词汇，这些词汇是一个向度上的。然而，在智性这一向度上，好人则普遍表现出了相对的匮乏。两者叠加起来，共同构成了好人的现实，以及命运。“好人”，我在心里默念这个词，不期然从中品出了同情、怜悯、反讽等种种复杂的况味。

四

何为好人，从来没有得到过清楚的规定。我们在日常生活中凭借积累的经验模糊地判断，谁是好人，谁不是好人。而判断的标准也在时刻发生游移。

有时候，我们把那些善良过度的人称为好人。铁凝在一篇文章里引用的一位诗人是这样叙述小狗的善良的：它的善良恰如其分，不比善良少，也不比善良更多。刘峰的故事就是一个人如何因为泛滥的善良而被非人化的故事。在故事的后半部分，刘峰依然在勤勤恳恳地投递他的善良，只是，投递有着具体的对象，且接收到了对象的正面反馈。善良，必须是一个双向流动过程，否则，就是对善良的滥用与践踏。刘峰的故事给予我们的启示是，成为一个好人，得学会适度善良。善良，必须和一个人的能力相匹配。超越了个人能力的善良，会成为老好人，而不是好人。

有时候，我们把那些软弱的人称为好人。当宋没用两次面对鸠占鹊巢却一再屈服，每次都落荒而逃时，我们说她是好人；当宋没用迫于形势甚至怀疑起对她有恩的人时，我们说她是好人。一个软弱的人，即使因为被怜悯与同情而获得小小的偿报，这也绝不是好人有好报的生动说明，相反，软弱只会助长强权。软弱从来都不是正义的守护者，它只会扰乱人类共同体中的秩序，让我们陷入更深的混沌。

有时候，我们把那些凭借自己一腔善意行事，却因为缺乏对事务的明智判断而屡屡偏离轨道的人称为好人。智慧，应该成为善意的翅膀；善意，是智慧的导引。两者不是此消彼长的关系，而是互相合作的友伴。而现实是，我们屡屡轻视善意，并不惜将善意与愚蠢捆绑，以显示其合理性。长此以往，好人可能不仅不再成为我们的向往，而且逐渐从我们的世界消失。

书写源于匮乏。我们反复想象一个好人，是因为“好人难寻”么？

我们在不断涂抹一个“好人”的形象，故事也许千差万别，人物的精神底色却差不太多。

我们用反讽的语气谈论着“好”，是为了掩饰我们已经无法体验“好”所带来的崇高感了吗？

我们如此珍视“好”的价值，却又在不知不觉中降低了“好”的标准。“善与美”的世界已经被遗忘了，只有少数心灵仍在顽固地追寻。

重新理解女性意识与女性书写

这是一个显而易见的事实——在二十一世纪的第二个十年，性别问题开始重新浮出水面，并变得前所未有的重要。在2019岁末盘点的时候，有媒体以“遥远的平等”为题，梳理了这一年的性别新闻事件，分别为扭曲的亲密关系、未竟的反性骚扰运动、消失的女孩、公共空间的暴力、网络上的性别战争与被侵蚀的主体性。[1]文学、影视等作品成为性别讨论的“战场”。这一年，韩国作家赵南柱的《82年生的金智英》以及据此拍摄的同名电影走红，掀起了关于性别差异与性别压抑的新一轮纷争。阿特伍德续写了“使女的故事”，进一步为我们打开了基列国的政治空间与沉默的女性疆域。这一切，无论是引起关注的性别

1 罗广彦：《遥远的平等》，参见https://www.jiemian.com/article/3811770.html。该盘点提到，据世界经济论坛在2019年12月18日公布的《2020年全球性别差距报告》估计，在卫生、教育、职场与政治领域，彻底消除性别差距所需的时间为99.5年。

事件，还是围绕文化产品的阐释、表达乃至抗议、申辩，如此种种汇聚成庞大的星云，都内在地作用于我们，成为塑造我们的性别认同与性别意识的习焉不察的力量。那么，性别对于我们究竟意味着什么？在文化和社会中，女性如何被"定位"，以及这些场域是如何压抑了她们的人生？女性书写是帮助她们跨越边界，还是让她们顺服于既定的秩序？这些问题与答案仿若潮水，每隔一段时间都冲刷而来。而不同时代的人们，无论男性还是女性，都需要做出严肃的回答。

一、不断扩大的性别鸿沟

故事不妨从《82年生的金智英》讲起。这是一部以小说为外壳的社会问题报告。1982年出生的金智英，作者对她的设定是韩国社会的普通女性。在经历了一系列对于女性的不平等对待之后，金智英陷入了抑郁。那么，导致她抑郁的性别陷阱都有哪些呢？

首先是出生陷阱。在重男轻女的家庭，就像金智英的妹妹一样，许多女孩甚至来不及出生就被扼杀了来到这个人世间的权利。这不仅仅是韩国一国的情形。在中国，情况也令人触目惊心。《2020年全球性别差距报告》显示，中国新生儿性别比高达113，而正常情况下，出生人口性别比的区间应为103到107。[1]

1　出生人口性别比：指一定时期内出生的男婴总数和女婴总数的比值，通常用每100名女婴所对应的男婴数来表示。

即使侥幸出生，金智英们也会遭遇重重困境。比如，在家庭生活中，弟弟天然就享有更丰盛的物质生活的资格，而她只能和姐姐共享一间卧室，甚至偷吃弟弟的奶粉也会遭到已然顺服不平等性别秩序的奶奶的呵斥。在上学读书期间，金智英赫然发现，男生优先于女生是理所当然之事。青春期对女孩就更不友好了。女孩被严格限制着装，遭遇包括老师、同学、老板的各式性骚扰，即使依靠自身力量将性骚扰的男性绳之以法也会被认为是不知羞耻，就像小说里说的："金智英就是在这样的教育下长大的——女孩子凡事要小心，穿着要保守，行为要检点，危险的时间、危险的人要自己懂得避开，否则问题就出在不懂得避开的人身上。"[1]这也是典型的"受害者有罪论"。这一逻辑从根本上说，是将性别当作伤害事件的来源。金智英在通过自己的努力考上大学之后，将要面临更为复杂的性别不平等局面。比如，要忍受追求者背后的诽谤。再比如，无论多么努力，也无法像男性一样获得平等的工作机会。读者和金智英一起发现职场的内部通行规则：一开始金智英们之所以会被安排负责更繁难的工作，是为了节约男性的长期工作力。而女性会被排斥在有发展前景的工作之外，是因为公司认为工作压力与婚姻生活尤其是需要育儿的生活绝对难以并行，而女性势必在婚姻生活和育儿生活中承担绝大部分内容。这直接决定了女性在职场上的劣势。但无论职场对于女性多么不友善，至少它还提供了女性与社会建立联结的窗口。一旦女

---

1 ［韩］赵南柱：《82年生的金智英》，尹嘉玄译，贵州人民出版社2019年版，第57页。

性进入婚姻和育儿生活，这些窗口都对她关闭了。金智英无法在社会上获得一个恰当的位置，她甚至被男性鄙视地称为“妈虫”。应该说，她失去的自我是她抑郁的主要原因。

如果考察金智英和她母亲吴美淑的人生状况，我们发现，新一代女性并没有因为获得较好的教育而自动推进性别平等的进程，相反，每一代女性艰苦卓绝的努力所换来的些许进展，就像沙滩上的城堡一样，或许转眼间会被潮水般强大的固有思想观念所吞没。像金智英一样，吴美淑也是牺牲的一代，牺牲自己成全家庭里的男人获得更好的生活。但是，较之于金智英，吴美淑的主体性似乎更强。尽管不得不为既有的性别秩序所约束，但是在有限的家庭空间里，她想尽办法发挥能动性。她积极参与家庭中的重要决策，正是在她的干预下，他们家才没有陷入经济下行的危机。更可以作为比较的是，金智英面对种种不平等境遇时只能保持沉默，或者内心默默反抗，吴美淑却表达了她的意见和立场。从可以被听到的女性到沉默的女性，女性在性别平等上的努力正在大踏步后退。这一情景在阿特伍德的小说《使女的故事》中也得到了验证。在《使女的故事》中，叙述者“我”的母亲是一位争取女性权利的斗士。她参加游行，用标语写出自己的诉求——“还我夜晚行动自由”“选择自由”“想要才生”“夺回我们的身体”“你相信女人的位置是在厨房案桌上吗？”她也是如此身体力行的。她对女儿说：“你们这些年轻人不懂得珍惜生活……不知道我们吃了多少苦，才换来你们今天的一切。你看他削萝卜的样子。知道吗，就为了争取到男人下厨房削萝卜，有多少女人的生命，多少女人的身体，被坦克轧成了肉泥？”[1]然而，她的女儿，在未来的基列国叫作奥芙弗雷德的女性，那时候只是冷淡地说："别为这种毫无意义的事情斗嘴皮子了好不好？"

尽管《82年生的金智英》将女性在前半生所要遭遇的不平等对待通过金智英的经历一一展现出来，然而，小说理解问题的方式，并没有超越早期女性主义将男性和女性对立起来的基本思路，仍然将女性困境的根源指认为大部分的男性以及一部分顺服于性别秩序的女性。在小说中，金智英的人生遭际，几乎都能找到有名或者无名的男性来承担责任。作者在小说的附录里以“作者的话”的形式写道："我认为，对于凡事总是谨慎做决定，忠于自己的选择、全力以赴的金智英来说，这个社会应该给予她合理的补偿与鼓励，也应该给予她更多机会和选择余地才是。”[2]倘若这“补偿”与“鼓励”，这“机会”和“选择余地”都需要男性让渡来实现，那么这将无益于超越男性与女性的性别对立，反而在强化性别分野的同时，无形中扩大了性别的鸿沟。激进的女性主义者，比如《使女的故事》中奥芙弗雷德的母亲大概会赞同女性可以独立于男性而生活。每个人有权利选择自己的生活方式，但设若男性和女性的隔离成为社会的常态，伤害的是作为人类的这一整体。电影《82年生的金智

1 ［加］玛格丽特·阿特伍德：《使女的故事》，陈小慰译，上海译文出版社2017年版，第140页。

2 ［韩］赵南柱：《82年生的金智英》，第163页。

英》上映之后引起轩然大波也说明了这一点。[1]小说被引进到中国以后，也产生不同的反响。有书评人在分析了金智英娘家和夫家的经济状况后，认为“这些正是造成她的怕与痛的重要因素”。换句话说，作者认为女性主义不能将社会政治经济剥离之后，片面地来看待性别关系。在作者看来，某种意义上，阶层的分化程度远远大于性别的分野。[2]也有书评人超越了原作的视野，认识到性别不平等不仅仅表现为女性的压抑，男性同样要为之付出相应的代价——“当女性无法通过学业、职场获得自我实现，就必然会将从精神到物质的期许，统统安放到作为伴侣的男性身上。公司预知女性生育成本过高，不愿聘用女性委以重任，而女性预知公司的不公待遇，就需要在择偶时向能保证物质条件的男性倾斜。而这些‘预知’与‘预支’，将个体一生的成长，化为二十多岁时的一场残酷的比较，封杀了许多年轻人成长与选择的机会。”[3]从这个意义上，与其说《82年生的金智英》忠实地呈现了当下女性的生存境况，不如说，它更像是一面镜子，每个人在其中投射自己的性别处境与性别观念。而小说或电影引起的聚讼，恰恰指示出当下性别论争的疑难所在。

---

1 据报道，电影《82年生的金智英》上映首日即成为韩国当日票房冠军，80%观影者都是女性，在韩国电影评分网站NAVER上，女性观众为这部电影打出的平均分数是9.46，男性则是1.76。参见罗广彦：《遥远的平等》。

2 徐江刚：《走出性别对立的阴影》，《澎湃新闻·上海书评》，2019年12月25日。

3 薛静：《女有金智英，男有金志勋：所有性别都在为性别不平等买单》，《北京青年报》，2019年12月20日。

二、当生育成为一个问题

有学者将当下对于性别问题的关注热情视为“近四十年来当代中国关注性别问题的第三次热潮”，并认为“二十一世纪中国的这次性别关注热潮，特别凸显了私人关系、日常生活中的性别问题，这背后主要是一种性别观念造成的伤害，包括‘法律’与‘道德’边界的模糊地带，包括人们在性爱关系和家庭关系中如何看待女性和男性，也包括女性如何看待自己等”。[1]如果我们确实将之指认为一次思潮，那么，与之前不同的是，“生育”应该是这次思潮的关键词之一。

尽管金智英遭遇了种种性别陷阱，她依然磕磕绊绊地生活着，热情地或丧失了热情地生活着。但是，压倒她的最后一根稻草，却来自生育。在怀孕之前，金智英就非常清楚她很可能会因为生孩子而失去青春、健康、工作，以及同事、朋友等社会人脉，还有她的人生规划、未来梦想，等等。果不其然。根据家庭经济分工和传统的价值观念，是女性而不是男性辞去工作，独自承担育儿责任。除了身体伤痛以外，让金智英更愤怒的是，她的牺牲得不到认同。社会舆论倾向于在用伟大的母亲为女性戴上光环的同时也封锁母亲表达创伤的可能。金智英失去了做自己喜欢的事情的机会，或者准确地说，她的人生维度

1　贺桂梅：《性、性别与文学创作中的性别观自觉》，《天涯》，2019年第4期。

被压得只剩下薄薄一层——除了母亲，她什么都不是。

金智英的故事是大多数女性的日常生活经验。生育，对于女性而言，不仅意味着私人生活样态的翻天覆地的变化，还意味着身份的再认同。从肯定性的角度看，成为母亲意味着与自身以外的某种对象建立深刻联系，意味着体验差异性。这或许是生育的恩赐，但也有赖于母亲具有超越日常生活的体悟。或早或晚，女性将通过生育来理解自己。蕾切尔·卡斯克就陷入这样的沉思中——“享有特权的现代女性是这样一种生物，若她们愿意，其性别可一直作为表面特征存在。我如何理解‘女性’这个词呢？虚假的事物；是化妆品的储藏室，是充满了洒了香水的精品店以及包装精美的商品的世界，也是充满了假睫毛、法国润肤霜、粉末胭脂的世界；是受苦、自控、忍耐等字眼通常只与减肥相关的世界；是充满温和、自愿压迫的世界，人们也许能在这个世界的边缘处找到其与现实的交汇处：其中包含了特定类型的不快、歧视、恐惧，抑或一片完整的生存领域，这片领域既存在于过去，也存在于现在，且随时间的流逝变得愈发个性化、不确定、难以言喻。若女性有其固定含义，那么它曾经的含义现已不适用；然而，就广义而言，就生殖意义而言，女性曾经的含义一直沿用至今。从生物学角度来看，不论她们因为性别不平等吃了多少苦，她们还是得履行自己的使命。”[1]这使命说的就是生育。令成为母

1 ［英］蕾切尔·卡斯克：《成为母亲》，黄建树译，上海人民出版社2019年版，第18页。

亲的现代女性十分困惑的是，生育这一行为将她分成了自我和母亲这两个身份，就好像一条溪流的两股支流，两者各有各的路径，并时时产生分歧。很难为这两股支流制定清晰的边界，它们往往溢出，渗透到彼此。成为一种往往意味着放弃另一种。就像金智英一样，卡斯克也处于母亲与自我的分裂之中，尽管在《成为母亲》一书中，她援引了《欢乐之家》《战争与和平》《包法利夫人》等经典文学作品来论证孩子是女性情感的终极皈依，其重要性远远超过男性，哦，可是我们都知道，这是多么漫长而又令人心碎的自我说服啊。

事实上，生育不仅有可能与女性的自我构成冲突，生育还能成为强权任意驰骋的疆域。在极权社会，女性被父权结构物化成“再生产的工具”，成为“行走的子宫”，这是阿特伍德在《使女的故事》中为我们描摹的可怖景象。小说的设定是，在某个时间轴上，由于环境污染等原因，生育的危机日益迫近。因此，具有生育能力且在原教旨主义意义上有道德瑕疵的女性就被挑选作为使女，分配给基列国的大主教家庭，以应对生育危机。使女完全失去了对包括自己身体在内的一切生活的主动权，她们被动接受安排，任凭身体被使用，被强权穿透，成为空无。就像小说的叙述者奥芙弗雷德所叙述的那样，如果说在基列国之前，她的身体是忠实于她自己的，可以为她所用，干各种事情。现在情况显然完全不一样了。从生理意义上说，女性是民族的“再生产者”，这就是使女在基列国的使命和价值所在。阿特伍德用诗一般的语言描述身体的变化——“如今我的肉体为它自己做了不同的安排。我成了一朵云，凝聚在一个中心物体的周围。这个物体外表像一根长矛，尖利、真实，比我本人更多几分真实。”[1]这个像长矛的物体，是父权制的象征。它令女性的身体不再是坚实可靠的实体，而变得空洞与虚无。

除了身体以外，使女的着装、出行、度过时间的方式都被统一做了安排。她们就像修剪整齐的花草一样，统统缺乏属于人的活力和生气。甚至，使女们连逃避这样的生活的资格都没有，“逃避”不是说逃走，而是死亡。与此同时，嬷嬷还不断给她们洗脑，希望她们认为这是将自己奉献给了一种圣洁的精神性的生活。在实际生活与话语生活之间，使女们沉默着。通过“我”的讲述，读者感受到了她的焦灼、压抑和绝望。这属于女性的绝望，在证词般的叙述中，几乎蔓延到所有人身上。

这并不仅仅是使女这一个群体的悲惨生活。所有的女性都被剥夺了权利，不被允许工作，也不允许拥有私人财产，彻底成为男性的附庸。在小说的描述中，女性只能在家庭领域中活动，即使是上层阶级的大主教夫人也无一例外。塞丽娜·乔伊，在前基列国时代，她是一个积极的社会活动家，四处演讲，大肆宣扬女性对家庭的神圣义务。而到了基列国，她只能深居简出，变得沉默寡言，除了园艺和编织以外，再也没有其他的空间。主教夫人、嬷嬷、经济太太、使女、马大构成了等级森严的序列，任何人都囚禁在自己的牢笼里，没有逾越的可能。在

---

1 ［加］玛格丽特·阿特伍德：《使女的故事》，第83页。

两性关系恶化并彼此隔绝的社会环境中，上层阶级的男性虽然看似享有更大的自由，但因为失去了爱的滋养，这份自由也无可避免地萎缩了。

小说中有一个有意思的细节。叙述者“我”与大主教有一番关于女性状况的谈话。作为基列国秩序的构造者，大主教显然认为，基列国中女性所获得的，比之前要好得多。之前是什么状况呢？“她们老是怨声不断。这个问题，那个问题。记得报纸上个人专栏里的广告吗？女，漂亮迷人，三十五岁……靠这种办法，她们个个都找到了男人，谁也不会落下。到真的结婚后，会生一两个孩子，然后丈夫便开始厌倦，出走，消失，剩下母子几个只好靠救济度日。要么做丈夫的就是待在家里，成天打骂孩子。倘若这些女人是职业妇女，孩子便索性送进日托所，或者扔给某个无知粗暴的女人照看，为此还得从少得可怜的工资中付钱给她们。金钱成了衡量所有人价值的唯一标准，她们得不到作为母亲所应得的尊重。怪不得她们索性连孩子也不生了。以此来保护自己，无牵无挂、没有烦恼地完成自己作为生物人的命运。更有甚者，这种做法还得到强有力的支持和鼓励。”[1]我们惊讶地发现，大主教所描述的过去女性的生活，与《82年生的金智英》中金智英的烦恼人生，是何等的相似。换句话说，阿特伍德所想象的基列国的性别秩序，恰恰是对今天困扰女性的不平等性别秩序的一个解决方案。其具体解决方案为，

1 ［加］玛格丽特·阿特伍德：《使女的故事》，第255页。

建立威权制度，把个人的权利让渡给威权统治者，从而换取安全感；在两性方面，隔绝男性和女性的活动空间，回到传统，以基督教的经文和教义作为指导社会政治、经济、文化生活的根本遵循。“正是出于对现代社会的路向及风险的警惕，基列国的‘原教旨主义’展现出深刻的颠覆性：它并不仅仅代表萦绕人心的原始主义复古情调，或人们对工业化破坏性后果的不满情绪，而是预言着工业社会整体毁灭的末日审判式景象：警钟一旦敲响，警戒便不会消除，除非发生完全的逆现代化进程。”[1] 从这个意义上说，《使女的故事》与其说是在探索如何改变性别秩序，不如说，它在警示我们何种意义上的改变是不可接受的。随心所欲的自由固然会导致现代社会的许多问题，但至少强过了女性被纯粹视为工具和资源的“无忧无虑”。“如果未来都能够巨细靡遗地讲述出来，或许就不会发生。”阿特伍德这种想当然的想法是靠不住的，但《使女的故事》至少以生育为议题，警示了一种我们不想去的未来。

三、文字的力量

创作与生育，在隐喻的意义上往往被置于同一架天平的两端，就像我们经常听到女作家说，作品就是她们的孩子。在这

1 王一平：《应对“风险社会”的原教旨主义国家——论〈使女的故事〉中“基列国”对现代社会的颠覆》，《外国文学》，2017年第2期。

里，文字被设想为具有强大的力量，可以帮助女性形成自身的主体性。这也是为什么在《使女的故事》中，看书、写字对女性而言是绝对禁止的。即使是处于等级秩序上游的主教夫人也不被允许阅读。如果被发现看书三次以上，她就会被斩手。语言文字是思考的工具，不甘心被工具化的“我”对此充满了强烈的渴望。当“我”在与大主教的交往中被允许拿着笔的时候，“我”才会情不自禁地感慨说：“我能感觉到它的威力，它那包容万语千言的威力。”[1]这是因为，根据女性主义研究者桑德拉·吉尔伯特和苏珊·古芭的考证，在维多利亚时代，人们普遍认为男性的性特征构成了文学才能的本质。“在体现出父权特征的西方文化中，文本的作者便是一位父亲，一位祖先，一位生殖者，一个审美的父权家长，他的笔就和他的阴茎一样，是一种体现出创造力的工具。更有甚者，他的笔的权威，就和他的阴茎的权威一样，不仅能创造生命，还是一种能够繁衍子孙后代的力量。”[2]那么，书写对于女性意味着什么？意大利作家埃莱娜·费兰特的“那不勒斯四部曲”至少为我们提供了思考这一问题的路径。

“那不勒斯四部曲”包括《我的天才女友》《新名字的故事》《离开的，留下的》《失踪的孩子》，讲述了出生在那不勒斯一个破败社区里的两个女孩，莉拉和埃莱娜的一生。女性的友谊和

1 ［加］玛格丽特·阿特伍德：《使女的故事》，第217页。

2 ［美］桑德拉·吉尔伯特、苏珊·古芭：《阁楼上的疯女人：女性作家与19世纪的文学想象》，杨莉馨译，上海人民出版社2015年版，第8页。

命运是小说的显在主题，然而，让我更感兴趣的是，她们如何通过文字挣脱女性身上的枷锁，突破界限，从而成为她们自己。埃莱娜的经历恰好体现了女性意识觉醒并开始写作的全部过程。埃莱娜经过自己的不懈努力，考上比萨高等师范学校。在这里，她先是认识了弗朗科·马里，一位有钱人家的儿子，一个活跃的共产党员。一开始，男性对于女性具有启蒙的意义。他在给埃莱娜买了各种各样东西的同时，也给她很多政治文化方面的书。男性将自己的政治文化兴趣传递给女性。女性在男性的引导下，突破狭小的视野，自以为与世界建立了联系。就像埃莱娜说的："从他那里，我知道了斯大林时期的可怕历史，他促使我阅读了托洛茨基的作品，因为那些书籍，我建立了一种反斯大林的态度，我相信在苏联——革命被中断了，需要重新开始。"[1]事实上，这些观念来自书本，也来自外界的塑造，并不是从女性的生命中生长出来的，而"我"误以为就是"我"自己的。而莉拉，这位有着极高天赋却因为家境原因没能进一步学习的女友所记下的八本笔记本打碎了"我"的幻觉。她使"我"意识到，在比萨高等师范学校，因为自卑，"我"一直戴着面具生活，试图纠正自己血液中来自那不勒斯的影响，而面具戴得久了，"我"差点以为那就是"我"自己了。事实上，那并不是"我"。那存在于论文、政治争论中的"我"并不是真的"我"。

1 ［意］埃莱娜·费兰特：《新名字的故事》，陈英译，人民文学出版社2017年版，第339页。

那是男性教育的产物，是男性观点的附和者，即使是反对、争论，也依然是在男性给定的框架中的争论。此时的女性，很难谈得上已经发展出真实独立的“自我”。直到毕业时像金智英一样遭遇了种种挫折，“我”才意识到无论多么努力，“我”也不太能像男友彼得罗一样在大学获得一个教职。在沮丧情绪的笼罩下，“我”用二十天时间写出了发生在“我”身上的故事。而这个故事的核心是“我”的，同时也是莉拉的。换句话说，是早年的莉拉和现在的埃莱娜合写了这部书。这意味着女性意识的诞生与女性书写的开始。

在成为作家的过程中，埃莱娜意识到存在两种语言。“弗朗科、彼得罗，所有出色的学生，当然还有高等师范那些优秀的老师，他们都用一种非常复杂的表达方式，他们有很强的分析能力，有清晰的逻辑，那都是加利亚尼老师所没有的。这时候，我开始训练我自己，我想和他们一样，我感觉自己有时候能做到，我觉得我能运用自己的语言，能克服我面对这个世界时的种种不适，也能控制自己的情感，避免仓促、草率的表达。总之，我已经掌握了一种讲话和写作的方式，通过非常考究的用词，还有稳重、深思熟虑、紧贴主题的句子，以及干净、正式、高雅的文体，常会让我的对手无话可说。”[1]也就是说，在比萨高等师范学校学习期间，埃莱娜尝试着训练自己掌握一种逻辑化

1 ［意］埃莱娜·费兰特：《离开的，留下的》，陈英译，人民文学出版社2017年版，第10页。

的语言，或者说官方的、权威的、男性化的语言。让自己头脑男性化，从而融入男性的文化中，这是这一阶段埃莱娜的追求。很快，埃莱娜发现，自己被学习到的东西限制住了。用男性的声音说话，没有帮助她发现内在的自我，只有在成为作家的过程中，在小说里，她发现自己“又被打回原形，又成了那个来自贫民区的小女人，那个门房的女儿，操着一口南方腔”的时候，她终于发现了让她激动的东西，发现了真实的心灵，也发现了她自己。

然而，发现自我，成为作家并不能一劳永逸地解决女性创作的焦虑问题。我们发现，在小说中，来自外界的反响都会在埃莱娜心中激起轩然大波。比如，弗朗科就说，她写的这些不过是“小情小爱”，甚至断言这不是写小说的时候。从第一本书出版开始，埃莱娜始终在为她的创作而焦虑。显然，与男性作家的“影响的焦虑”不同，这是一种身份的焦虑。“这种焦虑来自复杂的、几乎常常并不能意识到的对权威的恐惧，对女性艺术家而言，这种权威似乎从定义上看就是不适合于她的性别的。”[1]创作有助于她们发现自我，但即使在文学世界里，她们仍然无法回避无处不在的性别冲突。要么承认自己仅仅是一个女人，要么宣称自己写得像男人一样好，对于女性创作者而言，似乎没有第三条道路。

1 ［美］桑德拉·吉尔伯特、苏珊·古芭：《阁楼上的疯女人：女性作家与19世纪的文学想象》，第66页。

四、不是结语的结语

这一年，在本文开头所提到的性别新闻盘点之外，还有一个突出“事件”。女性批评家张莉对六十七位女作家和六十位男作家展开了性别观的调查。有意思的是，在她调查的六十七位女作家中，大部分人都不愿意将自己的写作和女性写作建立关联，认为这是对自己的创作，也是对文学的窄化。相反，她们大多数赞同伍尔夫说的“优秀的写作者都是雌雄同体的”，无性别的“人”是她们中间大多数人的出发点，也是目的地。从此次调研看，她们如此轻易地放弃了二十世纪八十年代以来张洁、铁凝、林白等女性作家奋力争取而来的女性的天空，甚至避之唯恐不及。这固然与九十年代以来女性写作被局限于美女写作、身体写作，进而成为消费主义的同谋有关，某种程度上，也是今天我们性别状况的投影。我理解女作家们恐惧因为女性写作而落入被规定的位置，但是，在一个性别问题从未消失且再度浮出水面的时代，否认与无视性别议题本身是否意味着再次落入陷阱？作为一个女性，我心怀忧虑。

二十一世纪二十年：长篇小说的“世界”

二十一世纪以来，尽管人们就哪个文体所取得的成就最高聚讼纷纭，然而，长篇小说以其鸿篇巨制，当之无愧地成为这个时代的文体。这么说，并不仅仅因为年均几千部的长篇小说出版量已然成为文学出版的主要格局，也不仅仅因为长篇小说不言自明地成为衡量作家创作成就的参考指标，更重要的是，长篇小说密布着时代的呼吸，向我们展示着几代人在精神探索上的诸种可能性。在汪洋恣肆、浩如烟海的长篇小说里，先在地潜伏着一个坚硬的内核，它几乎决定了长篇小说这一文体所存在的理由和野心。这“内核”，即对世界的整体性把握与认知。致力于表现“历史表象中的历史灵魂”的长篇小说天然地成为时代的投影，它不仅从时代这艘大船的激流勇进中吸取力量，更以自己的创作实践，有效地参与了新的社会历史构型的完成和文化史、心灵史的建构。

一、史诗性追求与观念变革

对于史诗性的追求成为二十一世纪长篇小说的重要特征。史诗甚至成为衡量长篇小说的一个标准。伊恩·瓦特从文类传统上讨论了小说何以被称作史诗——“史诗是叙事文学形式的最初例证，同时又是严肃文学的例证，因此，顺理成章的是，它可以为包含了所有这类作品的各类形式命名；在这个意义上说，小说也可以被说成是一种史诗。人们也许可以像黑格尔那样走得更远，把小说视为现代枯燥的现实观念挤压下产生的史诗精神的一种体现。”[1]史诗性指向作为总体结构的社会现实。这意味着作家们要从一个中心的观点来看待社会，而这个中心是从生活本身中产生的，是作家生活于其中的社会结构的反映，并在诸多社会现象中都或隐或现地存在着。

刘慈欣的《三体》是罕见的全面“溢出”传统文学的边界，对文学的既有观念造成重大影响，并渗透到政治、经济、物理等诸多领域的小说，代表了二十一世纪二十年以来中国长篇小说的最高成就。《三体》讨论的是危机状态下，现代主权国家体系的消亡，以及新的权力法则与道德观念的形成过程。当面对“三体人”入侵这一重大威胁时，人类的命运紧紧联系在一起，

---

1 ［美］伊恩·P. 瓦特：《小说的兴起——笛福、理查逊、菲尔丁研究》，高原、董红钧译，生活·读书·新知三联书店1992年版，第274页。

现代意义上的“个人”却消失了，人类意义上的“文明”也终结了。这是对现代以来小说观念的严重挑战。“在《三体》这样的科幻写作中，地球上的现实人生被这个超现实照亮，文学不再是对‘现实’的再现或表达，而是相反，现实变成对这种‘超真实’的隐喻再现。……我们置身的‘现实’不过是这种超真实的投影和幻象。这种革命性的体验，是包括‘现代主义文学’在内的所有‘文学’所无法提供的全新经验。”从这个意义上说，《三体》从更高的时间维度、更宏阔的空间维度更新了传统文学对于“世界”的理解，打开了“史诗”的新面向。

阿来的多卷本长篇小说起初以“空山”命名，再版之后改名为“机村史诗”。阿来曾经解释过为什么要以“机村史诗”替代“空山”。他引用哈罗德·布鲁姆的话说：“倘若遵照荷马、维吉尔、弥尔顿创作史诗的标准，我们现今已没有可称为史诗的体裁。”“但他又在他名为‘史诗’的批评集中，把《白鲸》、《追忆似水年华》和《源氏物语》这样的作品也纳入了史诗的范畴。他以《圣经》中雅各为例，重新定义了史诗：‘英勇地整夜搏斗，拖住死亡天使，以求赢取更长的生命赐福。’从这个意义上说，中国乡村在那几十年经历重重困厄而不死，迎来今天的生机，确实也可称为一部伟大的史诗。”[1]这正是《机村史诗》的主题，即一个乡村在时代变迁中的命运，或者说，“一种文化在半个世纪中的衰落”。《机村史诗》讲述的是二十世纪五十年代

1　阿来：《我不是一味怀旧的人，深知一切终将变化》，文汇网，2018年1月19日。

末期到九十年代初期，发生在一个叫机村的藏族村庄里的六个故事。《空山》是一部当代村落史，零碎生活的拼图决定了小说多中心、多线索的结构方式，是“一朵开在现实中的多瓣的花”。阿来用坦然从容的笔调描绘了当现代性的浪潮奔涌而至，乡村是如何自我修复、重新校正的。

邓一光的《我是我的神》与《人，或所有的士兵》容纳了宏阔的历史，和历史之下人顽强挣扎的痕迹。《我是我的神》讨论处于自由之中的人的命运，以及人类为了自由所付诸实践之后面临的一系列困境。邓一光在小说中设置了两种自由：感性的自由和理性的自由。所谓感性的自由，是天生的，不需要被追问和质疑就自然而然存在的自由，它在父一代身上得到了淋漓尽致的呈现。相比之下，子一代就没那么幸运了。在他们生活的时代，战争年代的生活逻辑已然不能全面覆盖人的日常生活，生存的荒诞性无可避免地暴露出来。没有坚定不移的立场可供他们去遵循，除了出发，去寻找内心的自由，他们似乎别无选择。这种自由，必然是经过否定、挣扎、质疑、追问、求证的自由，是谓之理性的自由。邓一光正是在“思”与“行”中，在激情与思辨中，在宏大与日常中一再追问“自由”的含义，并完成了“我是我的神”的探索，因为，“所有人类最高的努力大都用在怎样和神接近，完成神意”。对于邓一光来说，社会的和政治的生活一直以来是他思考的主题，这是他之所以在长篇小说中始终以战争为叙述题材的根本性原因。因为，战争是人类政治生活的极端表现。越是进入人类政治生活，他越是确认自己的立场——单数意义上的这个“人”是他的出发点，也是他的目的地。由此，“孤绝的个人”成为邓一光小说中的典型形象。

史诗性不仅表现为对于具有较长时间跨度的时代生活的讲述，还表现为对一个民族整体生活方式的描绘，对人类文明进程的深层反思。迟子建的《额尔古纳河右岸》以一个年纪九十多岁的鄂温克族老人的口吻，描绘了额尔古纳河右岸敖鲁古雅的鄂温克族百年来的生活图景，讲述了这一游牧民族从兴盛到衰亡的百年历史。鄂温克人信仰萨满教，以放养驯鹿为生，相信动物、植物、山川、河流都是有灵的。这样一种生活方式，经由迟子建诗一般的叙述得到强化，成为作家安放理想主义和浪漫情怀的精神家园。

“三部曲”，特别是以地方命名的“三部曲”现象在近二十年来表现突出，这意味着地方在承载我们的文化认同与民族认同时，也形构了我们的情感结构，同时也反映出作家期望在更大的体量中创造一个世界的追求。其中，格非的“江南三部曲”、范稳的“藏地三部曲”、叶舟的“丝绸之路三部曲”等作品尤为人们所关注。“江南三部曲”包括《人面桃花》《山河入梦》《春尽江南》三部，小说的时间分别发生在辛亥革命前后、二十世纪五十年代与当下，可以说，小说所讲述的时间覆盖了中国现代史，其中，知识分子与革命、乌托邦、个人意志与历史等是小说贯穿始终的主题。“江南三部曲”在携带着现代主义风格的同时，向中国古典传统回归，被认为“找到了中国小说的叙事道路”。“藏地三部曲”包括《水乳大地》《悲悯大地》《大地雅歌》。范稳自己是这样总结“藏地三部曲”的主旨的：“写《水乳大地》时我看到的是多元文化的灿烂与丰厚，我写了文化、民族、信仰的砥砺与碰撞，坚守与交融；在《悲悯大地》中我描述了一个藏人的成佛史，以诠释藏民族宗教文化的底蕴；而在最后一部《大地雅歌》中，我想写信仰对一场凄美爱情的拯救，以及信仰对人生命运的改变，还想讴歌爱情的守望与坚韧。”叶舟的《敦煌本纪》是“丝绸之路三部曲”的开篇之作，被认为是为敦煌立传。小说选择了清末民初这样一个充满断裂的时间点，来讲述敦煌的故事，某种意义上也是在讲述中国何以在历史的断裂处形成新的历史主体的故事。

50后和60后作家往往无法逃脱重大主题的诱惑，70后作家更擅长在日常生活经验中重建史诗的向度。徐则臣的《耶路撒冷》被视为一代人的精神史。小说通过出生于1970年后的一代人的离乡与返乡史，探究一个时代复杂的心灵。作家设置了花街、耶路撒冷等空间意象。花街意味着心灵的原点，不断确认着自我的存在，代表着过去；耶路撒冷意味着更广阔的世界远景，与花街构成了张力，指向未来。返乡与到世界去并置的叙述线索，也是对一代人内心困惑与精神疑难的象征性解决。同为70后作家的梁鸿认为：“在我们的文学里，一直有一个潜在的观念，就是对大的社会生活的表达要大于对个人性的表达。这一观念会影响作家的创作。而恰恰是在这一点上，徐则臣展现出他的独异性。在《耶路撒冷》中，个人是渗透于，或者置于社会生活之上的，作家描述社会生活只是为了呈现个人生活的一种状态。他写的是个人精神史，是‘向心’的，社会生活只是起一个参与作用，不是决定性作用。”葛亮的《朱雀》是对有着六朝古都之称的南京的回顾与细描。一个家族三代女子的传奇命运与爱恨情仇在这座城市轮番上演，南京的风物与人情、性格与命运呼之欲出。《北鸢》则着眼于“民国”，以世家儿女卢文笙和冯仁桢的成长经历为线带出了两大家族在新旧交替时代的命运，勾勒了从1926年到1947年的时代风貌。这部小说落实在“善好”上，落实在“仁、义、礼、智、信”等古老中国的善行义举上。葛亮显然强烈倾慕于塑造了中国文化之根柢的“旧”，因此，他所想象的民国，浑然是古典精神的涵养与呈现。路内的《雾行者》旨在理解二十世纪九十年代，并从不同角度呈现了人口流动所带来的深刻变化。这一变化首先体现在中国社会的空间结构上。小说创造了“铁木镇”这一空间形象。这是对中国式“原乡”的巨大改写：对于这一代年轻人而言，他们心理故乡既不是傻子镇这样的乡土，也不是上海这样的大都市。构成他们的“材料”却是这样的工业小镇。在此，他们将更新关于“自我”的全新认识。事实上，这也是关于小镇如何在九十年代被资本和流动人口改造的“神话”。这是开始于九十年代并决定了今天中国面貌的重要时刻：资本，特别是外资的大量涌入，使得东部以及沿海发达地区形成了新的再生产空间。为了维持再生产所需的大量廉价劳动力，大量农民工涌入，城乡关系也随之发生深刻变革。人口流动与身份的不确定性带来的漂泊感成为一个时代的经典表情。

二、乡土中国的历史命运

乡土，一向是中国作家的胜场。自现代文学以来，一个个乡村被创造出来，鲁迅的“未庄”与“鲁镇”，沈从文的“边城”，萧红的“呼兰河”，孙犁的“荷花淀”，赵树理的“三里湾”，柳青的“蛤蟆滩”，莫言的“高密东北乡”，路遥的“双水村”，陈忠实的“白鹿村”，贾平凹的“商州”等，构成了文学版图上多姿的风景。二十一世纪以来，乡村社会的现代转型激活了新的乡土经验，也不断召唤新的文学表现形式。

近年来，贾平凹专注在长篇小说领域，接连推出了《秦腔》《高兴》《古炉》《老生》《带灯》《极花》《山本》等厚重之作，都与乡土有着千丝万缕的联系。在《秦腔》中，作家有意让乡村生活里那些鸡零狗碎的泼烦日子像水一般缓慢流淌，无限靠近日常生活的本真情态。正是在这样习焉不察的日常生活中，乡村正无可挽回地凋敝，与乡村世界相依存的传统文化也正在衰微。如果说，《秦腔》是写乡土中国在现代化进程中瓦解和破碎的过程的话，那么，《高兴》可以看作这一叙事的继续与发展。刘高兴和像刘高兴一样的乡下进城群体是如何在城市中挣扎求生，边缘小人物的灵魂又是如何一步步靠近城市，这正是《高兴》所关注的时代主题。《古炉》追问的是“文革”是怎样在一个乡间的小村子里发生的。狗尿苔，是作家精心选择的视角，通过这个常常被人忽视的少年的眼睛，作家向我们展示了贫穷与运动是如何让村民们无不战战兢兢守护着自己的一亩三分地，又是如何在人们之间制造着自私与残忍。《带灯》则再度迫近乡村现实，塑造了乡村基层干部的形象。这些年来，贾平凹每隔一两部就推出一部长篇新作，作品所指涉的生活，大抵没有离开乡村这个领域，生动呈现了乡村的历史景观与现实图景。应该说，就书写的深度与广度而言，贾平凹代表了当下中国乡土写作的水准。

从《羊的门》《城的灯》，再到《生命册》，李佩甫关于乡土的叙事非但没有枯竭，反而如汩汩清泉，流淌着诗一般的智慧与活力。作者着力描绘的是“背着土地行走的人”。他们是在平原上长大的孩子，生命的根因此与土地有着扯不断的关联。当历史的转轮将整个世界豁然打开之时，城市如一星灯光，吸引他们去追寻。那沉沉的土地始终在他们的肩头，令他们极力想挣脱，却摆脱不了，却在回望中平添了几分对家乡的怀念。在历史转型期，这样的人并不少，他们也屡屡出现在作家们的笔下，成为当代文学画廊里的“典型人物”。《生命册》的出色之处在于选择了“丢儿”吴志鹏作为叙事者。一方面，他在经历，在与生活的殊死搏斗中展现出城市的蓬勃欲望与乡村的匮乏；另一方面，作为知识者，他在观察，在思考，透过骆驼和无梁村人的命运，将苍茫的生活与无尽的思考托付给我们。

范小青的《赤脚医生万泉和》以一个赤脚医生的人生经历，折射出农村医疗卫生的现状。一个生动有趣、生机勃勃的农村社会在万泉和絮絮叨叨、木讷而又真诚的讲述声中冉冉浮出水面。在幽默澄澈的笔调中，万泉和这一赤脚医生的形象正如万泉河水那样“清又清”，滋润了我们几近干涸的心灵。他时刻保有对生命的敬畏感，尽管不通医术，也不愿扮演这一角色，却从未放弃对职责的承担；他是温情的，用善化解恶，用简单包容着这个复杂的世界。在这种意义上，他的仁义、宽厚、善良、本分，代表着深藏在文化根底的乡村精神。

作为一位以“一个人的村庄”名世的散文作家，刘亮程对乡土有着特殊的感情。长期在新疆生活的经验使他拥有了不一样的目光。《凿空》写的是发生在古老的阿不旦村之下的故事。这是一个有着几千年历史因而完好无损地保存着传统的村庄。在这里，坎土曼作为活的文物，被人们日常使用着，见证了阿不旦人心灵的变化；在这里，毛驴有自己的生活和社会系统，和这里的人们一样悠闲地生活着。然而，当挖掘来临时，一切都变了。《凿空》写的也是村庄的“变”，这“变”体现在生活的表层是石油的开采以及随之而来的现代生活的种种入侵，而在潜流里是村庄的生活根基的毁坏，以及人心的涣漫与动荡。“凿空”，暗示着村庄坚实的大地实际上已被凿空，而村庄矗立于一片虚空之上，摇摇欲坠。

付秀莹的《陌上》着眼于人与人、事与事之间蛛丝般复杂的联系。于是，我们看到，芳村不仅没有如大多数乡村一样衰败下去，反而人声鼎沸，烟火缭绕。这固然是因为芳村因地制宜，找到了一条原始工业生产的道路。这使得大多数村民们的生活富裕起来，但是否意味着人们因此获得心灵的安宁呢？恰恰相反，芳村里的每个人各怀心事，都有自己不得不面对的生活难题，女人的泪眼婆娑，浸透在纸页间，不免让人深深怀疑社会的发展与个人幸福之间是否存在必然联系。小说中引人注目的是大量的风景描写。付秀莹不遗余力地用诗意的语言描绘乡村的事物，芳村俨然就是活在我们记忆深处的村庄，是我们想象中故乡该有的样子，因而具有了某种普遍性和抽象性。这构成了某种悖论。一边是古典的未经时间改变的乡村风景，一边是正在发生巨大改变（包括经济与伦理）的乡村日常生活。这大约是因为作家感受到了时间的巨大压力，她哀叹着，在书写变化的同时情不自禁地寻找古典的永恒。

三、先锋的回响

作为先锋文学的一名“干将”，格非曾在《小说的十字路口》一文中描绘了传统现实主义与现代主义的关系——“传统现实主义小说在经历了它空前繁荣的全盛期以后，今天正面临新的蜕变的可能。一方面，由于它古老的美学理想在读者心中积淀的审美情趣的永久魅力，传统现实主义小说在当今的文坛上仍保持相当的活力；另一方面，它的某些创作原则（如流水时序、全知角度的叙述、戏剧化的情节结构等）已被越来越多的作家和读者扬弃。二十世纪初崛起的以新小说为代表的现代主义小说，在某种程度上革新了小说的叙事方式，但时至今日，现代主义小说所暴露的弊端（如晦涩艰深，难以卒读，对小说传统的破坏导致的读者的陌生感，等等）也已日益明显，而两者的融合在纪德、海明威、博尔赫斯的创作中已初现端倪，成为当代小说极为重要的文学现象之一。”[1]格非讨论的虽然是西方小说，但某种程度上也契合了中国小说的状况。二十一世纪以来，昔日的先锋作家纷纷转向长篇小说创作，以现实生活为素材，建立起具有强烈个人风格的叙述。这些小说每每问世都引起了强烈关注，有的甚至引发两极化的评论，凸显了先锋文学在当下的现实处境。

在推出《活着》《许三观卖血记》等长篇小说之后，余华完成了自身的经典化，随之陷入了漫长的停笔，但也不断拉高人们对他的期待值。《兄弟》一出，引发了强烈的质疑。有评论家批评说："这部作品从形式上到主导观念上都放弃了怀疑挑战性，放弃了自我特性，顺流而下。在艺术上，取消了大众阅读的障碍和难度，主动靠近大众最惯常的叙述方式。”在价值取向上，“小说的主题之一仍然是余华惯常所写的苦难，但聚光灯却始终打在‘成功人士’李光头身上，而非苦难的承载者宋钢”。“全书完成了最深沉的对强力的崇拜——这甚至可能是无意识的，在失去控制的快感叙述中，余华在不知不觉中成为大众心理的代言人。”也有评论家赞同余华的探索，认为他处理时代的方式

1 格非：《小说的十字路口》，《塞壬的歌声》，上海文艺出版社2001年版，第41—42页。

是“内在于”时代的方式。同样的争议再度发生在《第七天》上。余华似乎有意要记录下这个信息喧嚣的时代的声音，于是，人们所熟悉的犹有余温的新闻事件如同潮水一般在小说中涌现。这使人在面对这本小说的时候感到犹疑。该怎样评价这样一种“现实”和作家的“现实感”呢？赞同者有之，认为余华让一个我们习焉不察的世界显形；反对者也有之，认为余华如此接近现实基本无效，甚至呼吁作家应该与现实保持紧张关系，保持一定的距离。另一种有代表性的批评意见是，《第七天》的写作是面向西方评论界的，不过是为了向西方展示一个荒诞与奇观并存的中国。这些判断谁也说服不了谁，或者也无须说服，文学的世界本来就是众声喧哗。应该说，《兄弟》和《第七天》都有着现实主义小说的外壳，但又很难用现实主义的文学常规去阅读。比如，“第七天”有着丰富的象征意味，在基督教语境里，有上帝用七天创世，到第七天可以安息的故事，在中国文化语境中，“七”也是具有轮回感的数字，所以，小说选择以一个亡灵的视角讲述故事，分七章讲述死后七日的见闻，可以看出作家的用心。再比如，小说描述了“死无葬身之地”这一新世界，看上去树木菁菁，流水嘤嘤，似乎是一个乌托邦所在，但这个“乌托邦”里有着自身的局限和可能，似乎某种程度上实践了余华所说的“把现实世界作为倒影来写”。

像余华的作品一样引发强烈关注的，还有李洱的《应物兄》。二十一世纪初，李洱以《花腔》名世，被认为是“先锋文学的正果”。《花腔》诚如其名，李洱在其中试验了各种各样的文体。三个叙述者分别以自己的腔调开口说话：白医生、阿庆与范将军，各有各的声口，不同的声腔之间传达出他们所身处的时代，三位叙述者从各自的角度、不同的侧面叙述了“葛仁之死”，再加上葛仁的外孙女所附的研究成果所构成的“副本”，是对正文的补充和说明。然而，“葛仁之死”并未就此水落石出，反而更是蒙上了一层迷雾。正如评论者所说的，“《花腔》以相当极端的方式实现了现代主义叙述对现实主义叙述的颠覆，从而达到了对现实主义世界观的颠覆——一切历史都是叙述，既然叙述是不可靠的，真相是不可抵达的，世界也就是不可把握、不可再现的”。《花腔》充分凸显了叙述的不确定性。《应物兄》则是另外一个故事了。这部小说引得各路大家纷纷前来，一试身手，但不得不承认，它给文学史留下的是难啃的硬骨头。小说固然描写的是知识分子群体的处境与问题，但显然又超越于此，是一部百科全书式的小说。有研究者将《应物兄》视作对当代文学的现实主义传统和现代主义技巧的“超克”，即“一种既是现实主义的又有反讽性的文学是否可能”？目前所见，自我、反讽、局外人等等，都是讨论《应物兄》的重要坐标。这些阐释如同盲人摸象，多多少少都摸到了大象的一部分。但我以为，《应物兄》是抗拒阐释的。正如桑塔格所说，“去阐释，就是去使世界贫瘠，使世界枯竭——为的是另建一个‘意义’的影子世界。阐释是把世界转换成了这个世界（‘这个世界’！倒好像还有另一个世界）。世界，我们的世界，已经足够贫瘠了，足够枯竭了。要去除对世界的一切复制，直到我们能够更直接地再度体验我们所拥有的东西”。[1]像《花腔》一样，《应物兄》制造了一个喧腾热闹的话语的世界。这一“花腔”，就是李洱才能的显现。这使得文学就是文学，而不是别的什么。《应物兄》对于阐释的抵抗，恰恰正是这部小说的魅力所在。

莫言的《蛙》以“姑姑”的一生经历为主线，讲述了中国施行三十多年的计划生育政策在民间的影响。在小说中，“姑姑”的形象让人过目难忘。她是一名妇科医生，有精湛的医术和医者之心，在与“老娘婆”的斗争中拯救了多少婴儿的性命。然而，她又是计划生育政策坚定的执行者，残害了多少没来到世间的婴儿的性命。救人与害人在“姑姑”身上激烈冲突，勾勒了她传奇的一生。到晚年，“姑姑”陷入了深深的悔恨中，觉得双手沾满了血腥，“我”和小狮子则陷入了要孩子的狂热中，不惜借腹生子。“蛙”和“娃”的关联，构成了小说的意义内核。在小说的形式上，莫言也做了探索。这部作品由五封写给日本友人“杉谷义人”的信，以及由这五封信引出的五段小说构成，最后一部分是一出戏剧，几部分构成了互文的关系，开拓了小说的意义空间。

苏童的《河岸》也被认为是“对先锋文学的终结或超越”。《河岸》处理的是自我与历史的关系问题。在《河岸》里，人的身份变得游移不定。库文轩曾经被认定是革命先烈邓少香的儿

1 ［美］苏珊·桑塔格：《反对阐释》，程巍译，上海译文出版社2003年版，第9页。

子，成为油坊镇镇委书记，这个由光辉灿烂的革命英雄叙事背景构筑而成的家庭拥有令人艳羡的一切，然而，这一切都因为调查组的进入而遭到了彻底的否定。库文轩带领儿子库东亮从岸上撤退，自我放逐，开始了河上的生活。特定历史时期人的荒诞命运在少年的视角里晦暗不清。相形之下，《黄雀记》显得稳重、结实，这大概与小说的三角结构有关系。小说讲述了保润、柳生和仙女三个人年少时候的纠葛，以及之后每个人的生活际遇，由此，《黄雀记》分为三章，分别是保润的春天、柳生的秋天和白小姐的夏天。三个人物，分别对应了三个季节。苏童非常注重引入季节元素，大约对于苏童而言，季节所包含的人事信息远远超越历史事件。简言之，作为隐喻的季节象征了人事的繁荣枯衰。所以，单单从章节题目上，就可以理解小说人物的境遇。“保润的春天”是说保润为青春蓬勃力量的掌控而不能自持；“柳生的秋天”解释了柳生在躲过牢狱之灾之后小心谨慎，夹着尾巴做人的景况；“白小姐的夏天”是在暗示仙女也就是白小姐的人生繁芜，看似有无尽的可能最后却走到了未知的境地。这也暗示我们，苏童可能不是一个线性史观的拥趸者而更可能是循环史观的信奉者。《黄雀记》因此也充满了属于苏童的种种印迹而令热爱他的读者感到亲切、安心。

宁肯是先锋派的后来者。他继承了先锋派对于形式的实验与追求。在《日光之城》中，他创造性地将学术体例引入小说创作中。遍布文间或长或短的注释，大大开拓了小说的容量。在这些注释里，有叙述者对主人公王摩诘的议论，有对哲学概念的引述，有对诗歌、散文的引入，甚至仅仅是叙述的继续。注释的出现，使小说的结构和叙述复杂而富于变化，形成一种层叠式的结构。后面部分对前面部分的重复叙述，不仅不冗余，反而令人有豁然开朗之感。他将传奇的故事嵌入了思考的河流中，赋予了故事以历史感，也让人物有了纵深感。到了《三个三重奏》里，他延续了《日光之城》里的形式创新——在长篇小说里启用注释这一形式，让注释与正文构成对话。更有意味的是，他将一个在时间层面上前后相续的故事变成三个故事。在他的叙述中，三个故事同时走向了自己的终点，揭示了权力是如何异化男人、女人以及男人和女人的关系。

二十一世纪文学的一个现象是“拟科幻”小说的出现。这类小说的特点是，设定一个科幻或奇幻的情境，在此情境下展开现实主义叙事。也就是说，幻想是小说的外壳，是作家构思整部小说的出发点，而现实主义则体现在小说的逻辑、质地或对社会结构的映射中。这可以看作先锋精神在二十一世纪的演变。李宏伟的《国王与抒情诗》就采用了“拟科幻”的形式。“国王”与“抒情诗”构成了张力结构：两者互相反对，又互相补充。帝国作为一个商业机构，就占据了核心的主导性力量。它掌握了对信息的控制权，通过对信息的控制、甄别、运作，从而在意识层面控制、操纵所有人。这与其说是李宏伟对未来世界的想象，不如说是对我们现实世界的描绘。但是，高度连接的信息也让人类有了互通的可能，与他人深度关联，以信息的方式将彼此紧紧捆绑在一起，这是任何生而孤独的人都拒绝不了的诱惑。另一方面，他寄希望于文字成为人类未来的核心。信息与文字，映照的是个人与共同体。国王追求的是人类大同，是磨灭了个人的共同体，是人类建立在无分别基础上的永生。而对黎普雷来说，有情才是人之为人的根本意义，没有了个人的人类甚至没有存在的必要。是要人类还是要个人，这一分歧巨大而深刻，也是我们所有现实处境的根本出发点。

四、在雅俗之间

二十一世纪以来，文学的格局与版图正在发生重要变化。以网络文学为代表的通俗文学逐渐获取了更多的读者，也拓宽了传统文学的边界。相当一部分作家开始意识到大众的存在，意识到文学与读者的紧张关系将无益于文学的发展。如何既能适应商业市场，又能保持艺术性，即在雅与俗之间、电子媒介与纸质媒介之间寻求相对平衡，成为对作家的挑战。

《繁花》的出现，堪称奇迹。《繁花》一开始就是以网络阅读的形态产生的，对上海文化有着特殊情感的网友，是最早的读者。《繁花》将被改编成电影、电视剧的消息也沸沸扬扬，充分显示了一部文学作品在全媒体时代所造成的轰动效应。在《繁花》中，阿宝、沪生和小毛三个好朋友在二十世纪六十年代的上海街头漫步，与蓓蒂、姝华“那些花儿”一起经历着他们的青春岁月，直到步入二十世纪九十年代，在一场接一场的饭局中，上海的味道纷至沓来，大有可观。《繁花》接续了世情小说的路子。自《海上花列传》之后，世情小说几乎湮没不闻。宏大叙事之后，已有作者重新发现日常生活的意义，但《繁花》之特别在于它不需要为日常生活增添额外的意义，单是那琐碎的、世俗的，甚至不乏空虚无聊的生活本身，就值得书写与回味。这部小说最引人瞩目的地方在于，它用地道的上海声音还原了上海的生活气味。金宇澄独辟蹊径地用对话来推进叙事，对话不仅要契合人物身份，反映人物心理，还得生动、有趣，实属不易。作家充分挖掘了上海话的魅力，让小说的每个人都沉湎于“说”。在喋喋不休的“说”中，属于一代人的记忆就此复活，被认为是“用文字的方式拯救了一代人的记忆，一代上海生活的总结”。

麦家以“智性小说”闻名，《暗算》《风声》《风语》《人生海海》等小说，不仅销售量惊人，还往往与影视联姻，获得了广泛读者。可以说，麦家在中国的接受史，反映了人们对传奇和惊人意志的向往。《风声》可以看作“密室小说”一种。封闭的裘庄，有限的四五个人，到底谁是“老鬼”？用什么样的方法才能找出“老鬼”？“老鬼”又如何在有限的时间内把被截获的情报传递出去？这些疑问构成了强大的吸引力，读者不得不跟随麦家高超的叙事能力和推理能力，一环接一环“解密”，探知事情真相。然而，若《风声》止步于此，也不过是一个好看的故事。麦家在写出上部《东风》后，又写出了下部《西风》和外部《静风》，写出了“一种庄严的人生”，“塑造了一种强悍有力，同时具有理想光芒的人格”。更重要的是，在反复讲述同一个故事的时候，小说探询了历史的多种可能性和人在历史合力前的游移。影视化程度相当高的严歌苓也表现出了强大的创造力。《金陵十三钗》《第九个寡妇》《小姨多鹤》《芳华》等小说均被改编成影视作品，其中《陆犯焉识》成就最高。《陆犯焉识》展现了陆焉识一生所遭遇的政治风云。严歌苓擅长把各种情境都推到极端，由此考验极端下人的选择、人的行动。似乎只有如此，人性的成色才会如光谱一样呈现。从这个意义上说，严歌苓确实是会讲故事的人。

五、其他重要作家的重要作品

张洁的《无字》试图探索在从爱情到婚姻的过程中，男性和女性究竟发生着怎样的互动、摩擦，甚至战争。对于情感的书写是对我们这个时代人的道德境遇和道德体验的有力表达和探索。与此同时，《无字》所容纳的广阔的社会生活与革命想象，与多重历史语境构成了复杂的对话关系，也令女性的自我意识扎根于丰饶的历史土壤中，并获得了难能可贵的政治思想意识。

王安忆的《启蒙时代》揭示了一代人是如何获得理性启蒙的历程。在这部小说里，在《长恨歌》《富萍》里习见的对感性生活滋味的描述及人间烟火气味几乎从文本中退场，思想的路径、思想的表白与对话被放大。因此，谈话、演说、辩论成为小说的主体面貌，王安忆追求精神性的特质在这部小说里表露无遗。所谓启蒙，意味着释放理性，意味着人们摆脱自身的不成熟状态，意味着人们的成年。启蒙是西方历史上影响深远的历史事件；启蒙话语是西方哲学史上重要的概念范畴。王安忆巧妙地将这一过程放置到通常被认为黑暗、疯狂的“文革”年代，讲述了出身于革命家庭的子弟南昌是如何通过精神摸索，寻找到光与真理，达到自身启蒙状态的。《启蒙时代》正是从这种对年轻思想的理解的同情上出发，展示了精神成长的复杂性。从这个意义上说，《启蒙时代》可以看作成长小说的一种，但我以为，它的出现，也许是一个可以被纪念的文学刻度——在纷繁复杂的生活经验铸就长篇小说的肌理的文学年代，召唤精神的脉搏和理性的力量代表了这种文体所能达至的另一种可能。物极必反。在极写精神性一维之后，《天香》致力于格物，即为顾绣立传。小说浸润着浓浓的文人趣味，将园林、纺织、刺绣、花草、制墨、习画悉数引入其中，物我两亲、物我两忘，这物里有细密的闺阁心思，也有广阔的人世之思。

毕飞宇的《推拿》是关于“盲人”的故事。相对于“正常人”，盲人有自身的限制性。因为看不见，他们的生存就格外用力，也格外艰难。可是，小说展现给我们的，恰恰是盲人明亮的目光。正因为看不见，他们小心翼翼地求证生活，调动自己的全身力量迎战生活。在健全人容易忽略的地方，他们周到得多；在健全人看不见的地方，他们眼明心亮。毕飞宇用温暖的目光注视着这个常常为人们忽视的世界，沉迷于各种各样细微的体验，耐心地展开人的内在丰富性，揭示隐藏在人物内部的光。毕飞宇的叙述拓展了读者的视野，使读者得以进入那些“遥远”人群的心灵世界。盲人兄弟姐妹们也生活在“我”的疆界之内，参与着“我”的构成。如果小说止步于此，它已然是一部优秀的小说。然而，毕飞宇将他的思考又推进了一层。他让我们看到了“最普通、最广泛、最日常”的目光，恍若镜子，在互相投射中暴露了我们的幻觉和疑难，看到了我们难以聚焦、难以安定的精神境遇。

刘震云的《一句顶一万句》，重新回到“河南延津”的立场，实现了自身写作的又一次转型。小说《一句顶一万句》分两部分，前半部是“出延津记”，讲孤独无助的吴摩西失去唯一能够“说得上话”的养女，为了寻找，走出延津。后半部是“回延津记”，讲吴摩西养女的儿子牛建国，同样为了摆脱孤独寻找“说得上话”的朋友，走向延津。《一句顶一万句》“向我们习惯的小说思维提出了有力的挑战”。“说话”成了小说的核心内容，没有说出的话才是一句顶一万句。《一句顶一万句》的叙述方法也成为人们关注的重要方面。小说采用了拟话本的形式，仿佛有一个叙事者／说书人控制着话语的走向。小说语言洗练，从容不迫，又缠绕回环。刘震云大量采用了“不是……也不是……而是……”的句式，形成了一咏三叹、回环往复的语言效果。

林白的《北去来辞》兼具内向和外向的气质。海红是典型的具有林白风格的主人公。小说通过海红的经历，来呈现一个广袤的起伏不平的内心森林。林白深入海红的内心世界，让她所遭逢的人与事随着情绪这条小船在时间长河中缓慢流动，许多个细节如珍珠般饱满圆亮，充满了真挚动人的力量。之所以追溯海红的全部生活，是为了建立自我，这自我不是凭空而来的，而是建立在与别人生活的关联性上。所以，林白又建构了与海红或者紧密相关或者不那么相关的生活世界，他们是维系海红的生活之网，把她带到一个更为辽阔光明的世界。

美国批评家哈罗德·布鲁姆说："没有人能够预测长篇小说的未来，甚至可以说，没有人能够预测长篇小说是否有未来，除非是发展成姗姗来迟的浪漫传奇的混杂形式。"我以为，他是对的。《三体》造成了"震惊"，但尚未真正意义上撬动观念的更新。长篇小说正在普遍遭遇价值的困境，当作家们殚精竭虑写尽这个世界的一切事物之时，那些被描绘的事物正在土崩瓦解。正如一切坚固的东西都烟消云散了，一个整体性的世界不复存在。长篇小说在改变这个世界上许多人的内心生活的同时，自身也在经受严酷的考验。这未来是如此渺茫，难以确定。

辑二

双重意识

——从《长恨歌》到《繁花》

虽然中国的现代城市叙述似可追溯到二十世纪初——1902年出版的《海上繁华梦》就被认为是二十世纪最早描写已具有现代都市雏形的小说，且城市书写历经时光的淘洗越发绚烂多彩，然而，中国的城市文学往往并不是一个具有自足性的概念。这么说的意思是，当我们谈论城市文学的时候，与城市文学如影随形的，还有乡土文学。两者如天平的两端，又如孪生姊妹，总是成对出现。谈论城市文学之所是，背后往往有乡土文学之所非。同样，一个信仰乡土文学的人，可能对城市文学充满了盲见。事实上，作为一个现代性范畴，城市与乡土都是历史构造的结果，它们在文学世界中比重的更迭，并非自然而然的结果，而是服务于构造象征秩序的需要。然而，在当下的文学实践中，一个以城市／乡土作为书写对象的人，自觉地斩断了与乡土／城市的关联，终究使得城市文学／乡土文学扁平化、单向度化，真是一件遗憾的事。

这不禁令我想起了乔治·斯坦纳对于荷马史诗的一段评论。他说："荷马史诗中使用'玫瑰色黎明''玫瑰酒般暗红的海洋'这样的标记，使用了一些固定明喻，例如，将愤怒比作冲入羊群或者牛群、充满野性的雄狮。这样的元素构成了日常生活的绣帷，为英雄行为提供了展示背景。它们创造了稳定现实构成的后景，赋予诗歌中的人物丰满性和立体感。其原因在于，在唤起田园牧歌氛围，描述耕种、捕鱼的日常劳作的过程中，荷马表明，特洛伊战争尚未侵蚀所有人的生活。在作品其他部分中，海豚跳跃，牧童在宁静的山间昏昏欲睡。在大屠杀的间歇，在人们命运快速变化的时刻，这些一成不变的短语表明：黎明会在黑夜之后降临；当特洛伊这个地方成为人们引起争执的回忆时，潮水将会淹没海岛；当涅斯托的后裔迈入耄耋之年时，居住在高山上的雄狮将会袭击牛群和羊群。"[1]斯坦纳将之命名为"双重意识"，认为它本身就是形式表现的主题。援引了这么一大段，固然是因为我被斯坦纳所描述的世界深深打动了，更深层的原因是，他确实说出了小说写作的一个秘密，即通过不同意识的并置，小说的意义与话语都不再集中于一个中心，从而打开了世界的多重可能。我理解他的意思是，《伊利亚特》即使描述的是战争，但荷马仍然将日常生活纳入进来，因此，荷马史诗无论是在表现情绪还是展现宏阔生活方面，都具有了后世文学难以企及的"史诗性"。

---

1 ［美］乔治·斯坦纳：《托尔斯泰或陀思妥耶夫斯基》，严忠志译，浙江大学出版社2011年版，第72页。

我们需要小说，肇因于此。而小说日益僵化的一个很重要的原因，就是将小说系于一个看似言之凿凿的观念之上，失去了弹性与水分。许多城市文学所面临的困境，也来源于此。当然，也有一些才艺突出的作家自觉或不自觉地突破单一化的弊病，描绘了一个开放而又繁华的城市肖像。

一

倘若要在中国当代小说中寻找一个城市文学的典型样本，恐怕没有哪一部小说堪比《长恨歌》。这部写作于1994至1995年间的小说，在中国的城市化进程开始之初就着意将目光对准了城市——“城市的街道，城市的气氛，城市的思想和精神”[1]。

这部长篇一开头就石破天惊——“站在一个至高点看上海，上海的弄堂是壮观的景象。”这意味着，从一开始，叙事者就是将城市作为景象纳入小说之中的。《长恨歌》旨在以小说的形式为上海这座城市树碑立传，因此，无论是作为叙事视角的鸽子也好，还是作为城市的象征王琦瑶也好，都是作为城市体系的一部分而存在的。说到底，这是一部地地道道讲述城市如何重新定义一切的文本，也因此引领了二十世纪九十年代文学风气之先。

然而，就是这么一部以城市为主角的小说，到了第二部的第一章，突然出现了一个“邬桥”，这不禁让人要问，“邬桥”所来

1　齐红、林舟：《王安忆访谈》，《作家》，1995年第10期。

为何？这当然得回到第一部才看得分明。王琦瑶的故事是从二十世纪四十年代开始讲起的。一个讲述于九十年代的故事，却要从四十年代讲起，这其中无疑是有微言大义的。四十年代，对于上海来说，是一个复杂而又敏感的时间节点。从城市的物质层面来说，四十年代的上海极尽摩登与繁华，是远东第一城市，零零总总的叙事文本，无不在书写这样一个所谓有着强大的现代性逻辑的上海。从意识形态的层面来说，那繁华即将为社会主义国家城市想象所替代。《长恨歌》的书写，恰恰建立在摩登上海与左翼上海的冲突与张力的基础之上，在缝隙之间打捞一个日常上海。因而，在第一部中，王琦瑶的命运，是环环相扣步步向上的。因为偶尔有了一次去片厂的机会，为导演所看中才能“开麦拉”；这番试镜虽算不得成功，却有了拍照片的际遇；照片一举将她变为“沪上淑媛”，才会参与竞选“上海小姐”；因为在竞选中位居第三，才招来了李主任。此时的王琦瑶，对未来是有无限想象的。个人的命运就是这样与大历史渐行渐远。当个人的那点子渺茫的希望因为无知而如风筝越飞越高的时候，历史正在朝人民共和国一路凯进。这种悖谬，被王安忆书写成静与动：“这静是一九四八年的上海的奇观。在这城市许多水泥筑成的蚁穴一样的格子里，盛着和撑持着这静。这静其实都是那大动里的止，就好像光投下的影，是相辅相成，休戚相关的。”[1]如王琦瑶一样的人，

1　王安忆：《长恨歌》，作家出版社1995年版，第120页，以下小说引文均出自本书，不再一一标出。

大约是看不到也想不到这个城市究竟会走向何方。个人愈静，时代愈动，宛如急管繁弦，到了了响板一敲，迎来了“邬桥”。

就像第一部的开头，叙事者以无比的耐心浓墨重彩地细描上海弄堂的景象一样，这一回，描写的焦点对准了邬桥——“六月的栀子花一开，铺天盖地的香，是起雾一般的。水是长流水，不停地分出岔去，又不停地接上头，是在人家檐下过的。檐上是黑的瓦楞，排得很齐，线描出来似的。水上是桥，一弯又一弯，也是线描的。……早上，晨曦从四面八方照进邬桥，像光的雨似的，却是纵横交错，炊烟也来凑风景，把晨曦的光线打乱。那树上叶上的露水此时也化了烟，湿腾腾地起来。邬桥被光和烟烘托着，云雾缠绕，就好像有了音乐之声起来。”有了光、影、颜色、气味、质感，这江南小镇就活了起来，仿佛是挂在墙上的一幅画，顿时动了起来，是日常生活的背景，更是生活本身。

为什么要以一章的宏阔篇幅写江南小镇？按照王安忆的说法，桥“有佛里面彼岸和引渡的意思”。在第一部里，王琦瑶的命运层层铺进，到了李主任罹难，也就意味着一个时代的结束。寂寞清冷的爱丽丝公寓也好，有着人间烟火气的弄堂也罢，都无法将王琦瑶从中拯救出来。换句话说，这个小人物就这样被卡在了时代的缝隙之中，动弹不得，城市已然是无能为力了。这时候，只有叫作“邬桥”的江南小镇上场，才能将王琦瑶引渡出来，到达彼岸。所以，“邬桥”起着叙事转换的功能——它是王琦瑶的命运从一个时代到另一个时代的转换，从奢华到日常的转换，也是从城市到乡村的转换。有了这层转换，王琦瑶的故事才能继续讲下去，大时代之下的小人物才能天长日久地活下去。

作为一个小说家，王安忆的感性固然蓬蓬勃勃，如邬桥的水，生生不息，她的理性，却是更加昂扬，竟有将感性比压下去的阵势。她固然是擅长作工笔细描，一丁点颜色的变化都逃不过她的眼睛，可是，她更长于升华。在日常生活的具象中，她都能看出道理来，看出哲学来。再精彩的描绘，都是为升华做底子的。“邬桥”自然也不例外。王安忆从这“邬桥”里，看出了“老”与“实”。经历了上海这座城市的繁华之后，来到邬桥的王琦瑶最大的感受就是“老”。“这天是老，水是老，石头上的绿苔也是年纪。”之所以感受到“老”，与王琦瑶空落落的心境有关，更与邬桥本身有关。如果说城市是属于空间的，那么，邬桥则是属于时间的。如果说，城市的繁华是转瞬即逝的，那么，邬桥的水和土地则是永恒不变的。时间的力量在这里显得格外分明。“这船是行千里路，那车是走万里道，都是时间垒起的铜墙铁壁，打也打不破的。水鸟唱的是几百年一个调，地里是几百度的春种秋收。什么叫地老天荒？这就是。它是叫人从心底里起畏的，没几个人能顶得住。……这是以百年为计数单位，人是论代的，鱼撒子一样弥漫开来。乘在这船上，人就更成了过客，终其一生也是暂时。”新与旧，长与短，这大概就是城市和乡村的区别。因了“老”，显出“实”来，是实实在在的“实”。柴米油盐、暖老温贫，都是它。城市的繁华与纷攘，与这“实”，比较起来，就显出了“虚”和“空”。所以，一落笔到邬桥，王安忆就情不自禁地唱起了赞歌。“邬桥的一切都是最初意味的，所有的繁花似锦，万花筒似的景象都是从这里引发伸延出去，再是抽身退步，一落千丈，最终也还是落到了邬桥的生计里，是万物万事的底，这就是它的大德所在。邬桥可说是大千宇宙的核，什么都灭了，它也灭不了，因它是时间的本质，一切物质的最原初。”由此，邬桥不再是邬桥，邬桥是乡土的代名词，是人类永恒的精神家园。

王琦瑶到邬桥，是疗伤来了，也是过渡来了。从旧时代到新时代里去，须得经过邬桥一驿。单单是日久天长的景物，还化解不了刚刚领略了城市繁华的王琦瑶，她毕竟还年轻，还不能得悟。于是，就有了豆腐店的阿二。只有遭遇了少年郎阿二，王琦瑶被城市浸泡过的心才能略略被召回。说起来，阿二就是邬桥的心。对于阿二来说，王琦瑶就是城市繁华锦绣的象征，阿二对王琦瑶的感情，不仅有少年的爱，还有乡村对城市的膜拜与追逐在。阿二去了南京之后，王琦瑶宁可认为阿二去的是上海，而且是为了她去的上海。阿二与王琦瑶惊鸿一瞥，迅速消失在人海中，且在后面的叙事中再也没有出现。写阿二，不是为了写他的性格与命运。阿二的出现，只是为了写乡村与城市迎面遭遇的一刻。阿二奔赴城市之后，也撩拨起了王琦瑶对上海的相思之情。毕竟，王琦瑶是属于上海的啊。邬桥只是过渡，王琦瑶还得在城市里领受她的命运。当然，邬桥之于她，绝非疗伤那么简单，某种程度上，它甚至改变了王琦瑶的人生观。于是，我们看到，在平安里出现的王琦瑶，表情是素淡的，与爱丽丝公寓时期相比，她平实了许多，是真真切切塌下心来过日子的，且是要将这平淡日子过得有滋有味的。大半本小说，不过在诠释这样一句话——“王琦瑶有一种本领，她能够将日常生活变成一份礼物，使你一下子看见了它。”这样一种本领，固然是人应对时移世易的一种本能反应，可是，难道不是邬桥的馈赠吗？日常生活的永恒性，不是在邬桥里初见端倪么？这就显出“邬桥”一章的重要性了。看上去是平淡的，是过渡，实质上，是全书的核。

这大约就是二十世纪九十年代初的“城市文学”了。那时，整个社会刚刚踏上“城市化”的征程。一切都是新的。过去那个摩登上海是新的，未来那个万象更新的城市也是新的。有评论家即时断言：“中国进入了一个‘城市时代’：城市社会是当下中国社会的轴心，城市文化是当下中国文化的轴心。”[1]城市在文学中大张旗帜，分外醒目。但由上面的分析可以看出，城市文学再怎么丰富多彩，它依然携带着乡土意识。从根子上讲，乡土是城市的内部逻辑，它深刻地制约着城市文学的发展方向。这一情况发生变化，则是在若干年后，城市发展到相当水平之后。

二

《繁花》定稿于2012年12月，与《长恨歌》相距十七年之久。与《长恨歌》相比，它有几个显著变化：一是“城市”二

1 李洁非：《城市文学之崛起：社会和文学背景》，《当代作家评论》，1998年第3期。

字已不大在小说文本中看到了。这简直是一定的。当一件新鲜事物还在到来的路途上时，大约是会被常常呼唤的。一旦成为现实之后，反倒不怎么被提起了，就像日常生活，是一切命运的底子，却是隐而不彰的。第二个变化，是叙事者的视角发生了位移。如前所说，《长恨歌》的叙事视角是鸽子的视点，是凌于城市上空看城市，它们所要捕捉的，不是大街上的景色，而是非同寻常的事情，是传奇，比如，王琦瑶，虽然是典型的上海弄堂的女儿，但她的一生，却不是典型的上海弄堂女儿的一生吧。她见证了波澜壮阔的大历史呼风唤雨的力量，也见证着日常生活宛如小桥流水却也有着水滴石穿的柔韧。而《繁花》，似无这般野心。它是深入到城市生活内部的，是在弄堂深处老虎窗内观赏的城市风景。它不祈望传奇，它鉴赏的是现时代的人性，混合着复杂颜色的人性。《繁花》的作者金宇澄说："我的初衷，是做一个位置极低的说书人，'宁繁毋略，宁下毋高'，取悦我的读者。"当然，最突出的不同是语言。《长恨歌》的语言，是以普通话为基础的知识者的语言，繁复、雅致，一吟三叹。《繁花》却是用地道的上海方言还原上海的生活气味。

本文关注的重心，不在于两部以表现上海城市生活而著称的长篇小说的异与同，而是它们如何处理"城市文学"的"乡土性"问题。在《繁花》中，并无一个"邬桥"式的核心空间。唯一一处涉及乡村生活的，是第二章中汪小姐和宏庆夫妇约了康总、梅瑞去春游。待四人坐上火车以后，江南的景色渐次映入眼帘。"窗外，似开未开的油菜花，黄中见青，稻田生青，柳枝也是青青，曼语细说之间，风景永恒不动。春带愁来，春归何处，春使人平静，也叫人如何平静。”“小舸载酒，一水皆香，水路宽狭变幻，波粼茫茫，两岸的白草苇叶，靠得远近，滑过梅瑞胸口，轻绡雾縠一般。四人抬头举目，山色如娥，水光如颊，无尽桑田，藕塘，少有人声，只是小风，偶然听到水鸟拍翅，无语之中，朝定一个桃花源一样的去处，进发。”[1]这景色美极，也如邬桥般，天长地久地存在着，似乎千百年来就是如此。作者用来描绘风景的语言也独具特色——多用四字句，韵律生动，参差不齐，适宜朗诵，这确实是说书先生的口吻。再仔细一思量，却发现，这么美的景色里，竟然没有人。也就是说，这景色是外在于人，它对于人的所思所想，所感所悟，没有丝毫影响，我们看不到面对如此良辰美景，汪小姐怎么想，梅瑞怎么想。当然，这与金宇澄立志不进入人的心理层面有关，但无论如何，风景终究只是风景。在城市生活良久的人们，已经不能像王琦瑶一样与邬桥发生心理层面的互动，只能游离于风景之外了。到了乡村之后，又怎样呢？小说写道："眼前出现一座寂寞乡村，阴冷潮湿。”刹那，风景的美都远去了，只留下悠悠“寂寞”二字。这寂寞，当然是相对于城市的繁华而言的。到了近处，这寂寞进一步加深了。“三开间，两层老屋，门前对联是，**只求問心無愧，何須門上有神**，字纸已经发白，窗扇破

1 金宇澄：《繁花》，上海文艺出版社2013年版，第30页。以下小说引文均出自本书，不再一一标出。

落，庭院里，堆满乱七八糟的桌，椅，茶几半成品，犬牙交错，风吹雨淋多年。”这景象，与日勤月俭、瓜豆丰实的邬桥相去太远，称得上破败，自然不能不叫衣着光鲜的四个男女感到失望了。这当然是当代中国的一个缩影。当城市化的进程轰轰烈烈侵入乡村的时候，《长恨歌》里那个丰衣足食、伦理有序的乡村日渐瓦解。乡村日益空心化，就连住在乡下的表舅也基本到镇里落脚了，在接待城里来的客人的同时，盼的是为木器找个出路。这无疑深刻地说明了自然生息、循环往复的老中国哲学的破灭。乡村的变化与人心的变化是一致的。汪小姐等四人从城里来到乡下，本身对乡村就失去了兴趣，他们作的是，匆忙的到此一游，不过是寻觅欲望的另一丛去处。因此，当宏庆提议出门去走一走，欣赏江南农村风景的时候，得到的回答是汪小姐的嗤之以鼻。“汪小姐说，算了吧，这种穷瘪三的地方，已经一路看过了，七转八转，跑东跑西，还没跑够呀，还要跑。”即使到了乡村，他们四个人还是像往日那般“集中四方世界”。既然失去了往昔的乡土情怀，乡村又如此破落不堪，这场春游只能草草收场，“此地无意久留，明早立刻回上海”。

这场春游以失望的方式收场，四个男女想象中要发生的事情也并未发生，就连欲望似乎都是城市的产物，在乡村的古旧老宅中没有容身之地。这一细节仿佛暗示了乡村生活与风土人情不再成为“城市文学”的内在视角，“乡土”也丧失了诗意化的可能。换句话说，“乡土性”的城市文学已经在新世纪遁形。可是，失去了“乡土性”这根芯子，“城市文学”也变得空洞起来。在《繁花》中，如繁花盛开的是人的欲望，红尘男女熙熙攘攘，无非是奔赴一场又一场饭局，与不同的人相遇。他们不再有王琦瑶那样踏踏实实过日子的兴致，总在盼望着奇迹的发生，可是，在上海这样的都市，又能有怎样的奇迹呢？到头来，小琴跌落，陶陶发现他的爱情是一场骗局，小毛患病去世，汪小姐怀上怪胎，梅瑞成了"上海滩最吓人的女瘪三"，李李看破红尘，落发为尼，目睹这一切的阿宝与沪生，"面对这个社会，大家只能笑一笑，不会有奇迹了"，仿佛是一场大雪过后，"大地一片白茫茫真干净"。失去了"乡土性"的城市文学也只能如此了。

《长恨歌》和《繁花》代表了在"城市文学"里"双重视野"新的表现形态。在这两部小说中，"乡村"与"城市"不再以悖反的形式扭合在一起，相反，两者是一而二、二而一的关系。只不过，《长恨歌》是通过肯定乡土性进而肯定城市日常生活的正当性，《繁花》则是在指认乡村破败的同时也让蓬勃的城市欲望落入虚空。在"双重视野"基础之上，城市文学是否还能生成新的可能？城市和乡村，是否能寻找到新的形式，在小说里各安其位？对于写作者和研究者而言，这似乎都是一个值得不断探究下去的问题。

爱的分析

——冯良《西南边》

一

起初，我在《西南边》里看到的是爱情。那种被认为只可能存在于莎士比亚的时代让天地为之失去光彩的爱情。直到现在，在反复重读这部小说之后，我依然认为，夏觉仁对曲尼阿果的爱情，是这部小说的高音部分。作家详详细细地描绘了一桩爱情的缘起，打开了爱情中最华美的部分，以及这华美之于日常生活的侵蚀。

爱情必然得有什么作为开端。爱情之于夏觉仁和阿果，是由一根刺引起的。阿果在遭遇战之后，发现自己左脚板上扎了刺，挑不出来，只能去找军医。在这个过程中，军医夏觉仁对她一见钟情，展开了长达一生的锲而不舍的追求。旁人如你我，大约会用这般若无其事的语调描述爱情的降临吧。但是对当事人来说，爱情一旦降临，一切都不同了。现在，你也一定发现了这个耐人寻味的比喻：爱情与刺。是啊，所有的爱情不都如刺一般么，它让你无法安身，无法自处，直到一个人找到另一个人，一个灵魂找到另一个灵魂为止。

那么，一个人为什么会爱上另外一个人？这大约是世间最叫人迷惑且无法解释的部分。夏觉仁因何爱上阿果？或许是美貌吧。这是爱情肉身性的显现。任何剥离了肉身的爱，都将沦为虚无缥缈的“纯爱”，从而失去了其本身。最先吸引夏觉仁的，当然是阿果的外在，“这彝族姑娘真的有双桑树叶子般的眼睛，眸子黑亮，眼白发蓝”[1]。如果单从描写来看，阿果的容貌并非那么出色，让人动心的是她的神态、动作。“看她的神情、眼风所向，关涉那几位驮着战死者的尸体、赶马离去的彝人。说话间，掏钱递向沙马依葛，那位非但不接，还似在驳斥她，脆生生，毫无间隙，堵得她嘴巴张了又张，小白牙齿忽隐忽现，沉静的面容起了波动，两手朝地上一撑便要往起站，没得逞，泪水瞬间汪满眼眶。”

这是男女主人公的第一次相见。如若我们想到经典文学作品里男女初见的时候的种种情愫，比如宝玉黛玉初会是两人都觉得“倒像在哪里见过一般”，大约是会感到惊奇的。这是一次不平等的初会。作者尽是从夏觉仁的视角默默地观察、打量阿果，而阿果呢，沉浸在对她族人命运的关切中，竟置

1 冯良：《西南边》，长江文艺出版社2017年版，第29页。以下小说引文均出自本书，不再一一标出。

要为她挑刺的军医、未来的爱人于不顾。这样的初见颇具有隐喻性，事实上，这样的关系结构竟然贯穿了他们一生！读到这里，不得不赞作者那看似漫不经心实则见微知著的寥寥几笔。

好了，作为读者，我们可以宣布，夏觉仁真真切切、确确实实爱上了黑彝姑娘曲尼阿果。然而，爱的产生，却是多种因素共同作用的结果。这包括且不限于，夏觉仁来自大上海，有能力也有眼光欣赏彝族姑娘拥有的异域风情的美。更重要的是，他正处于沙马依葛的爱的包围圈中。沙马依葛那股子不依不饶一定要得到他的劲儿让他感到了某种可怕。他需要寻找一个新的对象，来完成爱的本质化。从这个意义上说，从一开始，这个爱情故事就是三个人的故事，是曲尼阿果、沙马依葛和夏觉仁的故事。

那么，爱，究竟是一种什么感觉呢？冯良说，是怕。看见阿果，是怕，“这种怕令他不能呼吸，让他想要凝神端详进而触及他怕的对象”。只有经历过爱情的人，才会拈出一个“怕”字来吧。成为爱欲的对象，意味着这个人，以及与这个人有关的一切都被神圣化了，面对他／她时，你所能感到的，是敬畏。也就是怕。然而，面对沙马依葛的时候，夏觉仁竟然也感到了怕。“他挺怕沙马依葛那张脸，明明笑着，定睛看去却在发狠。”这似乎是另外一种性质的“怕”，来源于作为爱欲对象的本身。为什么夏觉仁在追求他的沙马依葛和他追求的阿果之间选择了后者？这恐怕不能简单地解释，还是要回到小说。我们看到，夏觉仁始终在怀疑沙马依葛爱的真诚性，一会儿他认为沙马依葛不是看上了他，而是喜欢上了大上海，一会儿，他又猜测，沙马依葛未必喜欢自己，喜欢的是药。简言之，夏觉仁执着地认为存在一个本质化的“自我”，而爱情，应该是纯粹的，是两个本质化的“自我”碰撞的结果。这是十九世纪浪漫主义加诸的影响，也是通俗爱情故事的核心。但是，在木略等现实主义者看来，大上海也好，药也好，不都是他么。也就是说，夏觉仁所认为的外在的背景、职业身份、社会地位等等，都是一个人不可分割的有机组成部分。这是夏觉仁与沙马依葛的根本性冲突之一。另外一个根本性冲突，在于对待时代的态度。从夏觉仁的人生选择看，他充分意识到了时代的变化，并且，他的人生节奏与这一变化是合拍的。作为出身于上海资产阶级家庭的子弟，他没有按照家人给他的安排规划人生，而是放弃学业，直接从辅仁医学院参军。“倒是他的家人，不知今夕何夕，只知挣钱花钱。……他怎么会听从他们，落后，自私，最能打动他的是‘为新生的社会主义祖国服务’。”也就是说，同沙马依葛一样，他积极回应了正在变化的时代的召唤。从这个意义上说，他与沙马依葛是同路人。那么，同路人就一定声气相求吗？阿兰·布鲁姆在分析《奥赛罗》的时候有这样一段分析。他认为：“根据古希腊罗马传统的分析，爱意味着缺陷和需求。一个人亲近另一个人，承认那人在某些方面值得钦佩，恰好暗示了他自己在这些方面的匮乏。一个人渴望拥有的事物正是他并未拥有的事物。而占有他人的欲望意味着，爱人者缺乏被爱者具有的某些品质。”[1]从这个意义上说，阿果所吸引夏觉仁的地方，恰恰在于她对于变化着的时代的不变与沉着，虽然，阿果自己对此并不自知。然而，悖谬的是，这桩爱情和婚姻得以实现，须得改变阿果的不变，共同成为变化着的时代的一分子。“他血气方刚，顽固不化，什么不和汉人开亲、娃娃亲，一概视为封建陋俗，打定主意要把曲尼阿果带动起来勇敢地加以破坏。”对夏觉仁来说，阿果是他灵的向往，沙马依葛是他欲的承载；阿果代表了他出世的追求，沙马依葛则意味着现世的幸福。看上去，夏觉仁并未思考太多，就直接奔向了作为他理想爱情形象的阿果，但事实上，小说露出的缝隙显示，在无意识深处，夏觉仁的纠结可能比他自己想象的要多得多。

无论怎么样，在夏觉仁锲而不舍的追求下，男女主人公终于如我们所愿的走到一起来了。当听到阿果的表哥嘴里说出来阿果和夏觉仁要结婚的消息的时候，我们这些读者，竟像那些爱看大团圆的姥姥一般高兴得不能自已。就仿佛看到一把种子撒到了土地里，终于长出了小苗。只是，别忘了，所有的佳偶天成其实都不是天成的。夏觉仁和阿果恰好处在时代变化的关口上。也就是说，当时代的车轮滚滚向前的时候，社会出现了一个巨大的裂口，由此将不在同一世界的人们纷纷卷入，才使得夏觉仁与阿果得以相见、相爱。假如解放军没有进驻大凉山，

1 ［美］阿兰·布鲁姆、哈瑞·雅法：《莎士比亚的政治》，潘望译，江苏人民出版社2012年版，第45页。

黑彝的女儿阿果大约会像她想象的那样，和她的表哥古侯乌牛结婚，像祖祖辈辈一样生活着。然而，封闭的大凉山一旦打开，变化就发生了。变化是从表哥身上开始的。当乌牛走出了大凉山，到西昌、成都、北京读书以后，他开始意识到了大凉山并不是整个世界，相反，世界要开阔得多。乌牛穿西装、着西裤，看过电影，见识过汽车，这意味着他接受了现代社会的洗礼。之后，他的眼界就完全不一样了。当一个人被"现代化"以后，他的人生观、世界观必然发生改变，婚姻观念也随之发生了变化。他不觉得必须恪守彝人不和外人开亲的祖训，不觉得婚姻是被规定了的，也不再视已经定亲的表妹阿果为必然的婚姻对象。这是变化的时代之于人的影响，就像一颗石子投向湖面泛起阵阵涟漪。阿果是变化所传导的下一个环节。阿果并不像她表哥那样，是主动迎接时代的改变，她是时代变化的被动承受者。她踉踉跄跄地跟随时代去变化，她听从爹妈的安排，生怕表哥不要她，拖泥带水地去成都学习，然而，这并未让她追上时代——是的，追赶时代的人从一开始就落入了时代的下风，事实上，从头至尾，阿果都不曾真正地随时代而变过。她是沉默如石头的那一类人，任由时代的水位不断上涨，然后将他们淹没。所以，尽管阿果也走出凉山，又回到凉山，主宰她的，始终是凉山彝人的情感结构。对于变化了的外面世界，她始终只能"哭哭啼啼"，毫无招架之功，就这样，在懵懵懂懂中她失去了她想象中的生活。当她得知表哥和一个白彝丫头好上了以后，除了以儿童般稚拙的形式表达激烈的感情外，她似乎毫无办法。幸好还有夏觉仁对她一往情深的追求。时代将与外人结婚的命运抛掷给她，她即使不乐意，也只能承受着。事实上，因为夏觉仁的存在，她也是时代改变过程中足够幸运的那一个。冯良三言两语写到了她的二姐，可以与阿果的生活放在一起看。“她二姐曲尼阿呷嗓子甜，一唱歌，鸟儿都跟着叽啾，性情活泼，女兵女干部都想当，离家天远地远也不惧，但家里死活不同意。”这样一个向往跟随时代的水波而游泳的人，却在时代的变化中不再有合适的婚姻对象。“和你二姐同龄的黑彝男子，上下错开三两岁，订亲结婚的；因为解放因为民改，觉悟的，参加工作的；当叛匪被打死的、抓了的；剩下的还有啥可挑的。”对于时代来说，这也许是小小的偶然，但对于个人来说，这简直就是飓风般的无力抵挡的命运。冯良让我们清晰地感受到，在宛若天成的爱情背后，是历史沉重的影子。每一个人都不能自外于时代，无论你情愿与否。

夏觉仁对阿果持之以恒的追求与爱恋成为人们传播的话题。人家口耳相传，夏觉仁是如何披荆斩棘地追求阿果，又是如何呵护阿果。他们的婚姻，成了浪漫主义的神话。现在的问题是，神话之中的人幸福吗？关于爱人者和被爱者，阿兰·布鲁姆还说：“爱人者通过他的爱承认对被爱者的依赖，在这个意义上，也承认了自己的卑微。尽管被给予感情，被爱者却不一定有所回报。……因此，对于被爱者的感情，爱人者不能有任何要求。相反，因为他在爱，他便默许了一种缺憾，即被爱者并没有回报的义务。……尽管如此，每一个爱人者都要求被爱作为回报，只有通过爱的回报他才能占有被爱者。此外，他还赔进去自己的尊严，当他决定去爱，他的自尊便开始依赖另一个人。同时，他使自己陷入双重困难的处境，爱上别人这一事实在某种程度上迫使他承认自己与被爱者是不般配的。”[1]从这个意义上说，夏觉仁是否觉得幸福，依赖于阿果是否回应他的爱。阿果到底爱他吗？他并没有十足的把握。“很多时候，夏觉仁感到曲尼阿果在面对他时很矛盾，他相信曲尼阿果慢慢也爱上了他……同时，也依赖他，因为他医术高明还有点崇敬他，起码有面子，可以帮助她的乡亲。更觉得他给自己抹黑，玷污了她那纯洁的黑彝的血。”然而，阿果的所思所想，我们却不得而知。我们只能在夏觉仁背叛了阿果之后的愧疚里，发现阿果行事的些许痕迹。原来阿果每年都在给夏觉仁上海的亲人寄当地特产。这能算作阿果爱的证明吗？还是仅仅表现了阿果的善良？至于被爱者阿果是否觉得幸福，我们就更加迷惑了。我们唯一能确定的，是阿果所能感受到的新旧两个时代加诸她身上的重量。

二

如果按照那些“顽固不化”的黑彝的观点来看，阿果与夏觉仁结婚，打破了他们世世代代的祖训，是对于家族的某种“背叛”。那么，按照背叛者亦将遭到背叛的公式推断，阿果或

1 ［美］阿兰·布鲁姆、哈瑞·雅法：《莎士比亚的政治》，第45页。

许也会尝到背叛的滋味。事实上，在夏觉仁与阿果漫长的爱情生涯中，背叛必然会发生，只是以不同的面貌出现在他们的生活中。

夏觉仁对阿果的第一次背叛是在“平定新叛”的途中。夏觉仁被作为医生稀里糊涂被拉上了平叛的道路，才知道死去的黑彝姑娘是阿果的二姐阿呷，而阿呷的舅舅们在替她报仇的过程中引发了这一场对黑彝奴隶主的“新叛”。作为“阿果的男人、曲尼家的女婿”，夏觉仁被石哈青眼有加，认为他是自己人，遂把叛乱的由来，以及曲尼家的计谋一一道来。他绘声绘色地讲述了他们是如何假装追奴隶主，实则在情感上倾向于黑彝奴隶主的故事。末了，石哈特地嘱咐他不能把这个秘密告诉木略。他说：“你不会吧，你不是一般的汉人，是阿果的男人、曲尼家的女婿呐！”“夏觉仁加重语气：‘当然！’”下面的转折简直惊掉我们的下巴。冯良貌似平淡地说：“他当然会。”

在一般的通俗小说中，男女主人公都是德性完美的人，或者说，即使不那么完美，通过爱情的成长，他们将自动从禁锢他们的傲慢与偏见中挣脱出来。而这一次，冯良呈现给我们的，是一个德性上有瑕疵的男主人公。他毫不犹豫地将别人交付给他的秘密兜了出去，将那人推向命运的深渊，亲手毁掉别人对他的信任。

那么，他何以至此呢？我们见到了他的行为，势必要为这个行为寻找心理根源，来决定我们是否原谅他、认同他。我猜想，一定是石哈说的那番话深深地打动了他。石哈在分析曲尼拉博何以走上叛逃的道路时说:“唉，要不是因为阿呷惹出这些事来，舅子老表得罪政府先跑了，他抹不开面子，哪能走上逃跑的险路啊！”夏觉仁一定深以为然，觉得这就是整个事情背后的深层原因。他以为，他把这层原因说给了当权者木略，就能帮他的岳父免去横祸。说到底，作为一个爱人者，他是希望爱人以及与爱人有关的一切人和事都好的。他也知道，作为一个汉人，他说这番话势必没有多少分量，只有这番话是从追捕奴隶主的娃子石哈嘴里说出来，才具有情报价值，也才会为木略所看重。基于此，他必须把这个“内情”告诉木略。

他有没有想过他的这番告密会给石哈带来怎样的后果呢？小说写道，当石哈被带走以后，“夏觉仁的心脏也像他一样闷疼难忍，不是疾病，是内疚引发的”。这或许是在暗示我们，他并没有想到告密会带来如此深重的后果，他直接决定了石哈一家人的命运。从这个意义上说，夏觉仁身上有几分天真气。他对于世事的打量，就像一个孩童，仅仅看到事物表面的联系，而无法洞察隐藏着的更为深远的联系。他的天真，与阿果的天真，简直相映成趣。当然，他还没有想到的是，石哈的欺瞒深深地激怒了木略，让木略不得不直接面对自己的愚蠢。对一个聪明人来说，这简直比杀了他还要命。告密者的身份直接从道德上压垮了他。他开始在意他在爱人心目中的形象——“万一阿果知道他是告密者，面子何以堪！肯定会要了自己的小命，或者她自己的。这后一个想法，让夏觉仁眼前顿时暗淡。”此时的他，尚且还体会不到阿果与她的族人一荣俱荣、一损俱损的关系。在出卖了石哈之后，夏觉仁得知了岳父去世的消息，理应去奔丧的他被木略再次拦在了路上，木略还拿石哈的命运威胁他。他不得不屈从，事实上也是屈从了自己的软弱。这是夏觉仁对阿果的第一次背叛。

第二次背叛，情形就有点复杂了。在阿果回到娘家，自由养蜂期间，阿果在体制中的位置成了一个难题。这难题不是阿果的，阿果早已跃入自由王国的境界，随心所欲，无羁无绊。这难题是夏觉仁的，他还是现实中人，他需要为阿果的生存考量，在那样一个年代，离开了体制意味着生存就没有保障。所以，他需要一次次替阿果请假，为了请假，哪怕把阿果说成有抑郁症呢。为此，他需要小心翼翼地求所有手中握有权力、所有能给阿果开请假条的人，包括他曾经拒绝过的爱情的另外一种可能，沙马依葛。

这是夏觉仁和沙马依葛在经历了漫长的爱情婚姻生活之后的一次重逢。在两人相遇之初，夏觉仁并不是完全对沙马依葛没想法。“偶然，沙马依葛的形象会岔进来，打乱他专一的情思。奇怪，只要沙马依葛的大脸盘和杏子般的眼睛一出现，他再要想念曲尼阿果，就要费点神。”事实上，沙马依葛牢牢占据了他的身体领域，那是位于精神一极的阿果进不去的疆域。青春年少就意味着对于身体不屑一顾。当青春不在的时候，夏觉仁和沙马依葛再次相逢，我们不难想象，属于身体的激情会包裹住他们，让他们任性妄为，仿佛是要将那没有选择的道路重新再走一遍。现在，让我们稍稍离开夏觉仁的视角，来体察沙马依葛的思想与情感。显然，沙马依葛不是儿女情长的那种人，她泼辣、爽利，是那种清楚知道自己需要什么也知道该如何得到这一切的人。当初，是她看上了夏觉仁，一心要得到这位从上海来的军医，她不怕让所有人都知道他们好上了，一次次用各种方式向夏觉仁表达好意。她并不知道，她的强势，其实是会对夏觉仁构成某种难以消化的压力。但是，一旦看到夏觉仁一门心思扑在阿果身上，她二话不说利索地撤了出来，同时还抓住了另外一个军医吴升结了婚。从这个意义上说，她是理性的、决绝的。但外在的理性并不意味着她断绝了内心的念想。从这个意义上说，她对夏觉仁的苦恋，恐怕不亚于夏觉仁对阿果的苦恋。不过，夏觉仁的爱恋是轰轰烈烈的，是所有人津津乐道的话题，而沙马依葛只能自己消化这一切。这样一个以实用的态度面对生活的人，似乎不会被自己的情绪所困扰，在每一个生活的困难关头，她都能依凭自己，从烂泥里挣扎起来，重新获得生活的青睐。而这一回，她和夏觉仁发生故事的时候，正是她人生最美妙的光景。

事业上，依靠王副政委的支持，她已经成了县公安局的副局长。大概老天都看不得这样一位奇女子屡屡受挫，单独送了一份大礼给她，于是，阴差阳错，她竟捉拿了潜逃十来年的土匪，立了大功。沙马依葛这样的女子，就该这般叱咤风云、快意人生。婚姻生活嘛，固然吴升是不及夏觉仁的，固然夏觉仁是横亘在她与吴升之间的那根刺，但好歹也算妇唱夫随，至少看上去也算得平静。爱情就是刺吧，一见到夏觉仁，那根陈年老刺就开始发芽长苗，甚至长成参天大树。可是，对于沙马依葛这样的女子来说，大概爱情真是她生活中的奢侈品，在她稍稍觉得两情缱绻、情堪足慰的时候，爱情又将她引至人生的旋涡之中。事业遭遇惨败，名声一败涂地，这都不说了，让她心驰神往的爱情也突然间崩塌了——“夏医生把事情都揽在自己身上了，说自己鬼迷心窍，为给老婆请假续假，利用了你，阿果家的亲戚呢，因此误会了你。”这下子，连我们这群旁观的人，都忍不住要去问爱情故事的当事人：你和她，到底是真还是假？是利用还是情不自禁？

当然，问出了这番话足以证明作为读者的我的无知。世事清明如冯良，大约是不会回答我这样的蠢问题的。她也不会让她的男主人公有机会作答。这恰恰是人性幽深复杂的地带。夏觉仁对沙马依葛，特别是春风得意的沙马依葛真的毫不动情吗？恐怕不见得吧。但是，他和沙马依葛在一起，也不能完全说是发乎情，这其中也是有希望倚仗沙马依葛继续为阿果续假的成分在吧。那么，当他把这段感情完全说成是他对沙马依葛的利用，主观上也是有保护沙马依葛的政治前途的好意在的吧。人的情感就是这么复杂。单单听其言，观其行，怕是无法抵达一个人的内心。代入每一个角色，从他们的爱与恨出发，去理解每一个人，《西南边》就是这般教育我们的。

话说远了，还说回来。夏觉仁与沙马依葛的故事无疑是对阿果的又一重背叛。这背叛是我们熟悉的样子，另外一个女人，身体，如此种种。而且，这场背叛声势浩大，形成众人围观之势。夏觉仁只有自我承认道德问题（背叛是道德问题，利用同样是道德问题），才能将两个女人切割出去。我们需要再一次面对在道德面前矮化的夏觉仁，只是，这一次，我们打量他的目光更为复杂。

对于背叛者的审判终归还是要被背叛者来执行。阿果又是如何对待这些背叛的呢？先说第二次背叛。当众人都清楚夏觉仁和沙马依葛的“不清楚”，我们都以为，阿果和夏觉仁的婚姻会因此恩断义绝，毕竟，经历了各种世事，他们长期分居，婚姻本来就是一息尚存。不独我们这样认为，当事人夏觉仁怕也是这么想的吧，所以他才会在被单位开除之后沮丧地要卖一地的家什。但，让我们惊讶的是，阿果居然在这当口回来了，不仅回来了，还是一副又标致又冷峭的模样，并且声称要过日子。尽管夏觉仁和阿果的日子看上去没什么温度，但好歹，断了好久的日子总归是接上了，他们重新像一家人在一起生活了。也就是说，经历了这一遭背叛的阿果，以自己的大度，重新接受了夏觉仁，与此同时，阿果自己也获得了成长。承认并接受这一重背叛是极其不容易的事情，寻常一个女子如何想，我们都能想象得出来，更何况，在彝人的世界里，发生了这样的事情，意味着对整个家族的羞辱。阿果须得再一次打破家族观念对她根深蒂固的影响，是何其之难呵。这就是阿果的不同凡响之处。在人人皆以为是其所是之处，偏偏阿果能看破事情的虚妄，接受了人的不完美，同时实现了自己的成长。与之前公主一样骄傲的她相比，我或许更爱这个落入凡间的女子。

与之相比，阿果对夏觉仁第一次背叛的反应就复杂了。直到看到小说的结尾，我们才反应过来。当年阿果奔丧回来，七魂去了五魄，人不像人鬼不像鬼，我们一门心思地认为，是纤细脆弱的阿果承受不了姐姐和爹爹死亡的事实，承受不了曲尼家包括许许多多黑彝家新叛的命运。狡黠如冯良，竟对阿果何以如此不露半点口风，把我们瞒得严严实实。以至于多年以后，当阿果提起要为石哈落实政策的时候，我们一如在场的其他人，紧张得不得了，生怕她知悉了夏觉仁作为背叛者的事实。也只有到那个时候，我们才知道，阿果其实早就知悉一切。当年她近乎自戕的行为里，固然有情势不堪承受的种种，也有对夏觉仁深刻的绝望。从这个意义上说，身体背叛与道义背叛相比，后者对阿果的伤害更为深重。

而之所以会如此，当然源于夏觉仁和阿果身份与情感的差异。作为汉人，夏觉仁爱的是阿果，在意的是阿果一人，至多延伸至阿果的家人。在他看来，只有他们才是至亲的人，其他人都无足轻重。“如果不是这个结果，石哈在他眼里只是一个又傻又脏的山里人，不足挂齿。除了曲尼阿果，还有她的家人，他并不觉得和彝人有什么瓜葛，人家在提到他时，总强调他是彝胞的女婿，真让他奇怪，好像这么一来，他得特别对彝人友好。”这是汉人的小家庭的观念。但是对于阿果，则完全不是那么回事。从朴素的道义上讲，她对她那些以前有身份而今败落了的族人负有责任。所有的彝人，对她而言，都是至亲。相反，汉人才是“他者”，是不相干的人。因此，她对夏觉仁的感情极其复杂。一方面，她渐渐感动于夏觉仁对她的爱，渐渐爱上了他；可是，另一方面，在渐渐融合的同时，阿果又真切地感受到了坚硬的无法融合的部分。所以，石哈事件的发生，是偶然，其实也是必然。它是夏觉仁与阿果差异的外化。或早或晚，他们会因为他们自己都不那么明晓的原因走上歧路。从这个意义上说，夏觉仁和阿果那美得不像真的的爱恋，终究会是悲剧。

三

是的，哪怕夏觉仁与阿果有了几十年的婚姻生活，他们依然生活在爱情之中，不承担婚姻的具体形态。在《西南边》中，为我们勾画婚姻模样的，是俞秀。

俞秀在小说中初亮相的时候，是过去丫鬟的角色。如果说，我们用泼辣形容沙马依葛，用害羞想象曲尼阿果，汉姑娘俞秀则老实得几乎要让人忽略她的存在。除了围着曲尼阿果忙来忙去，她似乎没有建立自己的存在感。我们是在哪一刻注意到了俞秀的呢？大约得到英雄木略讲自己的经历的时候，当木略突如其来地夸奖俞秀的美的时候，我们才注意到了这个不谙世事的姑娘。可是，转眼间，这个姑娘就和木略结婚啦。

相比起夏觉仁和阿果，他们恋爱的戏份简直少到可怜，几乎直奔婚姻的主题。可是，婚姻的达成则显得曲折得多。木略首先要说服以前奴隶主指派给他的老婆乌孜同意离婚，还要说服团领导同意他和乌孜的离婚，再同意他和俞秀的结婚。在木略的巧舌如簧之下，一切都如他所愿地进行着。

不妨来看一看，达成婚姻的基础是什么呢？首先当然是感情吧，只是这感情跟我们平常所理解的爱情不大一样。在和木略会面决定婚姻的关键性的几个小时里，俞秀在想什么呢？“可她妈病情沉重，由不得她不心悲，想她妈死后，她爹可以名正言顺地把解放后移到外面另辟院子住的小妈接回来，两个弟弟是小妈的，到时候人家四个团圆，撇下她，还是不被喜欢的女儿，不就成孤儿了！”也就是说，在约会时，俞秀并未沉浸在卿卿我我中，相反，她是盘算起了自己的处境。无家可归感抓住了她。当她感觉到自己即将成为孤儿时，旁边这个男人立刻成为了她所能依靠的对象。或许还有欲望。最后，也是最重要的，是理性的衡量。有那么一刻，俞秀不是没打退堂鼓，她觉得木略是个蛮子，还是彝人汉人都鄙视的娃子，人又比自己大八九岁。一句话，不匹配。但是木略说服了她。木略教育她不要看当下，要看未来。越是苦出身越有前途。这充分说明了婚姻的本质。婚姻恰恰是在看清自己和打量别人之间寻找到的平衡。从这个意义上说，俞秀和木略的婚姻正是找到了这个平衡点，因而构建了稳固的利益共同体。

俞秀和木略的婚姻，也尽显互相交换这一实用主义的本色。木略出面通融，把俞秀娘家的成分由富农调整为中下农。“那以后，俞秀每回上坟，总少不了告慰母亲：你的女儿我找了个靠得住的男人！”对，一开始，俞秀对于婚姻的期望就是可以让她依靠，果然是求仁得仁！

除此以外，婚姻还会潜移默化地改变一个人，让她慢慢成为婚姻中的另外一个人。在木略潜移默化的影响下，那个老实的俞秀已经看不到了。我们看到的，是越来越伶牙俐齿的俞秀，连说话的语气都越来越像木略了。听听她对阿果说的话——“不晓得夏医生迷你哪样。我家木略说，夏医生家响当当的，比你们黑彝的骨头还硬！要论家产，你家有没有人家的一个零头哦！”这对夫妻在谈论婚姻时始终一个调调，即是否门当户对。当初那个害羞的俞秀，已经在婚姻中锤炼成了“舌尖嘴巧，常常把对方要笑得脸红皮臊”的俞秀了。

在尝到了权力带来的好处之后，俞秀一门心思盼着木略升官，“人面前的和善都是假装的，是为了给木略升官打的烟幕弹”。此时，俞秀已经实现了与木略的合体。谓予不信。看看，当红卫兵来到大凉山，俞秀是怎么反应的。在跟同事议论之时，俞秀时刻不忘“替自己的男人打点两句”。在询问红卫兵之时，她成功地自我掩护，丝毫没有透露出她的县长夫人身份，让红卫兵将她认定为可以依靠的基本群众，试图为木略打掩护。在红卫兵要开批斗会之际，她又如何舌战沙马依葛，真真是一番好戏。

现在我们可以看得更清楚了，木略和俞秀，他们之间似乎不存在冲突，相反，他们有共同的目标、共同的利益，会为了这共同的目标和利益随时调整策略、战术。他们更像是一对战友，在同一个战壕里，追求共同的胜利。这么一来，木略和俞秀的故事实在没什么好讲的。作为浪漫主义者，你可以说他们很无趣，但是，谁能否认，这不就是婚姻的真谛吗？

四

既然说到了木略和俞秀的婚姻，那么，让我说说木略这个人吧。在我看来，这是全书最有魅力的一个人物。此言一出，连我自己都吓了一跳。难道俊逸痴情的夏觉仁，美貌骄傲的阿果，泼辣爽利的沙马依葛，朴实秀气的俞秀都比不上这个“扁平脸、豆子眼、罗圈腿，还老”的木略？我仔细想了想，还是坚持这个看法。

木略是“彝娘汉老子”的娃子出身，汉人的血和彝人的血都在他的血管里奔流。顺便说一句，冯良自己就是“彝娘汉老子”。她有篇散文就是以“彝娘汉老子”为名。她说：“有时候，尤其在我小时候，我觉得有这样出身的人是最不容易的，因为你的小伙伴会在你得罪他们的时候回骂你是个杂交鬼，而要是你表现得比同龄人聪明些吧，连你的老师都会点评说，还是杂交品种优良啊！”[1]是否敏感，在木略身上倒看不大出，但聪明，木略是真聪明。他尤其擅长辨别时势，并在机会垂青于他之时，一跃而起，迅速抓住这个机会，实现人生的翻盘。

木略人生遇到的第一个也是最重大的一个机会就是吉黑哈则的叛乱。说起来，吉黑哈则本来就没正经想叛乱，不过是枪

---

1 冯良：《彝娘汉老子》，天地出版社2005年版，第189页。

和子弹引起了他的贪欲；局面演化到僵持不下之时，且双方都有和平解决之意，就需要一个像木略这样的人作为中介，化解僵局。以木略之谋略，解决这点问题完全不在话下。要害还不在于此，对于木略个人来说，要害在于到底是以投降还是起义的名目化解这一风波。当木略了解到投降与起义哪种更为有利于他本人的时候，他毫不犹豫地以自己的巧簧之舌说服前主子接受投降的名义，然后自己纵身一跃，从卫生员成了大英雄，进而开始了他漫长人生仕途的跋涉。

老实说，以我十分狭窄的道德想象力，像木略这样在紧要关头毫不犹豫地选择利己，不惜牺牲别人利益的人，我大概是不大喜欢的。但很奇怪，木略却并未引起我的反感。这大约是因为吉黑哈则实在太蠢笨了，相比之下木略的机智与能言会道简直就像一门艺术，让人忍不住赞叹。聪明是木略最突出的特征，要不，作为黑彝奴隶主家的娃子，他如何以劣势地位，戏主子以无知呢。聪明的人总是有趣的，有趣，大概也让人多几分好感吧。不过，聪明也不具有道德的豁免权。那么，木略的魅力，除了来自聪明以外，还有什么呢？

大概还因为这个人物的真。他毫不掩饰自己蓬勃的野心，认为在新的情势下凭借自己的才干可以获得更多是真；当他发现自己受了骗，怒气冲天，严苛地对待骗他的人是真；他的荤素不论，各种真真假假的话张口就来是真；作为领导，他念了白字不以为意反而自圆其说是真；他不拘小节、热情率真也是真。大体而言，冯良把木略性格的方方面面都描摹出来。就像一个人，你开始或许看到的是他自私的一面，但接着，你又了解到他热情的一面，随着你对他越来越熟悉，他的性格也表现得越来越丰富。他越生动，越复杂，你越能感受到他的魅力。

而且，说到底，他不是坏人。他始终认为，夏觉仁是他的朋友。尽管他不认同夏觉仁“为一个女人自毁前程”的做法，但是他仍然尽心尽力地为他的朋友夏觉仁谋求生存空间。即使是对他的政治对手沙马依葛，他也诚恳地表达他的歉意。

但，这还不是最重要的。最重要的是，冯良为我们描绘了一个试图驯服时势这匹烈马的人的形象。有时候，我们看着他轻而易举地翻身上马，随着良驹一日千里；有时候，我们又看到他从烈马身上跌落下来，伤痕累累，但是他不甘心，还是追着烈马奔跑。整个过程惊心动魄，叫人叹为观止。在木略身上，你能真切感受到命运感这种东西。或许，这才是木略的魅力所在吧。

五

这篇文章既然是从爱情开始的，那么，允许我以友谊结束吧。我知道，这听上去没什么逻辑，但是，谁让“爱和友谊”经常成对出现，承担了我们生命中大部分情感容量呢。

开篇的时候，俞秀是作为阿果的好朋友出场的。当别的女队员嫌阿果一贯小题大做，各自忙去的时候，是俞秀摸出了绣花针，一边让她自己挑，一边怪她不听劝，打光脚板打出祸害来。听上去，俞秀真的很像今天的好闺蜜是不是。事实上，俞秀也确实如此。当木略夸她漂亮的时候，她会认真辩白说，阿果才是最漂亮的。

正如爱情要经历考验一样，友谊同样会遭遇挑战。俞秀和阿果的友谊出现裂隙是在阿果知道俞秀将要同木略结婚的时候。阿果表示了她的担心，以及对木略的批评。这验证了人们常说的，一涉及爱情婚姻之类的大事，多少好闺蜜反目成仇。“这么斗嘴，很伤朋友的感情，再不搭理，噘着嘴各忙各的。”哪里是“各忙各的”那么简单，分明是从此至交是故人。两个人是越走越远了。俞秀被木略熏染，越来越入世，而阿果呢，始终是出世的那一路。哪能说得到一块儿去呢。无论是从夏觉仁口中说出的阿果认为俞秀是“变色龙”的话，还是叙事者有意说的（俞秀和曲尼阿果）“并非交往深厚”，都能看出，两人志不同道也不合了。

但是在小说中，我们似乎还是能看到这两个昔日的朋友摽在一起的影子。木略两口子去德玉县赴任，是阿果他们去送的行。“文革”期间，阿果把姐姐阿呷送到俞秀家避难。到阿果遇到过不去的坎儿了，是俞秀把阿果送到家里。这就是成年人的友谊，有时候，我们不问对方是不是和我们三观一致，世事难渡，总需要个把朋友给搭把手，说说话，对吧。

但是，人生的凶险也在于，在紧要关头，暗箭往往是从朋友那里射出来的。在阿果遭遇到夏觉仁情感背叛，但成熟理智地决定把婚姻继续下去的时候，沙马依葛沉不住气了。你猜猜她会去找谁？是的。俞秀。说起来，沙马依葛真是深谙人性。当俞秀向她夸耀阿果的美的时候，沙马依葛笑了："你也是毛病啊，越被打击越坚强，你嫉妒得都厌烦见他们了，还在用夏医生的话夸阿果！"

沙马依葛说中了事情的本质。嫉妒，是女人之间的毒药。作为离阿果最近的朋友，哪怕对生活的要求完全不同，也不妨碍会来回比较。从世俗层面上看，阿果的生活显然不及俞秀，要坎坷曲折得多。但是，阿果拥有令许多女人都羡慕的东西，那就是一个男人经年不改至死不渝的爱情。没错，这一点令即使是追求实用性价值的俞秀也羡慕不已。羡慕的火苗一旦燃烧成熊熊火焰，就可能成为嫉妒。之后夏觉仁和阿果所面临的来自外界的离婚压力，大概都是由沙马依葛在后台遥控，俞秀在前台共同操纵的。沙马依葛说得对："就是好朋友，她有你没有，也是毒啊！"

友谊似乎得到了挽救。俞秀中途幡然醒悟，阿果又是大度的人，能容纳夏觉仁的背叛，还接受不了俞秀的嫉妒么。或许，在阿果看来，嫉妒不过是脚板扎上的一根刺，拔掉就好了。当然，这些都是我的猜测，聪明的冯良让阿果的内心世界始终向我们封闭着，但这带给我们这些读者更多的乐趣。在反复猜测的过程中，有的时候，我觉得自己离这位始终有着少女情态的姑娘越来越近，有的时候，又觉得离她越来越远。但是，我知道，她一直在那儿，和我在一个世界，在我所不知道的地方安然地活着。任何时候，只要我一翻开《西南边》，我就能找到她，在重温她的生活的同时也想象她可能拥有的生活。这样就很好。

安魂

——阿来《云中记》

在汶川地震发生的第十年，阿来写下了他的第三部以地震为题材的长篇小说《云中记》。写作这件事本身耐人寻味。在地震刚刚发生的时候，许多文字围绕地震也随即发生了。其中那些最有价值的部分，是人在忍受不可忍受的痛苦之时的呼号，是黑暗降临之时不可自抑的哭泣，是危急时刻的动员与号令。[1]那些让当时许多人落泪的文字，其实是面对灾难时本能的直接的反应。在那个时候，阿来沉默了。他谨守艺术家的伦理，[2]宁愿

1 桑塔格在讨论战争摄影的时候认为："战争受害者的照片本身，就是一种辞令。它们反复强调。它们简化。它们煽动。它们制造共识的幻觉。"某种意义上说，围绕地震的即时文学也有这种效应。参见［美］桑塔格：《关于他人的痛苦》，黄灿然译，上海译文出版社2006年版，第3页。

2 摄影师凯文·卡特拍下了《饥饿的苏丹》，刊登在《纽约时报》上，并凭借该作品赢得1994年普利策新闻特写摄影奖。照片上是一个苏丹女童，即将饿毙跪倒在地，而兀鹰正在女孩后方不远处，虎视眈眈，等候猎食女孩的画面。照片引来诸多批判与质疑。普利策颁奖仪式结束后，即1994年7月27日夜里，凯文·卡特自杀身亡。由此，艺术家的伦理引发普遍关注。

以一个行动着的个体的身份进入地震。他前往灾区，运送物资，并试图创建学校。甚至，这种介入，也引起了他的反思。[1]客观上说，像灾难这样大的题材，对于作家，确实有强烈的吸引力，但也蕴含着不小的难度。题材本身，会形成与文学竞争的态势。倘若没有足够的思想力量去处理题材，文学就会被题材所压倒。阿来对此是有警觉的。[2]那么，当他决定开始写《云中记》的时候，时间对于这部小说意味着什么？他发现了哪些只有文学才能表达的东西？

一、“废墟”的美学与自然的新生

在《云中记》中，故事发生的时间，比写作的时间早大概五年。在这部小说里，时间的原点，是汶川大地震发生的时间，2008年5月12日14点28分04秒。之后的故事，都以此纪年。对于这部小说来说，值得纪念的时间有四个：一是地震发生的时间；二是差不多一年后，云中村人背井离乡的时间；三是

---

1 在回答记者提问时，阿来说：“我觉得人内心的伤痕，最后只能交给时间，让他们重建生活。有时候我们各种各样的志愿者、志愿组织，自己本身也不专业，有过度干预、影响灾民的做法，反倒妨碍灾民从灾民心态中解脱出来。”参见《专访作家阿来：十年过去，没一本写汶川地震的书让我感动》，澎湃新闻，2018年5月14日。

2 阿来说：“不论是在灾难中死去的、残损的或是幸存的，你应该要写出生命的价值和意义。领会不出这个东西，要么就写得哭天哭地，要么就写得好人好事，这个写不出什么来。”参见《专访作家阿来：十年过去，没一本写汶川地震的书让我感动》。

四年多以后，也就是小说书写的“第一天”；四是“第六个月”后，阿巴同云中村一起消失的“那一天”。整部小说以时间确立章节，可以想见，地震像一个辐射点，不断地对之后的时间施加影响。这大约是因为，孤身回到云中村的阿巴，时时刻刻会回想起这一切的肇始，回想起那些惊心动魄的时刻。

这是《云中记》不能回避的部分，也是在我们的记忆中留下深刻烙印的部分。应该说，经过了时间的沉淀，阿来写得克制、简洁。那些场面，我们已经通过电视，通过网络看得够多了。现在，作为小说家的阿来愿意进入到幸存者的感受中，以古老史诗的方式重现那一刻：

> 共同的回忆中，有一刻，那越来越大的，像是有无数辆拖拉机齐齐开进的轰隆声突然静止了。世界静止。接着，大地猛然下沉，一下，又一下，好像要把自己变成地球上最深的沉渊。而另一些人感到的不是下沉，而是上升。大地上蹿一下，又猛地上蹿一下，好像要把自己变成比阿吾塔毗还高的雪山。
>
> 大地失控了！上下跳动，左右摇摆。轰隆作响，尘土弥漫！
>
> 大地在哭泣，为自己造成的一切破坏和毁灭。
>
> 大地控制不住自己，它在喊，逃呀！逃呀！可是，大地早就同意人就住在大地上，而不是天空中，所以人们无处可逃。

> 大地喊：让开！让开！可是人哪里让得开。让到路边，路基塌陷！让到山前，所有坚硬的东西都像水向下流淌，把一切淹没！
>
> 大地喊：躲起来！躲起来！人无处躲藏！躲在房子里，房子倾倒。躲在大树下，大树倾倒。躲进岩洞里，岩洞崩塌！[1]

在关于地震的再现性描述中，大地是主语。阿来没有把重点放在人的悲痛与无助上，也没有赋予地震以某种伦理化的色彩，而是认为这是大地无法控制的活动。当然，作为一个将人作为小说的出发点，也是目的地的小说家，[2]阿来不可能完全回避人在地震中的情状。在第四天，也是地震发生第五年的那一天，阿巴做好了一切准备工作，开始安抚村子里每一家的灵魂。在这个过程中，承受灾难的一个个具体的人的面容从叙述中显露出来，拥有了自己的名字，有了自己的生活经历，以及在地震中以及地震后的行状。换句话说，阿来让我们得以近距离打

---

1 阿来：《云中记》，《十月》，2019年第1期。以下小说引文均出自此版本，不再一一标出。

2 在第七届华语文学传媒大奖受奖词中，阿来表示："民族、社会、文化甚至国家，不是概念，更不是想象。在我看来，就是一个一个人的集合，才构成那些宏大的概念。要使宏大的概念不至于空洞，不至于被人盗用或篡改，我们还得回到一个一个人的命运，看看他们的经历与遭遇，生活与命运，努力或挣扎。对于一个小说家来说，这几乎就是他的使命，是他多少有益于这个社会的唯一的途径，也是他唯一的目的。"参见阿来：《人是出发点，也是目的地》，《达瑟与达戈》（机村史诗Ⅲ），浙江文艺出版社2018年版，第269页。

量云中村的一个个人，在只言片语中传递出一个人的性格与命运。比如“电视的孩子”，就是一个特别爱看电视的孩子。就在地震发生的那一刻，他因为电视没有信号，爬上屋顶，于是和卫星接收器的大锅盖一起摔下来。双腿切断。地震之后，“电视的孩子”整天坐在轮椅上，坐在电视前。看，一个人的生活也许因为地震发生了翻天覆地的变化，但是，属于那个人的表情与性格逻辑还在那儿。我们得以从他们中辨认出一个个人来。尤其值得注意的是，在阿来的笔下，经受灾难的人大抵是沉默的，没有呼天抢地、涕泗横流。“电视的孩子”被救时是一声不吭的。被门框挤住身体的阿介也没有惊恐，甚至对来救他的人微笑，他说:“我不要紧，先去救别人吧。”就连美丽的央金，也是在“哀叫了几个小时”之后，“忍受着极端的痛苦闭上眼睛一言不发”。或许是见过了太多的泪水和哀号，阿来不愿意再让泪水无节制地流过这部小说，他愿意写出人的体面与尊严，写出人在忍受自然的破坏力时坚忍的沉默，那般动人的沉默。

沉默的不仅是承受深重灾难的人们，还有大地。甚至，我认为，阿来不愿意用笔墨把人们的创伤再次撕开，每逢这个时候，他宁可将目光对准大地，深情地描述被时间，也被自然破坏的满目疮痍的大地。

> 残墙连着残墙。石墙，土墙，参差错落，连接成片。原先，墙的两面是不同颜色。向外的一面浅，风吹日晒成浅灰色。向里的一面深，烟熏火燎的深褐色。如今都变成了

一个颜色。雪和雨，风和时间都改变了残墙颜色。不但是残墙，连每户人家的柴垛都变成了和墙一样的颜色。一种泛着微光的灰色。很多时候，梦就是这个颜色。石碉站在这片废墟侧面，沉默无声。村子的废墟沉默无声。

……

云中村还是在那里，在这一天最后的阳光下面。像个睡去就不再醒来的巨人一样。像一座分崩离析了的山的遗迹一样。那些残墙在最后的阳光下投下许多奇怪的阴影，像在挣扎，谁还在苦痛中挣扎？像要呼喊，谁的嗓子还能呼喊？

这是阿来所创造的“废墟美学”。[1]这里的“废墟”，有如下几层意义：首先，废墟被拟人化，成为人们所遭受的苦难的象征。在阿来的描述中，废墟是灰色的，而灰色，也切合了人们悲伤的心境。云中村成为废墟的命运，讲述了人们是如何被突如其来的地震所伤害，又是如何在不得已的情形下抛弃了祖祖辈辈居住了数千年的家园，移居他处。因此，废墟具有了叙事性，获得了一种近似纪念碑的效果。其次，废墟显示出时间不

1 叶廷芳在《废墟文化与废墟美学》中所定义的废墟，是指“含有一定历史文化信息、具有文物价值的建筑遗存，跟那些没有时间距离的、遭受天灾或人为破坏的瓦砾堆或废弃地没有关系”。显然，阿来笔下的废墟改变了这层意义。作为废墟的云中村有了一定的时间距离（三四年时间），但并不具有文物价值。是阿来的书写使其具有了美学价值。参见叶廷芳：《废墟文化与废墟美学》，《圆明园》，2012年第13期。

动声色改变一切的力量。所有的废墟都具有某种历史性。如果说，在灾难刚刚发生之初，废墟的灰色是不具形体的灰，经历了时间的清洗之后，“现在，村子清晰完整地出现在眼前。这情景完全可以用美丽来形容。阳光明亮，树和草地一派碧绿，村庄的废墟静静耸立在那里，雨水和风已经扫净了上面的尘土，就像时间本身一样干净沉着”。也就是说，时间赋予了灾难后的村庄一种沉静的美。这种美来自村庄自己生生不息的生命力。成为废墟的云中村，因此具有了审美的意义。

是的，废墟并不意味着死寂，意味着生命的消失，恰恰相反，自然能毁灭一切，也能令万物复活。因为处于地震活跃带上，被人们所遗弃的村庄反而在自然之手下绽放出勃勃生机。生机首先来自植物对于大地的占领。那些曾经是耕田的地方，因为废弃，逐渐被野草、柳树、绣线菊占领。人的劳作，在大地上标出醒目的印记。一旦人撤退了，自然就将这些印记统统抹去，重新恢复最初的样子。然后是动物。鹿，对于现代人来说，或许只能在动物园里得见一二，却在这个被废弃的村庄重新现身。这是这部小说灵光闪现、充满奇迹感的时刻。鹿最初出现，仿佛是神灵的使者，要为阿巴指引道路。渐渐地，鹿群多了起来，它们来到荒芜的庄稼地，来到阿巴的住所，和阿巴形成了一种新的自由自在的关系。“呦呦鹿鸣，食野之苹。”仿佛《诗经》里的景象重现，世界崭崭如新，却又无比古老。这是阿来对于小说的创造。当小说踏上了世俗的道路，踏上了孤独的个人的道路，仿佛无数条分岔的小径，没入花园深处，阿来却有能力在小说中召唤出具有神性的时刻。这是小说的荣光。在这样的时刻，仿佛所有的悲痛与失去都得以被清洗。

当然，在植物与动物之外，还有人。回到云中村的阿巴，与世隔绝地生活着。此时的阿巴，并不像漂流到荒岛的鲁滨孙一样，以强大的理性，经过精细的计算，依靠自己的劳动制造工具，让自己独自一人也仍然像在文明社会中生活。阿巴是自愿回到云中村的，他完全放弃了改造世界以适宜人居住的宏愿，相反，他以最小的生活成本，试图最大程度降低人的痕迹，以自在无为的状态，不干扰云中村的“自然”。就连阿巴赖以生存的菜园，也不需要播种，仅仅只是松了松土，从前遗落在泥土里的种子就自然发芽，长出了碧绿的叶子。此外，小说里还有一个意味深长的细节。在万物生长的氛围中，罂粟也迎来了它悄无声息的生长。如果说，此前，罂粟被作为带有某种历史阴影的植物，负荷了意义的重负，是“罪恶”的，那么，到了现在，罂粟重新回归到自然秩序的一部分，重新成为一种普普通通的不令人大惊小怪也不被特殊对待的植物。这是一个非常富有寓意的细节。所谓自然，即摆脱历史的、人为的秩序，重新回归到无名的各安其位的状态。

一个被人遗弃了的村子，反而呈现出无限的生机。就像阿巴对云丹说的那样：“死了那么多生命，云中村不要再死什么东西了。伙计，我喜欢云中村现在的样子，没有死亡，只有生长。什么东西都在生长。”这一切不禁让人想起阿来所拍下的一张照片。在一片瓦砾中，阿来拍下了的却是一朵黄色的摇曳的花儿。阿来对此的说法是："从缝隙中迸发出生命力的黄色花朵迎着天空怒放，自它们身上仿佛能看到四川人的顽强生命力。"我们大约可以猜想，小说家阿来与小说的主人公祭师阿巴分享着相近的思想与情感。作为一个人本主义者，他们当然会为人不得不从世世代代的居住地被迫迁移而感到悲伤，为人所失去的家园而悲伤；然而，与此同时，他们又是自然主义者，他们乐于见到自然的原始本真的状态。

但是，别忘了，在生机背后，是死亡的阴影——到了小说的结尾，重新焕发生机的村庄依然走向了死亡，一如它之前被规定好了的命运。只有意识到这一点，我们才能真切理解生机之不易，以及隐藏在生的欢乐背后的对于死亡的深切哀伤。《云中记》的价值，正在于其恰如其分地呈现了生与死、光明与黑暗、自然与人类等彼此依存、互相转化的状态。

从这个意义上说，阿来也扮演了小说中阿巴的角色。不同于阿巴用祭祀的方式安慰亡魂，安慰所有的幸存者，当阿来用舒缓轻逸的文字描述万事万物的新生与死亡的时候，作为读者的我们也感到了极大的安慰。

二、传统与现代的辩证法

在小说中，当阿巴听到了一个不是用云中村语言讲的新词的时候，不禁感慨说："我们自己的语言怎么说不出全部世界了，我们云中村的语言怎么说不出新出现的事物了。"紧接着，小说出现了一大段关于新词与旧话的议论：

是的，时代变迁，云中村人的语言中加入了很多不属于自己语言的新字与新词。“主义”“电”“低压和高压”“直流和交流”。云中村人把这些新词都按汉语的发音方法混入自己的语言中。他们用改变声调的方法来处理这些新词，使之与云中村古老的语言协调起来。他们把两三个字之间清晰的间隔模糊化，加重弹音和喉音。这些新的表达不断加入，他们好像说着自己的语言，其实已经不全是自己的语言。云中村人自嘲说，我们现在有两条喉咙，一条吐出旧话，一条吐出新词，然后用舌头在嘴里搅拌在一起。

这使得他们的思维不能快速前进，他们的思维像走路不稳的人一样磕磕绊绊。但无论怎样，他们还是往自己脑子里塞满了世界送来的新鲜东西。

语言的问题，永远不是单纯的语言的问题，而是概念、观念以及随着新的概念与观念涌入的现代事物。从这个意义上说，《云中记》延续了阿来自《机村史诗》的思考，即现代性是如何深刻地改变了中国乡村的面貌，或者说，一个古老的藏族乡村如何徘徊在现代世界与旧传统之间。[1]作为藏族作家，阿来与许多少数民

---

1 郜元宝概括《机村史诗》的主题为“五十至九十年代，川藏交界一个名叫‘机村’的藏族村落除了和中国其他地方一样被历次政治运动以及后来的经济大潮所波及，更经历了它特殊的命运，即旧有藏族文化衰落、以政治经济为主导的新的汉族异质文化迅速渗透又逐步被改写的一个文化杂交过程”。参见郜元宝：《不够破碎——读阿来短篇近作想到的》，《文艺争鸣》，2008年第2期。

族作家一样，深刻直接地感受到了现代的经验跨越了地理和民族的疆界，把身处其中的人们带入充满矛盾和悖论的大旋涡的过程。这是爆炸性巨变。这一过程自然成为他们书写的源泉。阿来在《机村史诗》中所思考的语言问题，与发电站、勘察队等现代事物一起，也再次进入到《云中记》中，并进一步与地震这一大事件构成复杂关系。因此，《云中记》可以看作《机村史诗》的延续与发展。

现代世界涌入传统王国，首先就是要摧毁最古老的那一部分历史与经验。对于云中村来说，为了让拖拉机能进入交通不便的云中村，阿巴的父亲，也就是云中村的祭师付出了生命的代价。作为爆破手的阿巴的父亲，在修机耕道时遭遇了迟来的爆炸——“父亲和那些被炸碎的石头一起飞到天上，又掉到了江里，从这个世界上消失了。”看上去，这似乎是一个偶然事件，但这一事件却具有强烈寓言性。这是现代性的初始阶段，在这一阶段，发展的愿望超过了一切。拖拉机进村了，水电站被修建起来，电来到了古老的村庄。“云中村年纪很大，一千多岁，暮气深重，但在那些年里又变得年轻了。”在云中村人看来，现代机器的进入是可以重新创造世界，并带给人好的生活的。但他们并不知道，他们要为这种进步付出沉重的代价。

对于阿来这一代接受了现代教育的知识分子来说，他们对于现代进入传统并改变了社会结构充满了可以想见的热情。我们还记得，在《机村史诗》中的《水电站》一篇，虽然以孩童的视角叙事，但自有一种天真与庄重感。“水、电、站！水电站能让每一家人的房子都亮起电灯！水电站能够让很多我们没有听说过更没有见到过的机器飞快地旋转！”[1]三个巨大的感叹号，是阿来空灵而从容的语言中少有的。显然，让古老的村庄有了光明的那一刻，对于他来说，始终是欢快而美好的记忆，因此，修水电站的勘探队在他的描绘中也始终是“神气”的。他几乎是用创世的笔调叙说电来了的那一刻——“所以，当村里的发电员穿着说不上多肮脏，但也绝对算不得干净整齐的袍子，用一双从来没有写下过一个字母的手合上了电闸，并把整个机村的黑夜点亮时，大家都有一种如在梦境的感觉。可这真是有史以来，从未有过的光亮。”[2]

光亮意味着启蒙。我想，阿来或许对于自己曾经被书籍“唤醒”的那一刻念念不忘。“启蒙”的文学逻辑一定在很长一段时间内支配了他关于世界的想象。因此，在小说中，他讲述了在滑坡中失去记忆的阿巴被现代世界唤醒的故事。水电站发生滑坡，这意味着曾经光明的云中村再次陷入了没有电的黑暗中。与此同时，发电员阿巴也失去了记忆。只有电所表征的现代世界再次降临云中村的时候，阿巴才会被唤醒，才会重新恢复关于过去的记忆，才会拥有一个人的生活。阿来是这样描述阿巴苏醒的那一刻的——“他脑子里有一种安静的声音在振动，就像是法铃的声音。不是铃舌刚刚撞上铃壁时的声音，而是此

1 阿来：《水电站》，《达瑟与达戈》（机村史诗Ⅲ），浙江文艺出版社2018年版，第251页。

2 同上，第253—254页。

后震颤不已的袅袅余音，像是蜜蜂飞翔。那声音在他昏暗的脑海亮起一团微光，不是电灯刚发出的光，而是电灯照出的那团光亮边缘的微光。”在阿来的想象中，被光明所照亮，其实是被光亮边缘的微光所照亮，而被照亮，则意味着包裹着自我的冗余之物四处迸散。

为现代世界的到来而欢呼，并不意味着封闭在单一立场之中。在这一点上，阿来倾向于与十九世纪的现代主义者保持一致：他们既是现代生活的支持者，也是现代生活的敌人。这也是现代世界的真谛——现代世界是一个每一件事物都包含其反面的世界，从这个意义上说，传统，也是构成现代性的一部分。因此尽管电唤醒了阿巴，但是真正让阿巴神智清明的，却是老喇嘛。老喇嘛在一个浅浅的铜盆里倒上清净的泉水，仅仅让阿巴用眼睛和心盯住水，就能让阿巴沉甸甸的脑袋松快多了，让他得以像初生的婴儿般重新打量这个世界，让他的眼睛如此明亮。如是再三，第三天，老喇嘛把水倾倒在他头上，阿巴感觉到一股沁凉把他贯穿。这一情形大约就是佛经里说的“醍醐灌顶”的再现。显然，阿来认为，现代文明只是让人醒来，但不足以获得智慧，只有获得传统的加持，人才可以得到清明。

传统不仅彰显在喇嘛、祭师等有着特殊身份的人物身上，也居住在云中村的日常生活中。阿来特地在小说中描述了谢巴一家的生活。作为麻风病人的后代，他们自愿被放逐，在雪山下的草场建起了一座矮小坚固的木屋，完全逃避了云中村人一心向往的现代生活。他们也逃避现代经济法则，尽管他们的牛和羊按市场价折算已经让他们成了百万富翁，他们只用自己出产的东西与村民做交换。他们自给自足，简朴而健康地生活着。小说感慨说："时间过去了一百年，整个云中村都在向着未来一百年而去。这户人家却回到了一百年前。""谢巴家生活在另外一个世界。"

阿来为什么要特地停留下来，讲述谢巴一家的生活呢？这让人想起歌德的浮士德在创造一个新世界的时候，发现在他的领地中有一对可爱的老夫妇，象征着旧世界顽固的痕迹。对此，马歇尔·伯曼评论说："他们首次体现了文学中的一类人物，这类人物在现代的历史中将会大量出现，即挡道的人——阻碍历史、进步、发展的人；被当作过时之人被处理掉的人。"[1]这类人物让浮士德感到恐惧，因为他们是旧世界里的社会中坚，他们的美和高尚让浮士德深感不安。在《云中记》中，谢巴一家并没有展现出如此的力量。阿来没有刻意为传统赋予远高于现代的价值。他只是平静地、不加判断地呈现他们的生活。他们也并没有因为属于一个旧世界而获得灾难豁免权。如果一定要追问，只能说，某种程度上他们为阿巴返回云中村提供了心理依据。他们是阿巴的先行者。

但是，传统的确是阿来所构建的现代世界的根基。当现代世界遭到损伤的时候，传统起着修复现代世界的作用。返回到云中

---

1 ［美］马歇尔·伯曼：《一切坚固的东西都烟消云散了——现代性体验》，徐大建、张辑译，商务印书馆2003年版，第86页。

村的阿巴迎接的两个返乡人，就是明证。第一个返乡人是央金姑娘，那个热爱跳舞却在地震中截断了腿的央金姑娘。与阿巴想象的不一样，央金完全忘记了云中村人的“传统”，她的一切反应，喜悦也好，哭也好，舞蹈也好，都是镜头之下的表演，是为参加某电视台的舞蹈大赛准备的故事。没有什么不可用以交换，只要能获得现代社会所需要的金钱、名利。在经济法则之下，人们所遭遇的创伤，也将成为故事素材用以出售。第二个返乡者也遵循了这一逻辑。无人机与热气球都是现代世界对这个即将死亡的村庄的侵扰。事实上，这也是阿来在地震发生最初抗拒这一题材的原因。但是，阿巴所象征的传统平静地包容了这一切。阿巴明白，为了生存，他们不得不拿自己的苦难、村庄的苦难去交换他人的关注。在他人的目光下，他们才能生活下去。但同时，阿巴也清楚，他人的关注是一时的，他忧心央金们将来怎么办。正是这包容让央金姑娘幡然醒悟。当古老的歌谣响起的时候，那些被明码标价的苦难才得以被化解。

三、人、鬼、神

作为一个祭师，阿巴有两项职责：祭礼神灵与安抚鬼魂。这也是阿巴回到云中村的两项使命。《云中村》正是围绕着这两件事展开叙事。

这是一个传统消逝的年代。在现代世界里，召唤传统意味着对传统重新命名，以及用现代的组织方式统一管理的过程。

这也是传统的必然命运。作为祭师的儿子，阿巴并无太多的耳濡目染与承继。他唯一的感性经验是在磨坊的夜光下亲眼见到了父亲安慰鬼魂的过程。

> 少年阿巴醒来，看见父亲在月光下无声地蹈。
>
> 击鼓，但不让鼓发出声响。
>
> 摇铃，但不让铃发出声响。
>
> 父亲揉了一小盆新麦面，捏成些动物形状，把它们整齐地排列在岩石上。他再次无声地击鼓摇铃。后来，他才知道，父亲是村里的祭师，他这是在安抚鬼魂。那些动物形状的面偶是给鬼的施食。
>
> 父亲又捏了一些糌粑团子。这回，他脱下了盔状的帽子，解开了长发。嘴里念念有词，他把糌粑团子投掷到有阴影的地方。磨坊的阴影里，树丛的阴影里，岩石的阴影里。这些投掷出去的糌粑团子，就是给鬼魂的施食。

这段描述是前现代社会里祭师自然而然的行为。这一行为本身充满了传统的灵韵，它具有某种神秘性和不可知性，但却给人的生命打下了一束光，让传统活在了人的无意识深处。此后，阿巴按部就班地成为现代社会所需要的那种青年，上农业中学，学习一切现代技术，嫁接果树，制造堆肥，配制农药，修理拖拉机，成为发电员。只有他在现代社会中遭受到了现代所带来的创伤之后，传统才会再一次降临。

在现代社会中，曾经消失的祭师重新回来并被赋予了新的名称——非物质文化遗产传承人。中断的传统需要保护，于是有了政府的资金补贴；同时，传统也面临着重新习得的过程。政府组织了非物质文化遗产传承人培训班，关于祭神的仪式，阿巴是从培训班中获得的。在现代社会组织框架中，祭山神是被允许且提倡的——"礼拜山神是原始的自然崇拜，与尊重和保护大自然的时代精神相契合，值得发扬光大。"但是，现代悄悄转换了传统的内涵。祭神不再是表达对祖先的崇拜，不再成为凝聚人民的精神支撑，而是被抽空，成为被观看的仪式。也就是说，祭神这一传统精神活动也被充分物质化，成为现代经济体系中的一部分。这一点，在五年前所组织的云中村祭祀山神的过程中就看得很清楚。关于祭祀的时间，阿巴跟副县长有一个争议。副县长把祭祀山神作为一个旅游项目的一部分，从经济发展的角度认为，需要把日子固定下来。但是，对于祭师阿巴来说，祭祀山神是属于农业文明的一部分，要依据农时而定。但是，在副县长的价值体系中，农业文明已经不能成为经济发展的有效方式，在现代社会里，农业只能依附于旅游业，成为前现代"遗迹"被观光、被体验。这场争论没有答案，但是，作为读者，我们都知道，祭神这一行为有着传统的外衣，但其精神实质已经被悄然改写。

从这个意义上说，阿巴返回云中村之后的祭山神俨然是传统最后的绝唱。阿来细致地描写了一个祭师声势浩大却又寂寞孤清地祭祀山神的过程。对于传统来说，祭祀是一个伟大的节日。在这一节日中，人们得以从艰辛的劳作中挣脱出来，换上华美的锦缎长袍和闪闪发光的银饰，穿上新皮靴，在祭师的带领下，歌唱、舞蹈。这个节日，是在反复确认云中村民有着同一祖先和精神归属，“体味祖先们当年的漂泊与动荡”。祭神，说起来是人与神的互相感知，究其根本，也是人与人的互相感知、生死相依。这也是祭神这项传统仪式得以进入现代社会的本质原因。

较之于祭山神，祭师的另一项职责——慰鬼——则长期处于晦暗不明的灰色地带。如果说，神存在于民间传说与口头文学之中，是属于人世间欢乐的一部分，那么，现代社会已经涤荡了鬼。在整部小说中，一直困扰阿巴的是鬼魂的有无的问题。在云中村，村民们之前是相信鬼的。“在云中村的传说中，那些亲切的鬼魂有很多显示存在的方式。让一只火钳像人一样迈开腿走路。让碗自己盛满茶水。让发酵的酸奶变得能酸掉牙齿。让一头牛突然说话。让成熟的苹果不断砸中同一个人。让一个穿了新衣服的人跌进水渠。”可以想见，鬼魂不是汉文化中阴森可怖的形象，相反，他们是亲切的，甚至像顽皮的孩子，与人们共享一个生活空间，甚至，成为鬼以后也是有人的感受的，他们会饥饿，会悲哀，与人共同体味着人间百味。到了现代阶段，持续不断的反封建宣传与对现世的重视，让鬼在云中村没有了容身之地。人们不再相信有鬼的存在。

但是，地震改变了这一切。在地震中死去亲人的人们无法接受残酷的现实，迫切需要鬼魂的存在，以安慰活下去的人们。

可以说，阿巴是被人们的巨大的悲伤推上了安抚鬼魂的道路。老祭师告诉阿巴："怎么安抚鬼魂？就是告诉他们人死了，就死了。成鬼了，鬼也要消失。变了鬼了还老不消失，老是飘飘荡荡，自己辛苦，还闹得活人不得安生嘛。告诉他们不要有那么多牵挂，那么多散不开的怨气，对活人不好嘛。"这是阿巴回到云中村的最大的动力。说到底，安抚鬼魂，其实也是安抚活着的人，让他们得以重振意志，好好地活下去。

在与鬼和神的沟通过程中，阿巴不知不觉发生了变化，实现了从普普通通的人到神的飞跃。这是小说隐而不现的主题。阿巴这一形象，是文学史中非常有意味的形象，是一个兼具人性与神性的形象。成为神，意味着发现自然的美，与自然融为一体。当消失已久的鹿、旱獭重新来到云中村，当云中村重新成为自然的一部分的时候，为阿巴输送给养的云丹说："伙计，你把消失的鹿都唤了回来，会变成神的。"

成为神，意味着跨越传统与现代的鸿沟，心平气和地接受一切。所以，央金姑娘所带的摄制组出现的时候，阿巴没有惊奇；中祥巴的热气球出现的时候，阿巴为他指引方向。地质队来了，阿巴用他的信仰与他们的科学平等交流。对于阿巴来说，他充分理解每一个人，然而他坚持他所相信的。成为神，还意味着将自己献祭给一个即将消失的村庄，然后同村庄一起消失。阿巴从回到云中村的那一天起，就没有打算再出去。他认为，他的职责就是要照顾死去的人，所以，当云中村消失的时候，他必得跟着村庄一起消失，才能让活人毫无牵挂地活着。

关于这一点，我认为，阿来把小说家的意志赋予了阿巴。阿巴只有如此，才能成为神。就像阿吾塔毗化成了雪山一样，他为自己选的形象是一棵树。“他想，人死后，可以变成一棵树吗？要是可以变成一棵树，那他就变成一棵树好了。变成一棵云杉，冬天的针叶坚硬，春天的针叶柔软。就那样和山上那些树站在一起。变成一棵在风中喧哗的树，变成一棵画眉和噪鹛愿意停在上面啼叫不休的树。变成冬天里，一群血雉挤在茂密枝条间躲避风雪的树。变成一棵如果得了病，啄木鸟愿意飞来医治的树。”树的形象和雪山的形象，都是神的形象。对待死亡，阿巴是从容平静的，他甚至还有些期待，让该来的早点来，山下的人就不用挂心了。

奇迹般的，这部旨在安慰我们的书却是以死亡结束。阿巴的死亡，云中村的死亡。这蕴含了崇高感和悲剧感的死亡覆盖了之前地震造成的仓皇的惨烈的死亡。在第二次死亡中，我们再次意识到自然的无情，意识到阿巴所携带的那个传统的世界无限远离了我们，也意识到死亡所蕴含的新生。这里有悲伤，但慰藉也将不期而至。

人的状况、限度与可能

——邓一光《人，或所有的士兵》

郁漱石，在成为战俘的那四年间也被称作131号，是邓一光的长篇小说《人，或所有的士兵》中的士兵，也是那个“人”。以法庭陈述、举证与法庭外调查的形式，他的经历、情感、思想与命运在人们的口齿间辗转，以要么友善要么淡漠抑或是充满恨意的形式。由此，他充分地显露他自己。然而，令人惊奇的是，我们对他了解得越多，就越发感觉到我们所知是如此有限。是的，文字远远不能穷尽他。这个被邓一光书写、创造的“人”，在我们的注视下，仿佛步履蹒跚地从书中走了出来，从残酷的战争环境与战争思维中走了出来，有了自己活生生的生命，也有了诸多的可能。何以如此？这大约是因为，郁漱石这样一个人，就其禀赋和使命而言，自身就带有一个人的理想。他是人的范型，这意味着，他存在的使命就是不管经历怎样的残酷都始终符合人的理想。邓一光之所以选择在战争这一危机情境下叙述郁漱石的故事，是为了重新提出“人是什么”的问题。这一问题是如此邈远，仿佛从历史的断层中发出来回声；可是，它又是如此迫近，使得这本书的读者不得不反躬自省，寻找答案。当然，这一切，还是要从郁漱石说起。

一、民族国家、个人与文化

正如历史学家所发现的，“现代社会的历史意识无可争辩地为民族国家所支配”。[1]在我们身处的现代世界，就像拥有性别一样，每个人都拥有一个民族身份。这似乎是天然的理所应当的事情。然而，对于郁漱石而言，这个理所应当就不那么自然了，甚至容不得他的选择。在东方，人们普遍认为，民族认同的最重要的根基是血缘。[2]这恰恰是症结所在。郁漱石的父亲郁知堂是中国人，母亲是叫冈崎的日本人，那么，哪个国家应该让他建立民族认同，中国还是日本？特别是，当这两个国家的战争爆发之后，他到底是应该认同父国（Vaterland）还是母国（motherland）？理解了这一点，才能理解为什么郁漱石如此抗拒战争，即便被强令回国参加战争，他也不愿意去前线。这里

1 ［美］杜赞奇：《从民族国家拯救历史：民族主义话语与中国现代史研究》，王宪明、高继美、李海燕、李点译，江苏人民出版社2008年版，第1页。

2 英国历史社会学家安东尼·D.史密斯认为：“在西方以外（主要是在东欧和亚洲），一种非常不同的民族模型迅速地发展了起来。……我们可以将这种非西方的模型称为‘族裔的’民族概念。它的与众不同之处在于，它将重点放在了以出身和原生文化为基础的共同体上。……换句话说，一个民族首先且主要是一个拥有相同血缘的共同体。”参见［英］安东尼·D.史密斯：《民族认同》，王娟译，译林出版社2018年版，第18页。

面固然有人道主义对于战争的反感，也蕴含着一个人在民族国家认同上所发生的混乱。他如此激烈地表达他的困惑——“母亲，我到底是中国人还是日本人？……如果我说不清楚我是什么人，我又怎么可以煽动起报国的激情？我该报生父的国，还是生母的国？我能为它，为它们做什么？或者相反，它和它们能为我做什么？或者我和它本来应该做，但我们都没有做，没有做到，不肯做？”[1]也就是说，从一开始，认同的焦虑就深深刻在郁漱石的骨子里，使他成为现代意义上的无家可归者。

与之构成鲜明对照的是，对于十九世纪末、二十世纪初的中国人来说，战争恰恰唤起了他们的民族意识与高涨的民族热情。战争这一危机情境正是一个现代民族国家的肇始。这一观念将民族国家视为主权的唯一合法的表达形式。根据这一理念，为了民族国家的牺牲具有了至高无上的正义性。在郁家人的身上，这一点可以看得更为清楚。郁漱石的父亲郁知堂是在危急时刻遭遇民族身份认同的。其中，日俄战争的爆发是很重要的缘由。两个帝国主义的战争，却在中国的领土上展开，无疑是对中国主权的极端蔑视。郁知堂以第一名的成绩考取广东官派留学生，赴日本陆军士官学校留学，因不满日本洗刷国家历史的做法，与教官发生冲突，愤而弃日去了欧洲。对于民族国家的忠诚深深地烙印在他的血脉中，并决定了日后他一系列的行

1　邓一光：《人，或所有的士兵》，四川人民出版社2019年版，第18页。以下小说引文，均出自本书，不再一一标出。

为法则。作为对日作战的强硬派，郁知堂以父亲的权威命令孩子们投入到捍卫民族国家的战争中，所谓“投袂荷戈，回国参战，效死疆场，报效吾华”。在郁知堂看来，对日作战是郁漱石唯一的选择，倘若不归国抗战，就意味着放弃了国家。而一个放弃了国家的人，是不值得活下去的。在战争这一状态下，没有个人的空间，即便是爱情，也要以民族国家的话语作为理由。郁漱石的大哥以山的经历也说明了这一点。

对于民族国家观念的信仰与否，造成了郁家人的分裂。郁漱石和父亲之间有一场对话。父亲郁知堂从民族主义的角度出发强调，“是中国人就应当奔赴战场，把日本鬼子消灭光”。这也是当时人的一般看法。对于郁漱石到美国去获取军需物资，从而间接参战这件事，郁家兄妹一直予以抨击。“他们强烈反对他离开苦难深重的祖国，去任何一个嗅不到硝烟味的国家逃避现实。他们认为他这样做是可耻的逃兵，不配做炎黄子孙，也不配做郁家人。他们激烈地要求他去华北、华中或别的战场，去挡住日寇的子弹，把一腔热血洒在苦难的国土上。”“祖国”“炎黄子孙”“国土”等词语，无不意味着在战争的乌云下，人们的民族主义意识被唤醒，由此，一个现代民族国家正在形成。是否参与抗战，抵御外侮，成为决定个人的身份归属的唯一判定标准。

有意味的是，战争中敌对的双方同样分享了民族主义这一共同的意识形态。民族国家这一意识形态不仅为反抗日本侵略的中国所借用，同时也为侵略者日本所利用。D战俘营的主官饭岛要人对华俘的训示即是这一声音的典型表达。他表示，日本之所以发动战争，是因为眼见英美长期榨取亚洲，东洋文明与西洋文明之间构成了冲突，因此日本不能屈服于英美强权，任十一亿东亚人民陷落为奴隶，因此要建设大东亚新秩序，贡献世界持久和平，同时也是在帮助中国完成国民革命，实现独立自由新国家实体。换句话说，“日本人的民族身份认同是靠大亚细亚主义以及日本在保护其他亚洲国家免遭西方资本主义的腐蚀中获得其特殊地位这一观念来支撑的”。[1]

郁漱石当然无法完全自外于这一历史潮流。他一步步卷入战争，从海外军需官到香港攻防战的参与者，直到被敌人俘虏，彻底沦落地狱。在这一过程中，他不是没有感受到来自民族国家的光芒。在轰隆隆的炮声中，处于日军封锁中的郁漱石等人看到《华侨日报》上国军与日军在淡水交战的消息，群情激烈，就连医院里欧籍的伤病员都涌进来感谢他们。此情此景，一向淡然的郁漱石不禁感慨：“如今头一次得到祖国庇护和拯救，连带受到他人的感谢，眼睛居然有些湿润。”在战俘营，当郁漱石从旧报纸中得知《联合国家宪章》签订，中国成为美、英、苏之后的第四大国之时，竟然眼里溢满泪水。当民族国家能为其中的个人提供庇护时，认同就自然而然产生了。民族感情一旦产生，为民族的牺牲也是题中应有之义。在与老咩的争辩中，

1 ［美］杜赞奇：《从民族国家拯救历史：民族主义话语与中国现代史研究》，第12页。

郁漱石渐渐改变了之前的立场，体认到“我是中国军人，不能任鬼子逞凶肆虐，这就是我的责任”。

但是，对于郁漱石来说，民族国家的立场绝不等于他的全部立场。作为一个智识分子，又有能力接触到香港攻防战的关键信息，郁漱石看到了战争背后不同国家、不同势力之间的钩心斗角，看清了战争背后肮脏的真相，因而对其保持了谨慎的怀疑的态度。当他知道国民党政府曾经想要把新界卖给英国的时候，当他在战俘营里意识到香港之所以在香港攻防战中迅速陷落，主要来源于英国政府对于香港的暧昧政策，曾经投入生命的浴血奋战就变得十分荒谬可笑——“如果这样，抵抗的全部意义不是能不能守住香港，而是如何为香港陷落后的政治压力解围，以及从浴血抵抗那里赢得多少道义优势？”显然，在政治家那里，一个个鲜活的生命不重要，士兵与平民的伤亡与牺牲也不重要的，这一切都只是战后划分势力范围的筹码。

从这个意义上说，郁漱石自始至终是一个人本主义者。他的行动与情感的全部依据始终来自一个个具体的生命，来自人。对于他来说，人是超越民族国家乃至于衡量一切的最重要的价值标准。促使他做出回国参加战争的决定的，不是父亲的威吓与强令，而是中国的战地照片。正如桑塔格所说：“照片不会制造道德立场，但可以强化道德立场——且可以帮助建立刚开始形成的道德立场。”[1]那些战争中被侮辱被损害的人类面孔，让他

---

1 ［美］苏珊·桑塔格：《论摄影》，黄灿然译，上海译文出版社2010年版，第27页。

确认了自己的责任吧。对于他人，他始终不会袖手旁观的。以什么样的形式参加战争，则是另外一个问题。像郁漱石这样的人，是绝对不会以暴力制止暴力的吧。他选择成为一名军需官，是因为他意识到，缺少蛋白质与枪械的士兵，必然为战争所吞噬。应该说，郁漱石的全部命运，都是被他这一立场以及由此引发的行动所决定。为了帮助过去的上级李明渊，他带领他的小组滞留香港，以至于与战争遭遇。为了那个浮着两朵病态红晕的姑娘给他的两截白水煮鱼和啼哭的婴儿，他愿意以身犯险，去大潭水库修好被日军破坏掉的供水设备，其结果是他被俘虏，身陷地狱。即使是在战后，满身疮痍的他也无法忍受人们饥饿的眼神，怀抱巨大创伤为人们搞来粮食，而这成为他被宣布有罪的理由之一。这样一个不那么硬核的英雄，究竟是怀抱着对人怎样巨大的深情，才会一次次以身饲虎。在他身上，蕴藏着深不可测的迷。或许，郁漱石这样的人的存在，才是人类的底线一次次溃散却始终值得存在下去的理由吧。

同时，还要注意到，构成郁漱石这一富有个性的人的质地的，还有文化。这是这部小说隐而不彰的主题。与其他留学生不同，郁漱石选择的是东亚文化专业。小说描述了他是如何沉浸在日本文学中，用反对他的人的话说，就是“堕落成倭酋文化的追随者”。这一点，在他与冈崎的对话中也能略知一二。显然，郁漱石对日本的历史、文化和文学极其熟悉，各种典故信手拈来，侃侃而谈。他热爱日本文化，也同样热爱美国电影和中国文化。一方面，他担当起不同文化的摆渡人的角色，在文化与文化之间沟通交流。这也是为什么郁漱石格外向往光绪二十二年的原因。另一方面，他更像是不折不扣的文艺青年。有意思的是，邓一光刻意安排他与二十世纪最有名的作家如川端康成、海明威、张爱玲、萧红相遇，还让他在许地山的墓前背诵泰戈尔的《吉檀迦利》。这些细节看上去是从战争宕开的一笔，也跟郁漱石个人命运关系不大，但是，我们都知道，文化以及对文艺的热爱其实潜移默化地决定了郁漱石的性格与命运。小说中有一个很有意味的细节。郁漱石奉命陪同美国记者玛莎和海明威一行。这一行程同样被赋予了极强的政治意味。国民党政府期望给玛莎和海明威留下好的印象，以说服罗斯福政府支持他们与日本作战。他们带领玛莎去参观所谓的“战场”，而犀利的玛莎一眼就洞察了真相。于是，玛莎向郁漱石抱怨“中国就像一个充满谎言的大家族”。来自异族的指责深深伤害郁漱石的民族感情。显然，他无法为政府辩护，但是，他深信文化的力量。于是，他为玛莎背诵了张九龄的《望月怀远》。如他所愿，中华民族的古老文化果然征服了这位美国女记者，让她臊得满脸通红，说不出话，并在之后的报道中对7战区的官兵极尽誉美之词。中国源远流长的文化果真能抵消现实政治的黑暗与不堪吗？身为读者的我们对此表示怀疑。但无论如何，这至少显示了郁漱石或者说邓一光对文化满怀信心。但是，很快，文化显示了它的脆弱性。俘虏营的非人待遇彻底击碎了郁漱石之前对日本文化并延伸至日本人的好感。

我浑身发抖，无法想象这是我认识的日本人。不，这不是！我曾经认为我认识他们，在京都皇宫的甬道上、东京浅草的樱花下、帝国大学的课堂里；在阿国加代子兄妹、浅野早河先生身上，我认识他们！现在我知道了，我错了，那不是他们，这个创作出人类第一部长篇小说的民族，这个拥有多情俳句、缠绵和歌和悱恻能乐的民族，怎么会有这么至深的憎恶和残忍？我不相信这是人的世界，但他的确是，韦黾灶是人，D营的战俘们是人，八朗太郎也是人，可是，人怎么可以这样，怎么可以做到？

这是战争的源头，也是战争的衍生物。人的残忍与冷酷在战争中被完全激发出来，建造了一个让人不忍直视的地狱。这恐怕是被称为“中国当代文学中写战争写得最好的作家”邓一光所不能回避的吧。

二、残酷情境与他人的地狱

恐惧，是邓一光对于战争以及人类生存情境的体验，也是《人，或所有的士兵》的关键词。在小说中，他反反复复地诉说着恐惧意味着什么。在与冈崎复盘香港攻防战的始末之时，郁漱石通过自己的经历，意识到战争的爆发、战争中士兵的心理状况，都与恐惧有关。“长期深陷恐惧的民族，因为不安全感，对世界抱有敌意，除非确认世界被它控制，否则很难把恨意转化为友善，这种情况，反而促使深陷恐惧的人民，因为确认血缘归属的需要，暗示自己不但是民族的一分子，而且是民族精神的一分子，必须征服一切敌人，最终成为冈崎学者说的勇敢士兵。”也就说，恐惧是战争的点火器，也是民族主义的心理来源。因为恐惧，所以格外需要控制世界，战争于是不可避免。在战争过程中，恐惧则是决定战争胜负的基本因素。当冈崎在分析了郁漱石小组具体行动过程后提出来说：“是指挥官从始至终的恐惧造成了小组的彻底失败啊！”郁漱石竟然无言以对。而战争中的恐惧则一直延伸到战后，延伸到参加战争的人的生命中，不管他是身陷囹圄还是逃离了战争，恐惧始终在，构成了他生命的核心阴影，不断吞噬他的生命，就像郁漱石感觉到的：“战争不是黑夜，不可能一觉醒来什么也没有发生，它摧毁了一切，黑夜过去后，白天仍然在轻轻颤抖，比如此时。”这“颤抖”，就是恐惧吧。当然，无边无际的恐惧，发生在失去了自由的战俘营里。要如同剥洋葱一般层层拨开恐惧，就要知道是怎样的残酷情境造就了人的恐惧。从这个意义上说，残酷可以成为一类故事，有关我们是什么样的人以及我们身处什么样的社会的故事。

残酷，首先意味着生存资源的强烈匮乏。有意思的是，食物的匮乏首先是从美国人亚伦的嘴里说出来的。这让人意外，却也在情理之中。美国是第二次世界大战的物资供给方，美国士兵自然对于物资的匮乏极其敏感。应该说，亚伦处于D营的上层阶级，作为军官，而且是盟军军官，他已经享受到了最好的物质配比。尽管如此，他还是说，“日本人给战俘的物资供应标准简直太糟糕了”，更糟糕的是，“这个标准从来没有兑现过”。那么，华人战俘所面临的情况就更残酷了。“华人战俘一日两餐，主食是番薯、木薯和少量发霉的糙米，油和盐几乎没有，海边码头没修通时，只提供木薯粉、花生麸和番薯藤，如果战俘违反营规，会被扣除食物份额。”食物的匮乏给人们带来的伤害是身体上的——浮肿、神经受影响、肢体麻痹和疼痛；更大的伤害是心灵上的——人们从津津乐道于谈论美食到闭口不谈，显示了从有所希翼到绝望的心理过程。应该说，邓一光对于饥饿的书写位于中国作家饥饿叙事的延长线上，对此，我们有一种亲切的熟悉感。比如，当郁漱石向战俘营的次官矢尺大介绘声绘色描述各种美味的食物的时候，我们自然会想起余华的《许三观卖血记》中许三观给儿子们用嘴炒菜的情形；看到人们如何到处寻找能吃的，从泥土到树皮到草芽，再到老鼠、蟾蜍和蛾子等，会想起莫言的《蛙》中孩子们为了填饱肚子啃煤块的场景。这是一个饥饿被反复书写的时代。饥饿犹如披着缁衣的黑暗之神，所到之处，人的身体与精神，无不被其摧毁。饥饿剥除了人身上的文明的外衣，让人像动物一样茹毛饮血地活着。如果说，大部分作家对于饥饿的书写都指向了控诉——无论是对集权政治的控诉还是对现实利益分配不公的抗议，那么，邓一光对饥饿的书写却不止于此。它自然包括了抗议日本人对于俘虏的虐待的成分，更拷问了在极度饥饿情境下人如何作为一个人而活着。

残酷还意味着暴力的无处不在。正如阿伦特所指出的那样：

“这个世纪的确成了一个战争和革命的世纪，因而也是一个充满了暴力的世纪，人们普遍认为暴力正是这些战争和革命的共同特征。”[1]而在战俘营这样一个封闭环境里，暴力这一恶魔被最大化地释放出来。战俘文相福和韦黾灶的遭遇充分说明了暴力的普遍性与任意性，以及暴力对人生命的彻底摧毁。战俘们不论是对战俘营的管理者采取顺从的态度，还是对抗的态度，都无法从暴力中幸免于难。到最后，活着就是煎熬，反而不如死了来得痛快。小说中郁漱石的辩护律师冼宗白分析了暴力的缘由——“暴力可以减缓海外作战人员程度不同的焦虑，它的副作用是和回忆江南稻米的芳香一样，让人上瘾，以至在名目繁多的诸如破坏营规、损坏营具、内务不整、私下窜犯、滋事斗殴等暴力处罚理由之外，出现了一些匪夷所思的施暴理由。”郁漱石也遭遇了大量的暴力。除了管理者普遍性、任意性的施暴以外，矢尺大介针对郁漱石的专门暴力暗含着权力结构的失控，其中包含着丰富的心理内容。一方面，在日本文化中没有对失败者的同情和尊重，一直把战俘当作肮脏的动物，这决定了矢尺大介对待郁漱石及其他战俘的态度是侮辱性的，缺乏对待人的基本尊重；另一方面，郁漱石利用跨文化、跨语言的优势，敦促日方尽可能按照国际条约来对待战俘，改善战俘的生存状况，这使得矢尺大介控制感丧失，优越的管理者身份也每每在

1 ［美］汉娜·阿伦特：《共和的危机》，郑辟瑞译，上海人民出版社2013年版，第79页。

郁漱石身上碰壁，这不禁让他恼羞成怒，势必采取种种方式折磨郁漱石，身体上的暴力是首要的。

然而，对郁漱石来说，最大的残酷恐怕还是来自黑暗的深不可测的人性。极端情境下人在集体中的状况，是小说浓墨重彩书写的部分，也令人印象格外深刻。一切人类活动，从本质上说都是关系性的。从这个意义上说，D营构成了人类生活的一个小小的样本。生活在这里的人们，无论是被囚禁的各国战俘，还是管理战俘营的日军军官和士兵，都迫不得已地生活在这个小小的离岛上，于是，战争中国家与国家的利益、争端，渗透到人与人的相处过程中；加之生存资源极度匮乏，人们为了争夺生存资源无所不用其极，这使得战俘营的生活格外艰难。D营的中国人战俘，像战时一样，分裂成国军和游击队。其中，国军又有粤军与中央军的分野。简单地说，不同的政治信仰、利益诉求与不同的价值和道德体系将同处于危难情境的人们分裂开来。

对于郁漱石来说，情况要更复杂一些。从入营开始，他就因为在日本读过书，懂日语、英语和粤语，被别有用心的矢尺大介安置到西区混编军官营，从而被置于被自己的同胞质疑、排斥、敌视的境地。情况也的确如矢尺大介所预想的那样，郁漱石收获了美国海军上尉亚伦、英国海军上尉德顿的有限友谊，但在他的同胞中反而成了格格不入者。因为有语言优势，郁漱石担任了联合自治委员会的传译员，这使得他一直处于风暴的中心。以徐才芳为代表的国军将其视为超出控制者，一直试图将其纳入他们的势力范围。让郁漱石担任自治委员会的文书工作，负责委员会日常工作的记录、整理、誊抄和翻译等，无不是在宣示其主权地位。徐才芳对郁漱石的要求是，接受他的领导，任何事情必须向他请示汇报，并要求他去主动侦察日方情报，提供给委员会。某种程度上，他是在要求郁漱石的臣服，以民族国家的名义。在他的语境里，倘若不成为他的奴隶，就意味着是汉奸，是可以随时随地被处决的。在多方角力的局面中，郁漱石成了被拖拽的那个点。一方面，日本人认为他是战俘利益的代言人与争取者，不惜采用各种方式予以打击；另一方面，他又被自己的同胞怀疑是既得利益的获得者，从而被监视、怀疑甚至各种冷暴力。“濒死者和死神也把过度的期望强加给了我，战争的胜利者和失败者在所剩不多的时间里搅杀，既有的规则被破坏了，所有人都痛恨我，战俘和日本人，他们都痛恨我，我被称为合作者、利用者和提防对象。”这是郁漱石对自己真实处境的认知。与其说，这是战俘营里特殊的生存环境所导致的人性畸变，不如说，这本来就是人性的底色。在封闭的集体内部，倘若坚持某种道德法则，不屈从于某个小团体，不屈从于某个有权势的个人，就必然遭遇被冷落、排斥并被视为异己的命运。这是邓一光对人性的深刻洞察，超越了他所描述的战争环境，对于今天的我们依然适用。就这样，郁漱石既生活在日本人的监视下，又生活在同为战俘的682号的目光中，这个视自由为生命的人恰恰落入了最不自由的境地。这就是为什么，郁漱石如此希望离开自己的同类。他们的存在令这个本来就乌云汇聚的战俘营处处是深渊，令无穷的恐惧积聚并扩散。他人即地狱——郁漱石和李明渊的关系就深刻地说明了这一点。

作为曾经的上下级关系，李明渊和郁漱石并未建立起工作之外的私人友谊。相反，李明渊对郁漱石有微妙的抵触心理。作为一个细腻敏感的人，郁漱石不可能毫无察觉。只是，因为都在战争中失去了亲人，郁漱石具备了与他人共情的能力。在香港战役一触即发的时刻，当李明渊找到郁漱石并请求他的帮助的时候，郁漱石并没有以个人的安危或好恶拒绝他，相反，他停留了下来，并为他亲手铸就了自己的命运。

应该说，郁漱石为李明渊倾尽了全力——他带着在战争中受伤的李明渊东奔西走，以期找到合适的地方给他治疗、将他安顿下来；在有机会撤离香港的时候他因为李明渊的伤势无法脱身，只得滞留下来，并进一步卷入战争之中。在投身战争以前，郁漱石安排他的小组成员朱三样留下来照顾李明渊，却在战争情势下发生了不得已，郁漱石以为李明渊死于朱三样之手，并因此心怀愧疚。谁知道，命运让李明渊再次来到他身边，共同置身于战俘营，让他有机会了解人性是有多么黑暗。

简而言之，郁漱石和李明渊的关系恰如农夫与蛇。来到战俘营的李明渊丝毫不感念郁漱石曾经为他做出的牺牲，反而视之为理所当然，并把曾经差点被朱三样掐死看作是郁漱石对他的亏欠，尽管他也知道这与郁漱石毫无关系。李明渊理直气壮地索取郁漱石的回报，要知道，在战俘营，一点点的光被传递给他人，就意味着自己的无限黑暗。更进一步，李明渊迅速适应了这种集体失去自由的生活，并逐步建立了自己的领地。应该说，李明渊是一个相当“政治化”的人物。他对于郁漱石在意的道德、正义、恐惧以及对战争的反思等问题毫不关心，但是他敏锐地抓住了“关系”这一关节点。他敏锐地意识到，中国战俘的派系问题将是他的机会，是他的立足点。像二十世纪中国的军阀那样，他擅长通过关系学与派系斗争获取自己想要的东西，比如小团队的供养。李明渊这一人物的出场被赋予了重要功能，即形构危机情境。在两人关系破裂又和好的一个时间线索里，猝不及防地，郁漱石得知李明渊将要出卖他。这种出卖，不仅将给郁漱石带来生命危险，而且对于中国的抗战，都有不小的危险。之前的和好，学日语等，其实都是李明渊的伪装，是为了这一刻的准备。这是小说极富戏剧性的一刻。仿佛死亡一直在到来的路上，而在那一刻，我们确实看到了死神狰狞的面容。

在这里，我们看到了一个极度自私自利的灵魂，考虑到在进入核心故事之前李明渊的短暂亮相，我们认识到他的性格逻辑其实是一以贯之的。有意思的是，邓一光完全屏蔽了他的内心。我们对于李明渊的认识，完全基于郁漱石的描述和理解，以及从描述中携带的他曾说过的只言片语。显然，李明渊代表了与郁漱石完全相反的观念。李明渊曾经提出了一套文明豺狼论，他提出，文明就像豺狼，需要通过撕咬等最残暴的方式取得头狼地位，才能生存下去，进入下一个时代。不难看出，这里面有社会达尔文主义的影子。如果说郁漱石象征了道德的一维，李明渊则象征了政治的一维。在生存危机面前，道德往往显得软弱，不堪一击。就像郁漱石面对李明渊的出击，竟然手足无措，并无应对之道。邓一光并不打算向我们展示不自由中的对决。是的，与我们想象的不一样，郁漱石并没有自带主角光环，破除困境，相反，除了想象选择什么样的死亡方法与逃亡之外，他无路可逃。从这个意义上说，李明渊事件其实也是度量仪，邓一光是要以此衡量各方应对危机的方式。令人肃然起敬的是，无论是国军还是游击队，中国战俘的一致决定是不能让李明渊的告密影响战争的进程。国军进行了孤绝的政治工作，企图集体指控李明渊精神异常。而游击队更为果决，他们让李明渊永远闭上了嘴。这些细节也暗示了不同政治团体的风格，并从根本上决定了战后中国的局势。

这似乎不是郁漱石关心的问题。人的心理、情绪、思想等才是他思考的问题。小说中，郁漱石有一段关于人性的看法，他说："德顿有一次对我说，战争像一把考古铲，放大了人们内心中的善良和邪恶，把最真实的人性暴露在光天化日下。我不这么看。我觉得人们的内心比我们知道的要复杂，不光有善良和邪恶，还有别的。我觉得真实的人性是不存在的，因为它们总在变化，变得难以把控，人们也许永远也无法知道，他们到底是谁，在他们身上，哪些事情是真实的。"我相信，这是邓一光对于人性的看法。是的，作为一个致力于捍卫人的价值的作家，邓一光并不讳言恶的存在，但是，他并不对恶抱有本质主义的定见。他相信恶的出现是有条件的，"失去了自由的人，同时也失去了价值和道德体系”；他还相信，所谓的人性，大可能是在暧昧的灰色地带挣扎，而成为一个人，就是不断挣脱黑暗，向光明泅渡。就像郁漱石所做的那样。

三、同情的美学

郁漱石在进入战俘营之初曾经被提醒说，“作为战俘，你已经失去了自由和身份，很快你将失去个性”，并劝告他“尽快完成这一步”。对战俘生活毫无经验的郁漱石不明白什么叫失去个性，他得到了进一步的解释——“从现在开始，你不再有过去，也不会有未来，只能退化成低级动物，以想都想不到的方式活下去，等待死的那一天。”可以说，这是这部小说的文眼。为了活下去，只能放弃人的身份、感受、尊严，在战俘营，活着本身就成了目的。郁漱石当然也希望能活下去，像正常人那样活到白发苍苍、儿孙满堂，但是，当他被历史，被战争，被多舛的命运抛到桑岛上，他决定“只选择一种方式活下去”。这种方式，就是人的方式。从这个意义上说，《人，或所有的士兵》讲述的是在不可能的情境下，人如何以人的方式活下去，或者更准确地说，是人实现高贵的可能性与能力。

以人的方式活下去，意味着具备与他人共情的能力，同情弱小，并捍卫他人生命的权利。亚当·斯密《道德情操论》一书开篇第一段中这样说道：“无论人们会认为某人怎样自私，这个人的天赋中总是明显地存在着这样一些本性，这些本性使他关心别人的命运，把别人的幸福看成是自己的事情，虽然他除了看到别人幸福而感到高兴以外，一无所得。这种本性就是怜悯或同情，就是当我们看到或逼真地想象到他人的不幸遭遇时所产生的感情。我们常为他人的悲哀而感伤，这是显而易见的事实，不需要用什么实例来证明。”[1]站在人间同情他人的不幸，似乎在情理之中，可是如果本身就在地狱呢？这就是小说中所描述的情形。在刚刚进入战俘营后，郁漱石就发现了D营最小的孩子兵孖仔。在漫长的战俘营的时光里，郁漱石尽力将他可以争取到的不多的资源分给他。几片贴在胸前的菜叶、两颗备受折磨的奶糖，对于战俘营营养不良的人们来说，那简直意味着上帝伸出的援助之手，而此时的他也被饥饿折磨着，并为了获得这些食物费尽心思。在他看来，年幼的孖仔要努力活下去，他值得拥有更好的生活。尤其值得注意的是，郁漱石对他人的同情并不以自己的道德判断有所区分。菜园班事件就是一个例子。在他看来，侯仁臣“为人刁钻，脾气暴躁”，“不愿干粗活，凭着管事军官亲信的身份，只动嘴，不动手，让其他人替自己干，还欺负几个身体不好的老实战俘”。在与戚烈军的矛盾中，他几乎是毁了郁漱石好不容易争取来的成果。可即便如此，在菜园班干活的最后一天，郁漱石想办法携带野外食物回到营地，依然给侯仁臣分了几片菜叶子。这一细节是解读郁漱石的关键。

---

1 ［英］亚当·斯密：《道德情操论》，蒋自强、钦北愚、朱钟棣、沈凯璋译，商务印书馆1997年版，第5页。

显然，他并不认同侯仁臣的行为和观念，但是，不认同不意味着不同的价值观念就没有存在的空间，以及持有不同观念的人没有生存权。甚至是敌人，作为一个生命，也有资格活下去。因为，仇恨，刻骨的仇恨只能摧毁一切，而一个他想要的更好的未来必然建立在尊重每一个生命的基础之上，建立在每个人尽可能地理解他人的基础之上。我以为，这就是解读郁漱石最核心的钥匙。只有理解了这一点，才能理解一个让人疑虑丛生的细节。当极度仇视郁漱石的矢尺大介企图结束郁漱石生命的那一刻，自己却遭到了毒蛇的攻击。在千钧一发的时刻，郁漱石竟然会不顾自己，冲上去替他吸出蛇毒。这确实是让人不可思议的一幕。在民族主义者看来，矢尺大介代表了日本军国主义控制下的军士，疯狂地投入战争，虐待俘虏，是要消灭的对象；从个人的正义来看，矢尺大介以折磨、虐待、殴打郁漱石为乐，两个人之间的冲突已经到了死亡的边缘。那么，郁漱石为什么要救矢尺大介？这意味着，我们必须追问，人应该如何看待人？从民族国家的角度，还是从个人的角度，或者，仅仅从生命本身？每一种选择都有自身的理由，郁漱石是极少数选择了最后者的那一类人。然而，我们要继续追问的是，自由固然值得持守，他者的绝对自由是否让世界成为可怕的混沌？

让所有战俘尽可能地活下去，活到战争胜利之后，享受属于人的生活，是郁漱石一个人的英雄主义。他执着地相信："战争结束之后，我会成为绅士。战争结束之后，任何人都可以成为绅士。"为了这个目标，他艰苦卓绝地斗争着。概括而言，他的斗争主要集中在两个阶段。在第一阶段，他需要让战俘们获得生存的资源。这使得他转变了自己的身份，将自己从传译官变成了战俘营食物问题的交涉者和发难者。他向矢尺大介描述美食，推动他正视战俘食物短缺的问题，并以向战俘营的最高指挥官报告的形式推动这一问题的解决。虽然他本人遭到粗暴的殴打，但是，他的斗争取得了有效的进展。他为战俘们争取到了扩大菜园班的权利。这不仅意味着通过劳作，战俘们可以获得一点点食物上的补给，帮助他们活下去；同时，还意味着有的战俘可以走出戒备森严、令人压抑的战俘营，在充满生机的大自然中获得短暂的自由与食物补给。对于长年被囚禁的人们来说，这点可怜的自由是多么的可贵！

第二阶段，在纳什医生的提示下，郁漱石意识到，除了生存资源以外，精神上的积极与乐观有利于他们熬过非人的日子。保持忙碌以抵御精神崩溃，这是医生的告诫。为此，郁漱石让处在地狱里的人们忙碌起来，学习，参加文娱活动，总而言之，是让他们确信活着是有意义的。一个生命的局外人，竭尽全力地让其他人寻找到活着的意义，这是多么荒诞的事情。但是，郁漱石不会想到，他所做的这一切，在战后会成为他的诉状，成为他通敌叛国，导致数百名战俘死亡的“罪证”。

是的，这也是小说悲剧感的来源。郁漱石冒着极大风险所做的一切始终不为人们理解。日本人有意将他塑造成日方合作者的形象，战俘们把他看成敌人、变节者，即使少部分知道内情的人也保持了缄默。就这样，郁漱石成为一个彻彻底底孤立的人。他清清楚楚地知道，他没有能力成为任何人的敌人，但也绝不是朋友。于是，他身处两座战俘营中，一座日本人的，一座同盟军的。但是，孤独并没有剥夺他的信念与行动的能力。他坚信，他不属于任何人，而是会按照生命的样子活过最后的日子。所谓按照生命的样子，不必考虑死亡什么时候到来，就是尽可能做自己能做的，尽可能地活成一个人的样子，就像郁漱石自己所说的:“不管人们怎么看我，我在尽力帮助他们活下来。我从不向任何人解释，只和自己讨论。我从不和任何人商量，也不要求人们理解。我不是人们的背叛者，我只是自己的背叛者。”只有少数人，比如美国人亚伦隐隐约约感觉到，郁漱石是那个打着火把走在最前面的人，是那个让人们把拔出来的拳头揣回去的人，那个让别人活下去而自己找死的人。

当然，在无边无际的黑暗中，也有一丝亮光。郁漱石与邝嘉欣的关系是全书极为柔软，令人心碎的一部分。该如何形容这两个人呢？如果说郁漱石与加代子之间是少年的纯情与美好，如暖阳，清冽的泉水，至纯至净，那么，郁漱石与邝嘉欣之间则是被侮辱与被损害的灵魂之间的深刻的共情。他们是彼此的镜子，映照出可怖的地狱中残存的那一点天真与纯净。他们都猝不及防地被卷入战争，成为战争的受害者与牺牲品。邓一光极力写这样一个被战争的污秽湮没的女性的纯洁和美好，在郁漱石眼里，她是如此“轻盈美妙”，“像一株缓慢生长的云杉”，可是，在她的平静下，隐藏着巨大的不可名状的恐惧。两个恐惧的灵魂，大约是可以互相依靠着活下去的吧。而她的存在，让他感到强烈依恋的同时，也给了他对于人的信心。从邝嘉欣收集死去的蝴蝶和各种草籽的举动中，他突然意识到，就像植物一样，战俘营中的人或许已经在等待死亡，而他们的家人还活着，还将把生命继续延续下去。他是如此疯狂地搜集一个个名字，因为，在名字之下，是一个个独特的个人，是一个个活生生的生命。

如我们所料想的那样，郁漱石，这样一个对生命、对人抱有巨大热情的人，没有死在残酷的俘虏营，却被宣布有罪。他的种种壮举，都成了罪状。就连他的家人，也放弃了他。或许，唯一可堪安慰的是，他按照自己的意志结束了生命。他对生命的热望却让人有锥心之痛，让我们思索，人，究竟意味着什么。

现在，从《我是太阳》《我是我的神》里走出来的邓一光，经由《人，或所有的士兵》，让我们看得更清楚了。对于他来说，一直以来，社会的和政治的生活是他思考的主题，他想为社会和历史承担责任。这就是他在长篇小说中始终以战争为叙述题材的根本性原因。因为，战争是人类政治生活的极端表现。越是进入人类政治生活，他越是确认自己的立场——单数意义上的这个“人”是他的出发点，也是他的目的地。由此，“孤绝的个人”成为这部小说中的典型形象。在群体中，郁漱石这一个“人”的孤独、恐惧与高贵是如此醒目。然而，无论我们知道多少关于他的生活，无论他是如何真诚地向我们袒露内心，我们都知道，属于他的最本质的那部分是坚硬且封闭的。小说中向法庭陈述的每一个人，无论与他亲密与否，都不能完全了解他。当然，我们也不能。但是，这谜一般的个人被一团光晕所包裹着，让我们感到了极大的吸引力，让我们忍不住反复去探究那未曾向我们打开的一切。从这个意义上说，郁漱石一直活着。我们对他多了解一分，我们对自己，对人的状况、限度与可能就多了解一分。

平民中国的道德视域

——梁晓声《人世间》

如何想象一种生活？特别是，历史如巨象，混沌地显现了它自身……我是说，那样一种以变化为其根本性质的生活。如何书写一种生活？特别是，当书写者仍然身处其中，无法倚仗时间，从而获得某个超越性的视角，无法像后来者那般居高临下俯视的生活。这是文学的困难之所在，也是梁晓声在《人世间》中倾尽全力要回答的问题——以他的正直，他的清醒，他对人的拳拳深情来回答的问题。迎来《人世间》，是我们这一代读者的幸运。这部公认的极具史诗气质的作品重建了二十世纪七十年代至今的生活，从工人、知识分子到官员，在平民的土壤上诞生的不同阶层构成了当下中国社会的历史图景。读《人世间》，我们得以沉浸到生活的河流之中，在富有共鸣的场景中重温我们的来路；更重要的是，在变动的社会—历史关系中，在人物命运展开的诸多可能性中，我们得以了解一个平民中国如何展开道德化想象，并经由这一想象重申关于善的信念。

一、中国工人阶级的历史命运

《人世间》事关中国工人阶级。如果说，我们的文学反复书写乡土中国的勃兴与衰败，是为了描绘与表现“现代性”的“后果”，那么，《人世间》表现的就是“现代”本身——它书写的正是以工人阶级名义立国的国家里工人的生活、情感与思考。从这个意义上说，与共和国同龄的梁晓声正是以描摹工人阶级的生活与精神肖像为方法，把工人重新带回到社会分析的中心，由此探索与思考社会主义的经验。这一探索因其诚恳与深情，成功地唤起了人们关于社会主义的时代记忆，也唤起了一个完整世界的历史图景。

这一历史图景首先经由新中国第一代工人阶级的自豪感传递出来。周志刚是小说中着墨不算多的工人形象，却给读者留下了明朗乐观的鲜明印象。这不仅因为周志刚分享了一个新成立的人民国家的喜悦，他自身作为领导阶级的一分子也深深感受到了工人在社会中的政治经济地位。这当然是与中国社会发展的历史进程紧密联系起来的。有研究认为：“中国的现代化进程，就是从农业社会向工业社会转型的过程，而工业建设的主体力量是广大的城市工人。从清末民初中国产业工人诞生一直到解放前，由于中国工业规模不大，中国工人的队伍，也主要是以轻工业工人为主，这颇不利于中国建设完整的工业体系。

工人队伍的成长，对于中国现代化建设具有战略性的意义。通过五年计划的实施，中国培植了较为健全的工业体系，而工人的社会和经济地位，也随之水涨船高。”[1]在当时，工人阶级的政治待遇和生活福利，不仅远高于当地的农民，即使在城镇人口中，也是较高的。因而，工人阶级觉得自己对整个社会是有责任的。“有北方平原地区农村生活经历的工人们，一回忆起老家那一望无际的广袤土地，就对贵州当地山民内心里充满了同情和怜悯。后者所过的普遍的贫穷生活，也使工人们总觉自己作为领导阶级，实在是太对不起他们了。工人们对于贫穷有了全新的认识，因为较之于山民们的贫穷，他们自己的贫穷经历和家庭所面临的城市里的贫穷现状，简直就不值一提了。”[2]面对农民是如此，当面对知识分子时，周志刚则不复单纯的怜悯和同情，而是充满了相当复杂的情绪。

> 周志刚以郑重声明般的口吻说：“我的手，不论左手或右手，是工人阶级的手，劳动者的手，光荣的手。我这双手曾扇过我小儿子一耳光，还是因为周蓉到贵州来的事，再就从没打过任何人。你们知识分子，只善于动笔、动口，不善于动粗。我扇你耳光，等于欺负你。我不欺负人。再说，一个人也不能因为恨谁，就仗着自己比谁有力气动手

1 陈周旺、汪仕凯：《工人政治》，复旦大学出版社2013年版，第170页。

2 梁晓声：《人世间》（上部），中国青年出版社2017年版，第165页。以下小说引文，均出自本书，不再一一标出。

打诳。就是那类很卑鄙很坏的知识分子，扇他们耳光人人称快，弘扬了正义，我也不会那么做。”

这是周志刚与他并不认可的女婿冯化成的第一次会面。深究起来，这番话颇可寻味。一方面，从政治身份上说，根正苗红的“大三线”老工人周志刚在面对“摘帽右派”冯化成时，是有潜在的政治地位上的优越感的。但是，他尽可能地平等地对待他。周志刚坦然地表明了自己的态度。他不是从翁婿这一私人身份上看待二人的关系，而是从工人与知识分子这一社会身份的角度来对待对方。这也反映了这一时期，任何一种私人关系，都需要纳入相应的社会关系中去衡量。另一方面，即使享有较高的政治地位，但是，面对知识分子时，周志刚仍然有不易察觉的文化自卑感。他不愿意让冯化成看轻了他，所以采用知识分子式的讲理的方式来与之沟通。

事实上，工人阶级的自豪感还不主要体现在与其他身份的人们的关系上，而是体现为主动承担中国工业化进程的责任，引领中国社会的结构转型，这才是工人阶级在革命之后成为新的支配性阶级的根源所在。在国家建设中强烈的责任心和主体意识，在周志刚身上也可见一斑。

到了周秉昆这一代工人身上，与老一代工人相比，他们与国家的联结感无形之中就减弱了许多。尽管，在政治事件中，受环境、义气或别的什么因素的影响，他们中的某些人，比如周秉昆、赶超也会毫不犹豫地参与其中，但无论如何，他们中的大多数人不再是参与者，而只是分享者和旁观者。这无疑淡化了他们作为国家主人的主体意识。工人们只能从彼此十分有限的友谊中获得些许情感的慰藉。这也是《人世间》的主题之一。周秉昆和他酱油厂、木材厂的朋友们，即所谓的“六小君子”在周家的年年聚会，是小说描绘的重点。梁晓声亲切地称呼他们为“共乐区的儿女们”。在历史决定生活的年代里，他们因为承担了相同的劳动，有着大体相似或相近的人生，彼此之间又没有利益分歧与差异，自然乐于在休闲时分相聚，享受友谊所带来的欢愉。这是二十世纪七十年代中期到八十年代初期工人生活的主要特点。这是他们人生欢乐的源泉，如果考虑到之后他们会经历漫长的窘迫、贫寒与艰难，不妨说，青年时与朋友们相聚的日子甚至是他们人生少有的无忧无虑的时刻。这固然与青年人爱热闹的天性有关，更深层的，是与他们的人生境况有莫大关系。正像小说所说的，（他们）“不论年龄大小，几乎都没有任何能力哪怕稍微改变一下人生状况，父母也完全帮不上他们的忙。只能像父辈那样靠江湖义气争取别人的好感，以便在急需帮助时借助一下哥们儿，或在同样感到压力时抱团取暖，面临同样威胁时做出小群体的一致反应”。与父辈不同的是，这一时期的工人们把关注的重心转移到小家庭中。自己和小家庭世俗化的更好的未来成为价值感的源泉。某种意义上说，这是革命中国以后的必然，也为社会的巨变酝酿着能量。

但不管怎么说，此时的工人们，依然在惯性上延续着之前安定感与归属感，在潜意识里依然有着工人阶级不言自明的优越感。日子固然是不好过了，可是谁又好过着呢？相聚仍然延续着，被当作生活中的一个仪式固定下来，但是再也没有青年时期的浪漫与憧憬了。他们甚至变得无话可说。可以说，这也是世俗生活在他们身上的投影。小说中有一个很有意思的细节。当周秉昆通过各种机缘成为《大众文艺》的一名编辑时，他所接触到的人群，显然与过去在工厂生活时期的工友不太一样了。简单地说，他认识了一些有可能对他的人生起推动作用的朋友，而这是他的工人兄弟所无法想象的。因此，当他终于获得了转正的机会，由衷感到高兴，并担心会让朋友们嫉妒时，父亲和朋友们的反应却十分冷淡。对周志刚而言，工人的社会地位，是高于杂志编辑的。工人是领导阶级，而杂志编辑则意味着“永远需要被改造思想的群体中等级很低的一员”，他吃不准是否值得替儿子高兴。而周秉昆的朋友们呢，也不觉得这是多么好的事情，原因在于周秉昆并没有获得实质性的好处。也就是说，周秉昆因为“穿行”阶层过程中所获得的看待社会生活的视野，是处于原先阶层的朋友们所无法具备的。因为视野过于狭窄，他们只能将目光集中在生活中看得见摸得着的好处上，比如房子，比如工厂里的职工福利。他们也不会想到，新的社会巨变即将发生。他们也将失去手中的铁饭碗，承受改革的“阵痛”。

这是谈歌在《大厂》、刘醒龙在《分享艰难》等小说中曾经书写过的故事。如果说，在故事发生的当时，小说家们以小说这一形式将他们所意识到的蕴含着丰富历史内容的故事予以解释，并试图规划未来的方向，从而引起多方争论，那么，当这一代曾经被号召“分享艰难”的工人纷纷步入晚年，重新书写这一段故事又意味着什么呢？梁晓声似乎并不执着于给这一段历史重新赋予任何超出它自身的意义。他只是老实地叙述，叙述工厂行将破产之时工人们五花八门的出路——从找门路搞批条到代销拖拉机，再到偷卖工厂零件，叙述厂领导的吃喝——有的是为了找合作，有的是为了诓骗他人上船，也有的纯为了享受。在他的叙述中，有悲痛到了极点的故事，比如国庆老父亲的死，比如赶超妹妹的死，有无处不在的压抑而恐惧的情绪。但是，特别值得注意的是，梁晓声让他的人物在此时此地强烈意识到，人和人是如此紧密联系在一起，他人的命运也就是自我的命运，就像此时已然是酒楼副总经理的周秉昆所感受到的：“他认为如果工人们的人生节节败退溃不成军，自己的境况也不会好到哪儿去。”由此出发，工人们的状况其实也就是中国的状况。个人与共同体再次建立了深层联系。应该说，这是梁晓声站在一个更长的时间段对二十世纪九十年代的“现实主义冲击波”文学的一次改写。如果说，之前被称为“现实主义冲击波”的一批小说号召“分享艰难”，是呼吁个人主动替共同体分担某种“艰难”，而到了梁晓声这里，个人的“艰难”，也就是共同体的“艰难”。这一改写意味深长，作家的情感立场与思想路径由此可见一斑。

或许是历史的必然，亦或许是个人命运的偶然，工人周秉昆并没有穿越“在底层与其他略高于底层的社会阶层之间”的

“无形的铜墙铁壁”。在经历了编辑、组织“走穴”以及酒店副总经理等不同的人生之后，他因为偶然事件入狱，并再次跌回到原先的阶层，再次回到了他的朋友中间。现在，他切身感受到了“艰难”的凛冽寒意。这不仅意味着生活失去了保障，他和朋友们需要每天出去找活儿才能谋生，心理上的“艰难”恐怕也不容忽视。就像小说所说的，“工人阶层的集体梦想首先是工作稳定。为了求得那一份稳定，他们一般都最为务实”。他们不得不告别集体经济时代的安全感和归属感，接受市场经济给个人生活带来的动荡与不安。没有什么持续不变的稳定的生活，变化，以及变化中的适应成为他们人生的节奏。就像小说里说的，“那种有家又似没家的感觉很奇怪，连他自己也搞不清楚为什么会产生这种感觉”。这种感觉，恰恰就是新的生产关系所塑造的情感结构。在这一生产关系中，工人们渐渐与他人失去了关联，慢慢沉没到市场经济浪潮的底部，成为无声的存在。

当然，仍然有重新组织化的时刻。当作为三轮车夫的周秉昆被暂时推举为这个自发组织的头儿的时候，昔日高度组织化的工人阶级仿佛再次获得了历史的能量。只不过，很快，他们就被私人企业“收编”，彻底成为原子化个人了。

从1970年代到2015年，这是以周秉昆为核心，略略辐射到周志刚的漫长人生，也是新中国工人阶级的历史。正如卢卡契所说：“在所有伟大的作品中，它的人物，必须在他们彼此之间，与他们的社会存在之间，与这存在的重大问题之间的多方面的相互依赖上被描写出来。这些关系理解得越深刻，这些相互的关联发展得越是多方面，则这作品越成为伟大的作品。”[1]《人世间》专注于展示个体生命历程的同时，也提供了理解当下中国社会的钥匙。当我们伴随着周秉昆风尘仆仆地跋涉到小说的终点时，我们恍然，那正是我们自己。是的，这是所有真正文学的伟大任务：它让我们意识到自己。

二、善的辩难

《人世间》有时下小说并不多见的道德气质。当现代小说家出于对人的境况的复杂性的洞察而明智地保持沉默时，梁晓声不避陈旧，极力重申善的价值，从这个意义上说，他是十九世纪俄罗斯文学的继承人，也是“一个人应该如何生活”这一永恒问题的又一回答者。

梁晓声对于“善”的想象集中落实在“好人”身上，即他要回答在当下中国，做一个“好人”意味着什么以及如何做一个“好人”。这也是当下小说家集中探索的问题。[2]在一个社会快速转型的时代，关于伦理与道德的许多定见也正在发生松动。这一探索，某种意义上也是在重建当代世界的价值伦理。“好人”是梁晓声塑造小说人物的主旨性基调，也是他对自己，对人何以为

1 ［匈］卢卡契：《论艺术形象的智慧风貌》，《卢卡契文学论文集（一）》，中国社会科学院外国文学研究所外国文学研究资料丛刊编辑委员会编，中国社会科学出版社1980年版，第174页。

2 参见本书前文《好人的故事》。

人的期许。那么，梁晓声是在何种意义上谈论“好人”呢？

在当下中国，“好人”的观念在很大程度上来自民间的朴素教化。在民间的评价体系中，仁义、善良、讲义气等传统人格修养，构成了民间道德的核心。正如小说中周志刚告诫老伴的一席话所言：“咱们老百姓的女儿，将来是好人，走正道，我认为就是出息了。咱们女儿善良、知仁义，对人对事有正义感，只要这三点在她身上不变，其他方面任性一点就随她吧。”好人，基本上是民间道德评价的唯一标准。比如周家长子周秉义，很早就形成并确立了自己的人生观，他要求自己不但要努力争取出类拔萃，而且还要始终是一个好人。在这里，好人的标准甚至高于出类拔萃。他也是这么实践的。当他遇到可以改变人生的重要契机时，他没有出卖爱情，而是坦然放弃了这一机会。他经受住了人品的考验。当周志刚与作为“摘帽右派”的女婿冯化成第一次见面时，冯化成诚恳地向他表白：“我不是一个卑鄙下贱的坏知识分子，恰恰相反，我一直要求自己做一个好人……好人的意思，您懂的……”周志刚也的确根据他之前在陌生人群中的表现确认了他是一个好人。作为读者的我们都清楚，是不是好人，直接决定了周志刚是否认可周蓉的婚姻。周家的第三代周楠为救他人牺牲，周蓉也将之归因于民间教育的结果——“我见到咱爸给他和聪聪讲杨家将故事的情形。咱爸讲到杨二郎为了让兄弟们夺路而逃，力举城门结果被活活压死时，楠楠那眼泪像断了线的珠子似的！”从这个意义上说，《人世间》中的所有人，几乎都被“好人”这一价值牵引着，跌跌撞撞地学习成为好人。

应该说，民间关于好人的价值持守，主要源于传统文化的影响。小说发生的主要地点在共乐区光字片街道。小说用周秉义的口特地指出："可咱们光字片的街名，却正是不折不扣的中国街名，咱爸那一辈中国人起的。光仁、光义、光礼、光智、光信，连起来是孔子的话——仁义礼智信！"可见，儒家思想深远地影响了民间道德的形成，并实实在在构成了人们行为的参照系。此外，书籍，特别是文学书籍的影响也是"好人"构成的精神要素。作为被文学影响，乃至改变命运的一代人，梁晓声对此深有感触。于是，在小说中，他特地写到了青年们拉着窗帘，关上门，阅读与讨论经典文学作品的情形。这是属于二十世纪七十年代的经典时刻。读《人世间》，被带回一个遥远的时代。那个时代所蕴含的对知识的热望，对于人的激情以及对整个中国前途命运的关心，让一个时代的先行者反躬自省。他们从文学中获得精神养分，这些养分保证了他们成为一个理想主义者，成为坚定不移的善的践行者。

梁晓声这一代作家确实感受到了民间价值系统的包容性与修复性力量，于是，在小说中，他以民间的道德为精神内核，构筑了一个洋溢着美和善的民间世界。尽管他也批判民间的某些无意识心理，比如对于权势的依附等，但是，他仍然相信民间的善具有强大的修复功能。在他的笔下，这一民间道德是自在自为与低调运行的，因而足以应付政治力量的冲击与侵扰。由此，梁晓声提出了一个重要的命题，即将德性与政治分开。

这一命题，首先是通过周蓉与周秉义的辩论提出来的。周秉义出于政治的敏感，嘱咐初到北大的周蓉做一个好学生，并提出做好人和做好学生的原则是不一样的，却遭到了周蓉的反击。梁晓声并没有充分展开这一辩论的具体内容，作为读者的我们可以予以想象性填充。或许，在周秉义看来，好人，是民间性的要求，其核心要素是恒定的。好学生（好青年），则是政治化的要求，与一个时代对人的身份的塑造有很大关系。[1]但是，对于受自由主义影响的周蓉来说，民间的价值标准似乎是可以覆盖或者超越政治性标准的。哪一种看法更符合现实，作家似乎并未就此表态。但是，我们依然可以从小说人物中见出端倪。曾经一度担任酱油厂三把手的曲老太太就是证明这一点的典型人物。对于周秉昆和他在酱油厂的朋友来说，曲老太太是他们的“贵人”。在恰巧听到年轻的工人们咒她的话之后，曲老太太并未挟私报复，反而带他们去了她家，感谢秉昆关键时刻救助了她的丈夫，给他们提供了一顿匮乏年代少见的大餐，并给予他们有益的人生指点。此后，他们在遇到难以逾越的困难时，都想到请曲老太太帮忙。曲老太太也尽她所能地帮助了他们。周秉昆和他的朋友们彻底改变了对她的印象，并认定“她基本上是个好人”。这个“好”是从对待他人，特别是最底层的工人的善意中体现出来的。可是，对于周秉昆的师傅白笑川而言，曲老太太却完全够不上“好人”的标准，而是“坏透了”，原因

1　有研究者检视了青年形象在中国当代文学中的变化，认为可以概括为“革命青年”、“问题青年”、青年重建与反叛青年，似可作为佐证。参见徐勇：《“青年议题”与20世纪80年代小说创作》，人民出版社2014年版。

是她在1957年以不太合理的理由将白笑川和他追求的京剧名角向桂芳打成了“右派”。这固然可以看出“好”的相对性，也深刻地说明了德性与政治在一个特殊时代的分离。

德性与政治的分离，在一个个体身上或许仅仅表现为复杂的人物性格，但若推而广之，其中却蕴含着1970年是如何通向2010年的秘密。德性倘若失去了政治为其提供的更为宏观的共同体视野，不免失之琐碎，无法达至更高的、把更多的人们团结起来的善；而政治倘若失去了德性，就失去了根基，不免失之高蹈，沦为空谈。就这样，政治中国的动员能力在1970年之后逐步减弱。政治中国与民间中国在经历了复杂的相互缠绕的过程之后，终究逐步分离。

梁晓声意识到了这一点，试图在小说中将之进行想象性弥合。这也可以视作周秉义、吕川等人的精神根源。当周秉昆等追求成为一个好人时，上了大学的吕川却来信给他的朋友们提出了更高的要求。他说：“我承认你们都很义气，但那义气，从来仅仅局限在我们之间，凡与我们无关系的其他人，他们如果遭遇了不公平，我们何曾表现过正义和同情？我们之间那种义气，与我们父辈当年的拜把子没什么区别，只不过是一种本能的生存之道！……我将视你们为同仁，同仁就是好人加同志……我希望，你们也要关心国家命运。”换句话说，如果民间意义的“好”是在认识的有着共同命运的人之间分享善意，那么，更高意义上的“好”则意味着将自己与不认识的他人联系起来，与国家联系起来。这是政治意义上的好，也是周秉义所追求的目标——作为一个理想主义者，他也是好政治的追求者。他将国家的利益、人民的利益置于个人乃至亲人之上，为此殚精竭虑、死而后已。

但是，有实现好的意愿并不意味着有实践好的能力。对于像周秉昆那样的平民来说，好人是他经过努力可以达到的，更高意义上的好则是他所不能的。就像他在心里对吕川的回应那样——“你看到的我们都看不到，你听到的我们都听不到，你认识的人我们上哪儿去认识？你们之间的话题怎么可能成为我们之间的话题？你所主张的正义，我们怎么知道那确实是正义？你所怀疑的真理我们又如何判定那根本不是真理？你的信不但羞辱了我们，也羞辱了千千万万的人，因为千千万万的人像我们一样，其实对我们的国家所知甚少，并且一向认为不知道并不妨碍结婚生孩子过日子，甚至认为知道了反而妨碍过日子。”在梁晓声看来，好是应该分出不同层次的。一个人应该学习成为好人，恪守民间意义上的好。在此基础上，有一定知识视野、思考能力的人应该追求好政治，各“好”其“好”，“好”“好”与共。

接下来的问题是，成为好人就意味着获得好的生活，好的命运吗？答案往往是否定的。[1]然而，这恰恰是善好的魅力所在。

1 冯象从宗教学的范畴尝试解答好人为什么受苦这一问题。他认为：“好人受苦（如约伯、耶利米、耶稣）不仅是世人得救的必要条件，更是信仰的日常维护：正是通过忠仆蒙冤，上帝之名才得以继续被信从，公义才不至于败坏，而值得追求。受苦，因而是无辜者对施苦难的主的一次险胜；是迫使他‘出空了自己，取一个奴隶形象，诞作众人的模样’（《腓立比书》2：7），下到罪恶之邦与我们同行。”参见冯象：《好人为什么受苦》。

它并不向信奉它的人们允诺同等的回报，但是，它仍然可以因其自身的缘故而闪闪发亮。梁晓声终究还是不忍心让这人世间显得过分的艰辛与充满磨难，他给他笔下的人物都安排了完美的情感生活，让情感成为好人的心灵滋养与酬报。这大约也是一个好人对于世界的善意吧。

为什么要谈论“好人”？为什么要为“好人”赋以意义？这关乎一个作家看待世界的眼光。在梁晓声那里，“好人”是他一直以来书写的核心内容。他曾经写过一篇叫《好人书卷》的散文，一度甚至想创办一本杂志，就叫《好人书卷》，在《忐忑的中国人》里他专门用一个章节书写“好人文化”。在他看来，对好人的强调，意味着文学不仅要表现人在生活中是怎样的，更要表现人应该怎样。当表现了人应该是怎样的时候，文学就不再只是镜子了，而是具有了能动性与召唤力——正是由于这一点，文学才成其为文学。

三、作为总体性结构的现实主义

《人世间》被公认为是具有史诗气质的小说。伊恩·瓦特从文类传统上讨论了小说何以被称作史诗——“史诗是叙事文学形式的最初例证，同时又是严肃文学的例证，因此，顺理成章的是，它可以为包含了所有这类作品的各类形式命名；在这个意义上说，小说也可以被说成是一种史诗。人们也许可以像黑格尔那样走得更远，把小说视为现代枯燥的现实观念挤压下产生的史诗精神的一种体现。”[1]显然，我们今天使用“史诗”一词，不是在文类意义上的，而是指的一种风格，也包括作家与现实的关系问题。那么,《人世间》是在什么意义上体现其史诗性呢?

首先，成为史诗性作品的前提是关注作为总体结构的社会现实。这意味着作家们要从一个中心的观点来看待社会，而这个中心是从生活本身中产生的，是作家生活于其中的社会结构的反映，并在诸多社会现象中都或隐或现地存在着。贺桂梅在分析柳青的《创业史》时指出:“《创业史》从‘社会主义革命’的高度来理解和表现农村合作化运动，意味着柳青不仅仅将农村合作化运动视为一场经济运动，即如赵树理的《三里湾》那样从经济、技术、管理的社会化角度强调合作化的必要性，也不仅仅将其视为一场社会运动，即如《山乡巨变》或《艳阳天》那样强调阶级群体的关系变动和矛盾冲突，而更强调其同时作为一场文化运动（革命）的意义，更注重人的‘思想的和心理的’变化过程。它将经济、社会和文化这三个层面融合起来，试图表现的是‘这个制度的新生活’，一种新的‘世界形态’。”[2]对于柳青来说，这个中心的观点就是“社会主义革命”，那么，当梁晓声将视野聚焦到二十世纪七十年代城市平民的生活时，

---

1 ［美］伊恩·P. 瓦特:《小说的兴起》，高原、董红钧译，生活·读书·新知三联书店1992年版，第274页。

2 贺桂梅:《“总体性世界”的文学书写:重读〈创业史〉》,《文艺争鸣》，2018年第1期。

他其实要探究的是，一个革命中国是如何通向一个现代中国的，以及在这一转型过程中，不同的社会阶层是如何彼此缠绕又彼此疏离的。他选择周秉昆作为主要人物，正是出于这一考虑。作为周家幼子，周秉昆其实并不具备哥哥周秉义、姐姐周蓉的文化敏感和智慧风貌，被认为是“头脑简单，爱认死理”的人。这样一个人物，其实并不利于叙述者通过他传达对世界的独特认识。但是，梁晓声依然将其作为主人公，固然体现了他对于平民这一阶层的认同，也有更复杂的考虑。一方面，周秉昆受到了哥哥姐姐对于文学热爱的影响，有了自我反省的能力，并建立了通过自我反省来认识世界的路径；另一方面，周秉昆作为一个轴心人物，既可以与成为干部的哥哥、成为知识分子的姐姐建立纵向联结，也可以同国庆、赶超、德宝、春燕等工友、邻居建立横向联结，将梁晓声所要描绘的世界的基本社会因素完整地纳入其中。在从革命中国转向现代中国的过程中，不同阶层都深深地卷入其中。其中，周秉义代表了干部阶层，无论是担任大型军工厂的领导，还是成为城市建设的规划者和改造者，他们是改革开放这一现代化工程的具体执行者。周蓉是知识分子阶层中的自由主义知识分子的代表。她是知识的创造者，也是各种社会现象的评论者。然而，遗憾的是，因为这样或那样的原因，她既未通过钻研学问而创造价值，她与她的导师汪尔淼先生醉心的中国优秀传统文化，也并未真正渗透到中国的现实中，发挥应有的作用。而周秉昆所代表的平民阶层则发生了不同的分化，有的人，如国庆和赶超，因为承担了社会和经济转型所带来的代价，生活愈发艰辛；也有的人，如向阳，抓住了市场经济的机会，在市场的大潮中几经起伏，最后走到了法律边界之外。如此种种，不一而足。在转型过程中，思想深度、知识视野、情感维度与利益等的差异，导致了不同阶层之间的隔膜与疏离，即使是亲人之间，也概莫能外。鉴于此，梁晓声在小说临近结尾处安排了一个意味深长的细节。在2012年的春节，周家人又聚在了一起。此时，周家三兄妹都已经开始步入晚年，他们几个人在卧室里畅聊，这一瞬间，仿佛又回到了周秉义、周蓉下乡前的日子，只不过，那个时候，他们在光字片的周家老屋里谈的是世界名著，而现在，对于中国当下与未来的关心牢牢地占据了他们的话题中心。这意味着，即使存在所谓的阶层之间的差异与隔膜，但是，对于祖国命运的关心依然可以将人们紧紧联系起来，形成一个命运共同体，摇摇欲坠的团结也由此得到了修复。这是梁晓声这一代作家的信念与期许——中国是把人们铸造成共同体的根本性力量。但依然不够。梁晓声还安排周蓉写了一本叫作“我们这代儿女”的小说（这多么像《人世间》！），期待经由文学，人们达成情感上的互相理解。这让我们可以期待，一个更具有开放性的未来恰恰植根于这种深层的互相理解基础之上。

其次，史诗性还表现为，细节是构成结构的基本因素。卢卡契在谈论托尔斯泰时指出：“在一位伟大的现实主义作家的作品中，每一事物都是跟别的事物联系在一起的。每一种现象都是表明许多成分的多音曲，个人与社会、肉体与精神、私人利益与公共事务的交错关系。”[1]这意味着，细节并不作为细节本身而存在，每一个细节都联系着社会的整体。卢卡契进一步举例说，左拉详细描述了证券交易所、赛马场、剧场等场所，他的写作当然具有百科全书性质。但是，这些事物跟人的命运是完全无关的，它们只是对人的命运漠不关心的背景。托尔斯泰则不同。他是那种少有的具有表现“事物的整体”的作家。这就使得他所描述的每一幅画面都是相互联系的，都是整部作品构思的一部分，都是人物性格发展的一个必要因素。梁晓声是现实主义的忠实继承人。他充分实践了“细节—整体”的叙述方式。以光字片的房屋为例。当小说一开始，叙述人巨细无遗地介绍共乐区光字片的来历，介绍周家的里外两家小屋，读者只是模模糊糊地感觉到，这是故事的发生地点，是周家儿女生活的空间，是背景性因素。可是，随着小说的进展，我们意识到，这房屋绝不是外在于人的生活的，恰恰相反，它充满了个性：这房屋是周秉义、周蓉等朗读讨论文学名著、交流精神的场所，是周秉昆和他的工人朋友们相聚的场所。房屋还是周秉昆个人命运的转捩点——从小康之家跌回平民生活，这对他的精神状态构成了深远影响。最后，周家房屋所在的光字片成为周秉义改革的目标，在改善周秉昆生活状况的同时也让他与昔日的朋友分道扬镳。简而言之，依靠一个个活生生的具有整体性的细

1 ［匈］卢卡契：《托尔斯泰和现实主义的发展》，《卢卡契文学论文集（二）》，中国社会科学院外国文学研究所外国文学研究资料丛刊编辑委员会编，中国社会科学出版社1981年版，第330页。

节，梁晓声使得人与人，包括人与物之间的关系有了历史的深度。他们的思想、情感与行动与社会发展的总体联系在一起。经由这些互相联系着的细节，一个在转型中蕴含着勃勃生机的社会跃然纸上。

最后，史诗性还意味着“史”与“诗”的统一。梁晓声“发明”了一种在现代小说家看来近乎“笨拙”的叙述方法，即编年史的叙事方法。小说的时间跨度是从1972年到2016年。梁晓声以工笔的功夫，细描了某些年份，使得这些被叙述的年份具有了沉甸甸的时间的重量。比如，从1972年冬天到1973年春节前这一年时间，小说就用了四章来叙述。从1973年春节到1974年春节，小说则用了从第五章到第十章的篇幅进行叙述。特别值得注意的是，尽管如此重视历史之于个体的影响，但是，梁晓声决不让历史完全占据小说的前台。与大多数以反映社会现实为主旨的小说不同的是，他所着力书写的年份，不是重大社会事件发生的年份，而是对于个体生命有重大意义的年份。这固然是因为他恪守了一个作家的诚实——人，活生生的人和人的生活才是文学的主题，也是因为他尊重社会的规律——那些重大历史事件通常是长期积蓄的社会潜能的结果，往往也需要更长的时间段才能在普通人的生活里显影。换句话说，他重视“史”，但也不愿意让“史”侵占“诗”的空间。即使是普通的平民百姓，梁晓声也赋予了他反省个人生活的能力，从而打开了他的道德生活和精神生活空间。而给读者留下深刻印象的，恰恰是普通人经过反省的饱含艰辛却又不乏激情与思考的生活。

《人世间》继承了我们分外熟悉然而久违了的十九世纪现实主义的传统。现实主义就以这种方式重新回到我们中间，蕴含着强大的感染力。与这一传统相伴而行的，是作家对于人的深情。梁晓声站在苍茫的人间大地上，热眼注视着时代的车轮是如何辚辚辗过，在改变了世界样貌的同时也留下了或深或浅的印记。由此，他所创造的这座北方城市打开了我们理解东北老工业区的兴衰变迁乃至中国社会变革的多重向度，成为我们的精神根据地。生活在这座城市的人们，无论是工人、官员还是知识分子，无不把“好人”作为坚不可摧的生活信念，并为此竭尽全力地活着。梁晓声将“善”，特别是来自民间并被书籍所滋养的“善”作为认识与改变世界的最高准则。他无可辩驳地说服我们相信有更好的世界的存在。而这个更好的世界，不在彼处，正在人世间。

新的地方意识的兴起

——叶舟《敦煌本纪》

在当下的文学叙事中，敦煌这一地方越来越多地被征用，成为处处可见并不断生成丰富意义的文学空间。这固然与作家个人的审美趣味与精神维度有关，某种程度上，也与一个时代的自我认知与空间想象有关。一个地方总是经由文学、电影和音乐这类文学实践被创造出来，通过读者的阅读、观看和体验被消费与扩展。“敦煌”这一主题的文本再生产可以视为一种话语政治。一方面，在社会政治经济层面，随着“一带一路”倡议的提出，敦煌成为关注焦点。另一方面，在全球化的文化场域中，敦煌因其处于跨地域、跨文化以及流动的精神空间而被选择，被不同的话语力量所争夺并以多种文化形式被表现。本文尝试以叶舟的《敦煌本纪》为中心，考察敦煌在小说文本中是如何在形构独特的地方感的同时，书写了一个地方的神话。

一

对于叶舟来说，敦煌是他写作的根基所在。从踏上创作道路之初，他的创作就与敦煌有关。他的两部诗集，《大敦煌》《敦煌诗经》都以敦煌为名，其间更是创作了大量以敦煌作为质料的各类体裁的文本。从这个意义上，以长篇小说呈现的《敦煌本纪》是他个人创作的必经之地。那么，他是如何想象敦煌的呢？文化地理学家一般认为，创造地方感的一个重要环节，就是关注特殊且经过选择的历史面向，重新生产地方经验与地方记忆。这正是叶舟在《敦煌本纪》中所实践的。他特地选择了清末民初这样一个充满断裂的时间点，来讲述敦煌的故事，某种意义上也是在讲述一个地方、一个民族的衰落与新生。

在《敦煌本纪》中，叶舟借小说人物之口，指出敦煌乃至河西走廊已经成为“锈带”。

> 事实上，整个中国的重心一直在东，也在南，而黄河以西的这一条孔道，包括广漠的西北山川，其实早就无人体恤，无人心疼，成了一块锈迹斑斑的地带。真的，敦煌是锈带，新疆是锈带，秦州、兰州、凉州、甘州和肃州，乃至整个陕甘一线，统统都是一片锈带。
>
> …………
>
> 整个西北至今锈而不死，僵而不化，一直掩藏着大好筋

骨，保存着中国最后的一份元气。……西北者，江河之所源，万山之所始，犹如一张张璞玉素笺，等待着一些别具心胸、特加珍视的人去任意刻画，去仔细看护。可惜的是，在过去这一世又一世的光阴中，曼妙河山，化为了修罗之场。老天吝啬，世上再也没有了身具班超、霍去病之才的血勇少年。[1]

可以说，这是煌煌一百一十万言的《敦煌本纪》的起点。所谓“锈带”，最初指的是美国东北部—五大湖附近的重工业中心。传统重工业衰退之际，工厂里的机器上布满了斑斑锈迹，“锈带”由此得名。叶舟借用了“锈”这一意象，谈论的却是道路的阻隔，是“此路不通”。在叶舟看来，道路的不通畅，意味着河西走廊地区消息不通，贸易不往，于是生气缺乏，血脉滞涩，整个中国都因此陷入危机之中。这当然是基于河西走廊的历史、地理位置所做出的判断。作为一个地理和文化概念，走廊往往意味着不同族群与多元文化的交汇与互动。“河西走廊作为一个在历史上有着重要战略地位的通道，曾经引起过历代‘中原王朝’的重视。更为重要的是，河西走廊是一条中外文化的交融和贯通的通道。在历史上‘中原’和‘西域’、‘内地’和‘关外’之间的文化互动中，各种文化随时都可能在河西走

1 叶舟：《敦煌本纪》，译林出版社2018年版，第395—396页。以下小说引文，均出自此书，不再一一标出。

廊里留存甚至‘扎根’。从事游牧的族群不断移动和从事农耕的族群迁徙屯田，而且这两个族群之间的不断互动和相互转化，使河西走廊内部的文化呈现出一种‘多元共生’的局面。”[1]因为“走廊”这一特殊性质，通达就变得极其重要。事实上，这也正是《敦煌本纪》叙述的着力点。

在小说中，叶舟特意强调了敦煌一地在河西走廊的枢纽地位。开路因此成为破解敦煌困局的头等大事。对此，小说进行了详细的论证和精密的布局。

梵义的下河西开路之旅始于为父亲的求医之行。这亦是一个少年经风雨、见世面的成人之旅。在前往焉支山的路上，梵义越过瓜州、穿过玉门关和黑山湖，抵达肃州，不期然与飞行游击王成彪相遇，于是接受了他的嘱托，替他去肃州城邮寄一封信函。正是在这一过程中，梵义才了解到在乱局中官办邮驿已几近瘫痪。而邮路，看似是小事，却事关政治经济之大局。小说特地安排了王澍泣血论证河西之路通达的重要性：“欲根本改良甘肃吏治，首在便利交通，及消息之传达，此种伟业自须假以相当时日，有充分准备方能期其实现。”毫无疑问，王澍将河西走廊交通的自由与改良吏治联系起来启发了梵义对于敦煌的构想，而他正是此种伟业的最佳践行者。他不仅自己亲身走过这条长路，还不期而然获得了肃州洪门的支持，对整个西北

1　李建宗：《文化边界与族群互动：“内亚”视角下的河西走廊》，《青海民族研究》，2015年第1期。

一线默会于心，耳熟能详，加之又得到了飞行游击的集体信任，因而足以堪此大任。小说还安排梵义的二弟梵同在鸣山书院山长丰鼎文的指示下西出沙州城，去哈密的王城追回莫高窟丢失的佛经，也机缘巧合获得了哈密王城的黄金腰牌，进而打开了向西的长路。此外，梵义的三弟梵海落草为匪某种程度上也成就了梵义所织就的路网。

在《敦煌本纪》中，我们看到，通达，成为敦煌这一地方的典型特征。从这个意义上说，敦煌之“锈”，恰恰与整个中国所遭遇的现代性危机息息相关。看上去，叶舟讲述的是一个地方性故事，即一个具有丰沛历史传统的地方如何重新塑造和自我更新的故事。实际上，敦煌这一能指背后的所指是中国，他讲述的是中国何以在历史的断裂处形成新的历史主体的过程。

二

现在，值得追问的是，如何锻造新的历史主体？对于《敦煌本纪》来说，这是一个关键性的问题。换句话说，叶舟如何于深重危机中想象“新人”的出现，事关敦煌的地方性人格的形成。叶舟将“新人”寄托在“儿子娃娃”身上。“儿子娃娃”的特质落实在“义”上。小说一开始，就将索家家族前后六辈人的“义”作为引子，款款铺陈开来，说他们“一共捐出了七颗脑袋”。仔细端详这六个故事，不难发现，《敦煌本纪》所高举的“义”往往落脚在民间，特别是与政治无涉的民间，用小说的话说即是“各坊间的生活是一种民间的显像，与官府无染。二者之间有一道深渊般的沟壑”。故此，小说尤为着重描绘了当民间与官方、土匪等更为强悍的力量发生冲突时，索家人站出来，替无辜弱小者引颈受戮的情境，并将这一传统形象地称为“血衣”。这样一来，“义”与民间、牺牲、强权之间复杂的缠绕关系，构成了小说叙述的历史背景。小说还以谶语的方式宣喻，血衣“即便旧了，也要用义气去翻新。哪怕破了，也还有死来缝缝补补。如果仅仅是脏了，那就唯有一条浣洗的路，它就是以血洗血，使其簇新如初，无负今日”。现在，故事真正开始了，开始于义庄老东家索敞清晰地看见了血衣的破烂不堪，开始于他对血衣的畏惧与拒绝。在叶舟看来，这是敦煌困境的开始。显然，这与大多数知识分子将中国现代性危机置放于“东西情境”中加以指认不同，叶舟认为，危机的本质是传统的断裂与自在自为的民间社会被打破。当民间社会公认的基本伦理、秩序以及牺牲精神不被认可、承继之时，危机就发生了。由此可以看出，传统与民间构成了《敦煌本纪》基本的思想框架。所有人物的言语、思想和行为，都要在此框架下被衡量、判断与校正。

立足于民间立场，某种程度上，这也决定了小说以道德化的形象去塑造人物，这是因为，民间立场天然就将善恶等道德话语作为自我意识的一部分。那么，作为义庄的老东家索敞甫一出场，就被罩上了“义”的高光。先是胡恩可找上门来，许诺要在莫高窟一带的千佛灵岩上替索家开一座家窟。总理敦煌民间事务的文和事老协会推举他担当陇西坊的总渠正。这都意味着对于义庄，对于索敞本人地位的认同和纪念。对于索敞这一人物，叶舟耐心地写出他的复杂性。一方面，对于人们的抬举，索敞不是没有感念之情，他也愿意献上肩膀，荷担一份使命。但另一方面，索敞对于个人私念、私情的过分在意，又让他显得德不配位。他深居简出，生怕不得不像先人一样穿上血衣；同时，在管家丁荣猫的精心设计下，他为娥娘所倾倒，陷入一场不伦的恋情；为了阻止儿子索朗学画棺木，他使出种种手段，使画师许岩楷在敦煌没了立足之地，同时，也使父子反目，为日后他被困厄于旧宅院中埋下了伏笔。更糟糕的是，仅仅因为被郭弦子描摹了个人形象，索敞忧心畏惧多年的深居简出被显影，进而不得不认领死亡，索敞感觉到了被冒犯，一怒之下，他用锥子刺瞎了这位常年将自己供奉于莫高窟的画师，也为自己种下了无穷的冤孽。到此为止，层层累积的罪恶已经让索敞无法承担义名，行使义举。换句话说，他已经没有了穿上血衣的资格。现在，敦煌这片土地上需要新人出现，高擎“义”的大旗，接续传统，维持民间的伦理秩序。

梵义的出现恰逢其时。与索敞相比，从道德清白的角度讲，梵义确实更适合成为民间秩序的守护者。他是儒家所规定的伦理秩序的坚定不移的践行者。他孝顺父亲，胡恩可病重之时，他亲下焉支山，为父亲寻医问药；作为长兄，他感到自己对于两个弟弟有责任，他宁可放弃个人前途，也要担当起家庭的重任。对于各个游击和伴当，他一律视之为亲兄弟，既感同身受，又纪律严明，同生共死，用义气结伴闯荡这荒凉的人世，即“头顶同一颗天雷，脚踩同一堆刀丛”。对于个人的情感，他克制，重然诺。纵使他与孔执臣心灵相通，是难得的知己，但他对性元允诺在先，他克制住自己的感情，与孔执臣发乎情止乎礼，不逾越界限。正是因为梵义在道德上完美无缺，他才有可能接续敦煌民间所推崇的“义”的传统。但是，就小说而言，单一的道德维度下对人的衡量、评估与塑造，相较于现代以来小说对人心灵深渊的勘探而言，某种程度上是后退。当梵义几乎毫无缺点也毫无心理挣扎地投入民间，求仁得仁地成为“河西司马”，这意味着，他在成为一个民间理想人格范型的同时，也在缩减人的可能。从这个意义上说，梵义这一人物，仍然是传统的。因而，在文和事老协会的当家人李豆灯感慨梵义所率领的急递社的少年是“一股异己的势力”，“跟文和事老协会是两股道上的车，是鸿鹄与燕雀，也是蛟龙和鱼虾，不可同日比拟，更不能放在同一张桌子上去论尺码，道短长”。然而，作为读者，我们恰恰清晰地意识到，梵义们与协调民间事务的文和事老协会，其实并没有根本性的不同。只不过在文和事老协会的影响力日渐衰微之时，需要新的力量接管敦煌的民间社会。从根本上说，他们其实都是敦煌民间秩序的守护者。

应该说，为小说所颂扬的儿子娃娃梵义完成的是民间传统所肩负的使命。无论是禁绝罂粟，还是阻止典籍的流失，都是民间传统一直以来致力的事业。在传统的社会中，这一民间力量可以起到汇聚人心、稳定秩序的作用。就像梵义对于义庄的描述，“它不单单是一家庄院，它还是敦煌的筋骨，关外三县的魂魄，也是一座河西大道上的精神殿堂，更是这一片绿洲上的老先人们，细心塑造出来的一介典范，历代珍罕，举世无匹”。民间对于“义”的珍视与传承，也构成了敦煌的根柢。这是梵义等人的执着追求，也是小说叙述的核心要义。可是，正值新旧社会交替之际，政府无法发挥整合的作用，甚至就连政府本身也趋于瓦解，于是，政府治下的个人无论是结社，还是占山为王，都是对旧秩序的某种应对和冲击。他们与传统同构，并不具备改造政治的宏大远景和能力，所以，一旦曾经与他们合作的势力与军队结盟，传统民间力量就首当其冲了。从这个意义上说，梵义以拖音的身份遁入空门，急递社几乎全军覆没，都象征着地方旧秩序的瓦解。而新的力量尚在孕育之中，新的故事还有待梵同以新青年而不是儿子娃娃的身份去书写。

当读者们随着叶舟激情之笔为梵义这一民间理想人格而倾倒的时候，大概很难去追问，为何是梵义承担了这一责任。叶舟提醒我们，梵义姓“胡”。所谓“胡人”，即西域一带的游牧民族。这似乎在暗示我们，梵义与他的伴当们身上的血勇，来源于游牧族群与农耕族群的相互转化与融合，也就是叶舟所说的“混血的气质”。

这不禁令人想起了井上靖的《敦煌》。这大概是较早进入中国读者视野，并引起较大反响的以“敦煌”为题材的小说。《敦煌》讲述了宋仁宗皇帝天圣四年（公元1026年）到宋庆历三年（公元1043年）期间，湖南书生赵行德因睡梦中错过殿试，遂前往西夏，投身于戎马，往返于甘州、兴庆和沙州之间的人生经历，并由此想象敦煌鸣沙山莫高窟藏经洞中浩繁的卷帙的来历。彼时，党项族在中国西北建立了政权，被宋人称为西夏，并占据了河西走廊，对北宋构成了极大的威胁。那么，在井上靖的叙事中，一个来自内陆的书生，何以会被西夏所吸引？这是构成小说的核心命题。

赵行德对于西域的向往固然源于知识分子对于封建帝国的边防有深刻关切，更是来自边地所散发出来的强悍生命力。不可思议的视死如归的冷静，对生命等闲视之的沉着，在赵行德看来，不仅是个体的生命性格，更是源于西夏民族的血脉。大约只有亲临其地，这一生命能量才能充盈在血脉中。应该说，这是赵行德西夏之行的显在缘由。当前的研究也大多据此将西域的他者性视为井上靖创作《敦煌》的内在原因。“对日本文化界而言，敦煌也许并非真实的风景，而更像是彼岸的海市蜃楼，表达着一种由历史、文学结构的对辽阔中国的想象。”[1]或许可以作为补充的是，日本与中国的结构性关系，某种意义上也被移植到了西夏与北宋的关系上。由此，井上靖对于敦煌的观看方式，同时具有“他视”和“内视”的特点。

从这个意义上说，叶舟与井上靖殊途同归。他们都意识到了敦煌的跨文化性所带来的蓬勃活力，并据此想象一个保存了

---

1 薛凌：《丝绸之路上的西域与中国想象——根据井上靖小说改编的电影〈敦煌〉分析》，《当代电影》，2017年第9期。

真真元气的民族国家。不同的是，叶舟将此限定在民间的范围内，井上靖则瞩目于一个新兴的国家。这是有着不同的文化视野与政治自觉的作家对于敦煌的不同想象。

三

当然，还有文化。这是每一个敦煌的书写者必然要面对的问题。作为中国人，叶舟必须直面敦煌文物流散的历史。对于读者来说，在《敦煌本纪》之前，我们关于敦煌的想象是被余秋雨的《道士塔》《莫高窟》所支配的。敦煌既是我们的骄傲之地——“我们，是飞天的后人”，也是我们的屈辱之所——“我好恨！”

但是，叶舟写《敦煌本纪》的年代，毕竟不是《文化苦旅》的年代。姑且不论《道士塔》《莫高窟》中所叙述的故事是否与史实相符，至少散文呼应了近代以来中国人面对屈辱的历史的悲愤情绪。随着中国在世界经济格局中地位的提升，文化自信心的增强，处于这一历史情境中的作家对于世界的理解与对自我的理解都发生了根本性变化。对于叶舟来说，他要用新的语法讲述敦煌，特别是藏经洞的故事，也就是重新“发明”敦煌。

在小说中，叶舟另外造了一间密室，并用小说人物孔执臣的话说，是“一座佛窟，一所赞堂”。莫高窟中所藏的典籍以各种方式被运送至此，由孔执臣誊抄后，真经被藏于三危山，埋在了崖壁的心脏地带。从流散到深藏，叶舟想象中华文化的经典并未外流，暗示中华文化的源流仍然在中国。这样一种叙述敦煌的方式，在于强调中国经验的完整性，以此唤起并增强人们对于中华文明的认同感。

可以与之形成对照的是，在井上靖的《敦煌》中，他更好奇的是藏经洞是如何形成的。小说写道，赵行德偶然所得的一块碎布上有几行陌生的文字，是进入西夏的京都伊尔喀的凭证。这几行神秘的文字唤起了赵行德的好奇。文字意味着什么？一个此前并没有文字的民族开始创设文字，意味着在政治经济军事以外，这个民族有余裕积累典籍，形成文化，形成自身的传统。这是一个民族国家真正形成的开端。事实上，这才是赵行德决心前往西夏的根本性原因。我们也可以猜测，这也是井上靖创作《敦煌》的隐秘心理根源。

在《敦煌》中，赵行德的西夏之行充满了种种传奇行迹。如读者所猜想的那样，他经历了跟随商队的冒险，在战争中的盲目奔袭，最后误打误撞地进入了西夏占领的凉州城，并在被俘虏之后以士卒的身份加入了西夏的汉军。倘若是一位中国作家，此处大约会铺陈赵行德在气节和生存之间的两难。但这似乎不成为井上靖的困扰，仿佛从宋朝读书人到西夏的兵卒，只是身份自然而然的转换，并无太多不同。甚至于他心甘情愿为李元昊去奔赴疆场，内心没有丝毫抗拒。来到西夏的赵行德仿佛同时获得了西夏民族的生命观的注入，在战争中表现得勇猛无比，将生命全盘交于命运去安排。当然，他也遇到并爱上了回鹘王族女子，该女子为他殉情身亡。但这些传奇化的情节始终不是小说浓墨重彩描写的重点，相反，对于西夏文字的研习却草蛇灰线埋伏在赵行德的生命历程中。在进入西夏以前，他就学会了一些其他民族的语言，可以简单讲几句回鹘话、西夏话和吐蕃话。这可以理解为他为进入异国所做的准备。在凉州被俘虏之后，他被士兵首领盘问，尽管他一一据实回答，可还是每答一句，便挨一次打。赵行德将之归因于语言的不通。在英勇作战之际，他最大的愿望是去学习西夏文，并如愿以偿地获得了这个机会。为此，他要与他所拯救的回鹘郡主分离，但这似乎完全不能阻挠他去兴庆学习西夏文的决心。在长达一年半的学习过程中，他甚至感觉到“他们已成为一种极其遥远的存在”。在一种人工创制的文字与文化面前，战争、爱情这一类能引起人们强烈情感的事物，仿佛都失去了能量。

文字，以及文字所代表的文化也潜移默化地改变着创造和研习它的人。对于西夏人来说，那种曾经强烈震撼过赵行德的原始的刚烈的美已然消失，取而代之的是一个谋求民族自觉的新兴国家。对于赵行德来说，他彻底成为异乡人，根本不企望返回宋土。这是文化对一个人、一个民族的根本性塑造。理解了这一点，我们就能理解，为什么遭遇了触手可及的死亡的赵行德被佛教所吸引，并愿意帮助瓜州太守延惠将佛教经典译成西夏文；我们也就理解了在沙州行将为战火付之一炬之际，赵行德要冒险借助尉迟光的力量将沙州城内各寺院的经卷运至沙鸣山的藏宝洞藏起来。要到二十世纪初，藏宝洞中的经卷才会被偶然发现，开始它在人世间又一轮颠沛的命运。

对于井上靖来说，民族国家的要义不在国土，不在人民，而在文化。在小说中，他借助延惠之口表达了这样的意思："他们会破坏鸣沙山的千佛洞，烧毁那十七座寺院，抢走经典。天啊，大汉眼看就要被西夏所灭了。"[1]文化一旦消亡，一个国家就不存在了。由此，敦煌作为文化的象征，经由小说的想象，通体熠熠生辉。我并不认为这文化是具有特殊性的他者的文化，相反，在赵行德身体力行研习西夏文字的过程中，文化已然经过主体的锻造，成为普遍性的文化。我们成为他们，他们亦是我们。从这个意义上说，对待井上靖的《敦煌》，无论是将敦煌仅仅作为日本的镜像，还是将之解读为日本对汉文化的尊重和向往，某种程度上都消减了敦煌这一地方所象征的文化的内涵。而奇观化、他者化恰恰是今天我们想象地方时要竭力避免的陷阱。

四

事实上，不独以上提及的几部作品，近年来关于敦煌的叙事正在不断丰富，渐成大观。这些以敦煌为题材的作品，如马鸣谦的小说《降魔变》、艾伟的小说《敦煌》等，纪实作品《我心归处是敦煌》，甚至还包括大众媒体对于敦煌的文化消费式呈现，要么以敦煌的历史或现实作为讲述的对象，要么借用敦煌这一空间作为叙事的转折点，都从不同层面打开了敦煌的精神

1 ［日］井上靖：《敦煌》，刘慕沙译，北京十月文艺出版社2010年版，第105页。

空间，形构了一个新的“敦煌”。如果联想到同时在文学叙事中兴起的“东北”形象，[1]似可启示我们，一种不同于以往的新的地方意识正在形成。

二十世纪八十年代以来的文学创作者与文学研究者往往将地方视为创作经验与材料的来源。一个众所周知的例子是，作家们从福克纳所说的“邮票大小的地方”中获得启迪，大多致力于在故土与个人之间建立关联。阎连科就曾经谈道：“地域性和守根性，这是现代文学中相当传统的根须，但福克纳的写作，使得那片邮票之乡的地域意识，饱蘸着世界性的现代的墨汁，从而使地域这一带着乡土色彩的文学概念，包含了二十世纪文学不可忽略的现代血脉。所以，当我们谈到地域或者域地时，不能不想到福克纳。是他把美国南方那片偏远、狭小的土地，转化成了阔大的文学世界。使那块小地根土，成为某种地域文学新的、现代的源头。”[2]于是，莫言的高密、贾平凹的商州、苏童的香椿树街等等构成了当代文学传统中的著名“地方”。这里的“地方”同时具有个人性与现代性两重面向。当作家们建构某个具有个人经验特色的地方时，这一“地方”也成为认识作家的通道和依据。这一源于现代文学的创作策略与“越是民族的越是世界的”这一广为

---

1 参见黄平：《“新东北作家群”论纲》，《吉林大学社会科学学报》，2020年第1期；丛治辰：《何谓“东北”？何种“文艺”？何以“复兴”？》，《中国现代文学研究丛刊》，2020年第4期。

2 阎连科：《20世纪文学写作：地域守根——现代写作中的母地性复古》，《扬子江评论》，2017年第7期。

人知的论断分享着相同的逻辑，其中暗含着中国作家争取世界“承认”的努力。这一套认知程序时至今日仍然在发挥作用。在一篇题为“文学何以分南北”的访谈中，参与访谈的作家大多承认地域文化会对自己的创作产生难以磨灭的影响。比如，贾平凹就说：“生在哪里，就决定了你。我所写的都是我所熟悉的，商洛、秦岭、西安、陕西，这里的山水自然，历史人文，它构成了我作品的内容、审美，以及语言。除了文学作品，自己业余时间爱好的书法绘画，也是这样。”[1]

这样一种“现代的”“个人的”地方意识固然依然存在并发挥影响，但是，在全球化全面塑造我们的感觉结构和审美意识的今天，像“敦煌”“东北”这样的地方的发现与书写，显然与这一套审美经验有了本质差异。简而言之，这里的“地方”并不完全诉诸个人的特殊经验，而是在普遍性视野中对于“何为中国”的回答。一位文学研究者的反思颇具代表性：“如果说过去区域文学、地方文学的研究是为了‘补缺’中国文学史遗落的局部，归根到底是用各个地方的文学现象来完善中国文学的总体景观，地方始终是作为‘文学中国’的补充被我们解读和认知，区域的意义存在于‘文学中国’的总体经验之中，那么，所谓的‘地方路径’的发现和彰显则是充分意识到另外一重事实。”“重新定义文学的‘地方路径’，我们的结论是，‘地方’不仅仅是‘中国’的局部，它其实就是一个又一个不可替代的

1　参见李蔚超、贾平凹、李敬泽等：《文学何以分南北》，《江南》，2018年第6期。

‘中国’，是‘中国’本身。从‘地方路径’出发，我们不是走向地域性的自夸与自恋，而是通达形色各异又交流融通的‘现代中国’。”[1]这一地方意识的兴起，与近年来“中国”叙述的繁盛有内在关联，[2]与社会学领域中的“地方性转向”也有隐秘的关联。作家们未见得对此有清晰的认识，但是，他们不可避免地受到时代氛围潜移默化的影响，不再仅仅以个人的故土作为叙述对象，而是重新凝视那些具有“中国色彩”的地方。正是在这一视野下，敦煌、东北等地方浮出水面，成为文学叙述的中心。那么，这些地方何以成为有着“中国面向”的地方？

首先，这些地方大多有着丰富的传统资源。这意味着为了不同的需要，不同的材料可以被挑选和重新“叙述”。霍布斯鲍姆提请我们注意所谓传统，有时候是为了相当新近的目的而使用旧材料来建构的一种新形式。[3]事实上，那些有着丰沛历史的地方有可能为了新的叙述而提供不同的材料。无论是归义军的故事，还是西夏的历史，乃至樊锦诗将个人的生命价值与敦煌考古和莫高窟文物保护事业紧密联系起来的故事，都是在多元一体的框架下叙述“中国”的故事。这正是敦煌的地方感所在。

---

1 李怡：《“地方路径”如何通达“现代中国”》，《当代文坛》，2020年第1期。

2 贺桂梅认为：“进入新世纪，如何重新叙事并构造‘中国’认同，变成了一个广受瞩目的文化与政治议题。这一议题的提出，源自特定的历史契机，即中国在全球格局中作为经济大国的崛起及其政治地位的改变，和中国社会所发生的巨大变化。”参见贺桂梅：《“文化自觉”与知识界的“中国”叙述》，《思想中国》，广东人民出版社2014年版，第126—168页。

3 参见［英］埃里克·霍布斯鲍姆、特伦斯·兰杰编：《传统的发明》，顾杭、庞冠群译，译林出版社2020年版。

其次，这些地方大多是不同文明交汇的地方。冷战结束后，亨廷顿以文明的冲突取代了意识形态的冲突，文明论构成了民族国家之间关系的话语形态，也成为崛起中的中国的自我意识。[1] 在文明论的烛照下，多个文明交汇的枢纽性地点，如敦煌的意义被凸显出来。一般认为，不同文明的碰撞与交融，往往意味着异质性与活力。正如汪晖在《跨体系社会与区域作为方法》一文中提出，混杂性、流动性和重叠性的区域能够提供国家和区域内部各种自主性力量交互活动的空间。

敦煌成为叙述的重心，也与其现实地位有关。随着“一带一路”倡议的提出，敦煌及河西走廊在国家交通网和经济发展中的通道地位愈发重要。这也充分说明，重新发现“地方”，在“地方”中发现“中国”成为创作者和研究者的自觉追求。

在大众文化以及文学世界中，敦煌这一“边地”正在从不均衡的地方空间中浮出，变得越来越重要。从以上分析的几部作品来看，敦煌正在摆脱以往奇观化、国族创伤记忆的叙事模式，重建自身的主体性。无论是将其视为文化或共同体的象征，还是想象或创造出曾经存在于此的民间传统，某种意义上都是在为敦煌重新赋予意义。敦煌在承载我们的文化认同与民族认同这一角色时，也构成了我们情感结构的一部分。这意味着作为地方的敦煌，显示出蓬勃的文化活力，召唤着更为广阔与丰富的书写。

1　参见李永晶：《民族国家与世界主义：20世纪中国“文明论”视角》，《知识分子论丛》，2018年第1期；刘复生：《“文明中国”论的图谱》，《文艺理论与批评》，2017年第6期。

“艺术的圣徒”

——冯骥才《艺术家们》

是的。冯骥才的这部长篇小说名为“艺术家们”，这意味着他要为我们提供一组艺术家群像，让我们得以端详，这一群以各类艺术，主要是以美术为志业的人，是如何在时代的激流中披荆斩棘，穿越重重阻碍，抵达，或者未能抵达今天。但是，作为读者，我强烈地感觉到，他的目光始终聚焦在那一个人身上，写一群人，是为了写一群人中的这一个，写他对理想的追寻，对艺术的坚守，对美的矢志不渝，当然，也包括他的孤独，他的软弱，他所陷入的无物之阵。这一个，必然不同于那一群。然而，个体却不能脱离群体，只有将他放到艺术家中间，他的面目才更加清晰。从这个意义上说，冯骥才讲述的又不是寻常的那一个，而是他心目中理想的艺术家的范型。“艺术的圣徒”，冯骥才是这么称呼他的。这个“他”，有时候是楚云天，有时候是高宇奇，有时候我们在易了然的身上也发现一二。在“写在前面”和“序文：关于艺术家”里，冯骥才说：“尽管这群画家纯属虚构，但他们与我同时代。我深知他们的所思所想，苦乐何来，在哪里攀向崇山峻岭，在哪里跌入时代的黑洞，在哪里陷入迷茫，以及他们调色盘中的思想与人性的分量。”“他们是天生的苦行僧，拿生命祭奠美的圣徒，一群常人眼中的疯子、傻子或上帝。”[1]想象一个纯粹的艺术家在这个时代的命运，某种意义上，也是在追问艺术在这个时代的价值与意义。因而，《艺术家们》让艺术家们穿行在不同的时代，映照出时代绚烂的霞光，亦可看作作为艺术家的冯骥才对于自己苦苦追求了一生的艺术的感性总结。

一

《艺术家们》开篇落在二十世纪七十年代中期，这既是小说开始的时间点，也是艺术家们成长的起点。为什么是七十年代？北岛、李陀曾编选了一本叫作“七十年代”的书，在序言中，李陀强调，七十年代和一个特殊的知识分子群体的形成有特别的关系。“这是这样一代人：他们是在七十年代长大的，虽然在年龄上多少有些差异，但是两个狂飙之间这个短暂的十年，正是这些人度过自己少年或者青年时代的十年。……回顾历史，世界上一代又一代人都经历过自己的成长和成熟，但是如本书

1 冯骥才：《艺术家们》，人民文学出版社2020年版，第2页。以下小说引文均出自本书，不再一一标出。

里的人物那样，从懵懵懂懂的少年时期就一步跨入一个罕有的历史夹缝当中，并且在如此沉重的历史挤压里倔强生长和成熟起来的人，大概是少之又少。然而，正是这一代人在走出七十年代之后，不但长大成人，而且成为二十世纪末以来中国社会中最有活力，最有能量，也是至今还引起很多争议，其走向和命运一直为人特别关注的知识群体。”[1]知识界大多把八十年代想象为黄金时代，殊不知，八十年代的起源其实在七十年代。这也确实是一代人的共识。李陀在《艺术家们》的同期评论中深情回忆了过去的大年初一，陈建功、郑万隆和他轮流推着自行车，一路上说小说谈文学的情形，恰与《艺术家们》中如群星一般璀璨的艺术家们构成了互文。那个年代，有多少“三剑客”啊。北岛回忆说，七十年代，他和曹一凡、史康成每逢工休泡在一起，读书写作听音乐，被称为“三剑客”。《艺术家们》中的楚云天、洛夫、罗潜也是在这个意义上被称作“三剑客”。跟随他们，我们一一认识了穷困潦倒却有着神奇双手的音乐家延年，认识了潇洒不羁、有着“中国的珂勒惠支”之称的年轻女版画家唐尼，认识了才学很高，修养甚深的苏又生……这些尚未为大众所知道的艺术家身上仿佛有隐形的磁力，在他人身上辨认出自己，谈艺说文，彼此照亮。冯骥才感慨于这群“野生”的艺术家对于艺术的拳拳之心——“这世界上总有人崇尚艺术。当大树被摧折之后，野花野草却遍地生长。有名有利的功业荒

1　李陀、北岛主编：《七十年代》，生活·读书·新知三联书店2009年版，第8页。

芜了，真正的无功利的艺术反倒自由自在地滋生出来，就像现在聚在这房子里的人，没有一个人是有名有姓的画家，但他们每个人心里都把艺术奉若神明。”

这是沙龙的一代。他们聚在一起，分享彼此对于艺术的认识，获得精神上的愉悦。小说在不同的地方写到他们关于艺术的讨论，美术、音乐、文学……凡此种种都是他们讨论的对象。他们也开诚布公地谈论各自的作品。唐尼对楚云天的批评，与楚云天对唐尼的批评，让我们得以窥见不同艺术家对于艺术的不同理解。而之后楚云天、洛夫和罗潜又特地聚在一起，对这次会谈复盘，可以看作“批评之批评”。不要小看了这样大大小小的沙龙式会谈，这就是以后若干年艺术之花盛开的深厚土壤。历史学家王汎森发现，天才往往成群地闯入一个时代。在《天才为何成群地来》中，他这样写道：“我读英国近代几位人文学大师的传记时，发现他们并不都是‘谁能书阁下，白首太玄经’，而是有参加不完的社交或宴会，为什么还能取得如此高的成就？我的朋友说，他们做学问是一齐做的，一群人把一个人的学问功夫‘顶’上去；在无尽的谈论中，一个人从一群人中开发思路与知识，其功效往往是‘四两拨千斤式的’。”[1]为什么谈论对艺术家们如此重要？对于生活在二十世纪七十年代的人们而言，当他们从思想禁锢中挣脱出来的时候，各个艺术门类之间尚未形成森严的门户，人们得以在不同的艺术门类之间自

1　王汎森：《天才为何成群地来》，《南方周末》，2008年12月3日。

由地往来。听大师的音乐，唤起了他们对文学作品的体验，让他们想象理想中的一幅画的情景。美术、文学、音乐的无界共生，唤起了他们的灵感，也形构了一个个小小的艺术共同体。这是这个时代最为特别的一点。今天，当我们隔着学科的藩篱，只能远远眺望其他门类的情景时，不能不反思，那一代人至今丰沛的能量究竟来自何处。

精神上的互相照亮让他们将彼此引为知己，这样的关系自然而然延伸到生活中。艺术家们相濡以沫，给予彼此生命的滋养。小说写得最动人的部分，是大地震之后，云天把妻子隋意和女儿安顿下来之后，第一反应是要去看罗潜和洛夫。他冒着余震，来到洛夫家，发现洛夫在地震中失去了养父母。“云天踩着震毁的废墟深一脚浅一脚地走出去时，回头只见洛夫远远站在一堆废墟的高处，头上缠着白布条，目送他，一边抹着泪。云天不觉也流下泪来。”在生与死的考验面前，朋友在楚云天心中的分量可见一斑。废墟中的回望，是一个时代的隐喻，也是个人生命中最为难忘的记忆。有了这份生死与共的情感，我们就能理解，为什么当楚云天觉得洛夫误入歧途之时，宁可卖掉自己的几幅画作，也要想办法把朋友的代表作保留下来，好在日后还给他。朋友们也是这么对待楚云天的。当他们得知楚云天在感情的歧路上徘徊的时候，他们想办法安排好一切，将楚云天从悬崖边拉了回来。当然，还有爱情。楚云天遇到了两种性质截然不同的爱情，一种是平静之爱，是会心一笑的默契与相知，是生命之舟可以躲避暴风雨的宁静港湾。另一种是激情之爱，让他忍不住沉浸其中，浑然不知归路。对于艺术家而言，很难从道德意义上判断应该选择哪一种，放弃哪一种。但是，无论如何，爱与友谊，丰富了艺术家的生命体验，构成了艺术家生命中不可或缺的部分，也成为他们创作的源泉。

二

读者们或许会追问，那些成群结队的天才，后来都到哪儿去了？为什么在我们的时代，竟然看不到他们的踪影。小说的中卷大概就是回答这一疑问。

冯骥才坚持认为，市场是艺术的敌人，当艺术家卷入市场中，逐渐为了迎合市场不断改变自己，终究会丧失属于自己的最核心的东西，创造力衰竭，必然走上不归路。“三剑客”之一的洛夫的经历恰能说明这一点。

洛夫主攻油画，是现实主义的践行者。在七十年代，他就因为画“任务画”获得了相对的艺术空间。时代的车轮滚滚向前，他顺应时代的潮流，创造了一批代表作品。小说是这样写的：“《五千年》《深耕》《呼喊》等一批力作接连使他声震画坛。特别是《五千年》那个老农被历史的重负压弯却依然坚韧有力的脊背，被评论界称作‘沉默着的民族的脊梁’，甚至把它与罗中立的《父亲》相提并论。……洛夫出色的写实才能与表现力，使他把‘我们古老民族历经沧桑、犹然负重、坚挺不屈的脊背，刻画得无比逼真与触目惊心’；一时，这个脊背就是当代绘画的一个标志性的符号。”这可以看作这一时期思想界对于中华民族传统文化共同的思索，在寻根文学中也多有体现。随着国门的打开，各种“主义”奔涌而至，洛夫似乎也投身于眼花缭乱的西方潮流。当我们随着云天的目光再次注意到洛夫时，发现他的画作居然改天换地，全部是现代的抽象作品了。如果联想到彼时文学界关于现代主义和现实主义的论争，大概也会了然。可以说，洛夫再次顺应了时代的风向。冯骥才将洛夫滑向市场归因于他此时的人生伴侣郝俊的虚荣、世故与俗气，似乎洛夫的不幸全然在于错误的婚姻选择。在此，女性再次承担了所有的责任。在郝俊的劝诱与绑架下，洛夫不仅向市场缴械投降，还将自己的代表作送去拍卖。作者似乎暗示，洛夫像浮士德一样向魔鬼抵押了自己的灵魂。追逐潮流的人，仿佛一直在奔跑。从现代主义到行为艺术，就在咫尺之间。洛夫轻而易举地跨了过去。于是，我们看到了这部叫作“历史”的作品。当简陋的思想以追新求异的形式被表现出来的时候，艺术家渐渐就会失去容身之地。为了叫读者看得更清楚，作家让云天带着我们去观看了一个大型书画拍卖会现场。市场获得了独立的意志，艺术家们不得不小心翼翼地伺候着市场，以期获得市场的青睐。如果不跟市场打交道，再好的艺术家也会无人问津。对此，作家有一个绝好的比喻，他将纯粹的艺术的世界比作山川大地，将市场比作海洋。他说：“过去他以为，他在山川大地上工作，那里是海洋，最多只是一些艺术家为了果腹偶尔去打捞食物的地方。现在不同了，他发现大海的潮汐早已气势汹汹卷上岸来，正在淹没自己的土地，许多艺术家已经是那个世界忠心耿耿的臣民了。”问题在于，即使忠心耿耿地为市场这个君主服务，也仍然会被无情地抛弃。洛夫从才思枯竭，到形销骨立，最终投河自尽，凸显了被市场所裹挟的艺术家的命运。

事实上，不独洛夫如此，《艺术家们》的艺术家几乎人人如此。老画家屈放歌看上去风流倜傥，饮酒作画，无比潇洒，但是轻易不敢改变自己的画风，不敢叫新的东西出之于自己的笔下，无非是担心变法会被人认为是假画，从而无法获得市场价格。他们都是曾经为市场所加冕的艺术家，那些未曾在市场中占据一席之地的艺术家又是如何呢？在小说一开始，作为读者的我就暗暗对罗潜寄予厚望。他有自己独特的艺术个性，因为个人经历而对现代主义艺术情有独钟。他是否能蹚出一条有代表性的新路呢？小说并没有给我留下幻想的空间。时代转型之后，云天和洛夫渐渐失去了罗潜的消息，再见到他，他已然成为小画廊的老板，代卖一些便宜的商业画，我们猜想，再后来，他或许成了大芬油画村的一分子了。

冯骥才特地借云天之口指出时代整体性精神结构的变化。他说：“在迅速地市场化的过程中，社会愈来愈缺乏整体的精神，缺乏精神的纯粹性。浮躁、功利、拜金、享乐主义、个人主义、庸俗社会观、时尚、流行文化等等渐渐主宰了生活。消费社会的物质至上，使得人们不再关心纯精神的事物。同时，画坛和文坛都在盲目地陷入西方现代主义模仿的热潮中而浑然不觉。”正是痛惜于此，他特地塑造了一个与市场保持距离的艺术家的形象。看上去，云天与市场并无瓜葛，他不主动将作品送去拍卖，也并未在那个市场体系中占据一席之地。这似乎是说，艺术家与市场密切还是疏离，完全可以取决于艺术家本人的选择。

果真如此吗？

显然，冯骥才依然坚持着二十世纪九十年代人文精神讨论中对于市场的批判。如果我们还记得，当年王晓明对于王朔的批评，简直跟云天对于洛夫的不理解如出一辙。王晓明写道："1987年以来，小说创作中一直有一种倾向，就是把写作的重心从'内容'移向'形式'，从故事、主题和意义移向叙述、结构和技巧，产生出一大批被称为'先锋'或'前卫'的作品。这个现象的产生，除了小说观念的革新、创作者主观感受的变化之外，是不是也暗合了知识界从追究生存价值的理想主义目标后撤的思想潮流呢？"[1]在小说中，看完了洛夫的行为艺术展，肖沉也有一番类似的议论——"现在的土壤是拜金，是功利至上，是无知，是自我文化的自卑感，是西方的皮毛。现在是怎么能出名出大名怎么干，怎么叫西方人看着新鲜怎么干，怎么赚钱怎么干，怎么出奇制胜怎么干。上无真正的追求，下无不能逾越的底线，今天你看到的就是这些。""刚才看展览时，我在反思，这几年来从形式创新，到现代主义，到先锋艺术，再到当代艺术，我一直是狂热的推动者，我用了十足的力气！但现在

1　王晓明：《旷野上的废墟——文学和人文精神的危机》，《上海文学》，1993年第6期。

看，已经走上歧路，甚至出现了极端。我想我是不是做错了，是不是一种荒谬潮流的推动者？我在问自己，问题具体出在哪儿了？我们必须冷静下来拷问一下自己了！”时隔多年，当资本主义的市场观念与文化商品生产机制全面侵入人文社科领域，每个参与其中的人都熟稔这一套市场的法则之后，在美术领域，这一点表现得尤为突出。这是因为作为视觉艺术，美术恰好暗合了图像时代的本质，不可避免地为资本所捕获，成为资本的着力点。在今天的文化场域，艺术家们不再作为创造者、作为知音相遇，而是作为商品的制造者和竞争者相遇。洛夫自尽的导火索，也正是昔日的合作者变成了今天的竞争者，而且是在商品市场上更受欢迎的竞争者。在商品市场上，不再存在标准和普遍性规则，即使是艺术评论，也沦为市场的帮闲。这是艺术家们所不得不面对的现实。事实上，艺术与资本的关系在今天得到了更为充分和辩证的讨论。有论者看到了“一件艺术作品已不是艺术家个人的精神展示，而是艺术家的创作能力和资本力量同谋的成果，这使得资本对艺术真正起到了‘符号操纵’的效力”，但同时也认为，“在市场的竞争压力下，艺术生产者要维持和扩大再生产，就要不断推出更具竞争力的新产品，这就在时空中给了艺术生产的创新与突破以不竭的驱动力”。[1]更有人提出，“今天的资本使中国当代艺术获得了空前的价值增值，

1 尹德辉：《资本·全球化·中国当代艺术》，《中央美术学院青年艺术批评奖获奖论文集》，2008年。

这是我们必须通过严肃的书写来肯定的基本历史事实”。[1]

回到云天身上。云天之所以可以与市场保持疏离状态是多重因素合力的结果。首先，冯骥才赋予了他相对优渥的出身，并让他在艺术的“黄金时代”早早获得了声名，以至于他可以一辈子享用文化资本所兑换的经济资本。而他的朋友罗潜就没有那么幸运了。罗潜不得不一辈子将艺术作为谋生的手段。但即便如云天，他主观上对于市场的疏离并不能保证他完全逃脱作为体制性存在的市场之网。云天虽然并没有汲汲于谋求个人作品在书画市场上的价格，但是他占据了布尔迪厄所说的“文化资本”的位置，在全国美展、研讨会都有举足轻重的位置，通过评奖、评论等各种形式，文化资本在某些条件下是可以转化为经济资本的。云天对于青年画家白夜的各种“提携”，某种程度上即可看作文化资本向经济资本的转换，只不过这转换的受益者是旁人而不是云天自己罢了。从这个意义上，现代社会恐怕并不存在一个完全脱离了市场的艺术家。

美国社会学家对于艺术家与市场关系的研究与小说给我们的印象也不完全一致。辛普森在曼哈顿的苏豪区进行了一个对艺术家的民族志学研究。他发现：不成功的艺术家因为缺乏市场对其作品的认同，喜欢引用反商业理论，宣传真的艺术，为其创作工作找到合适的理由。他们倾向于过一种波希米亚式的生活，只在激情到来时工作。他们不仅在经济上依赖他们的朋

1　吕澎：《资本在今天的中国究竟意味着什么》，《艺术与投资》，2008年第7期。

友、爱人或配偶，同时也在他们身上寻找继续创作的情感寄托。虽然他们对市场表示出不屑，但也为市场（以及随之而来的认可）未接纳他们的作品而感伤。相反，成功的艺术家并不那么强烈地排斥商业，他们更愿意谈及作品与现代商业利润的结合。成功的艺术家并不从勾引观众的基点出发设计作品，他们创作是为了解决自身的美学问题，但是因为其代理人的经常光顾，他们时刻关注着市场。用辛普森的话说，他们通过建立并坚持一个勤奋而有序的工作时间表，“让创造过程更加理性”。“成功的艺术家不相信激情的力量，他们用勤奋的工作实现目标。”[1]中国的艺术家的情况或许有所不同，然而，遗憾的是，在小说中，我们并未看到艺术如何与资本博弈的情景。从这个意义上说，《艺术家们》遵循着单一的历史逻辑，在精神气质上是更接近于天真的“过去之书”。

三

谈论艺术家，不能离开艺术作品。正如阿伦特所说，“艺术品的直接来源是人的思想的能力”，[2]某种意义上说，艺术作品是艺术家本质的感性显现，甚至，在某些时刻，艺术作品是大于

1 ［英］维多利亚·D. 亚历山大：《艺术社会学》，章浩、沈杨译，江苏美术出版社2009年版，第175—176页。

2 ［美］汉娜·阿伦特：《人的境况》，王寅丽译，上海人民出版社2017年版，第128页。

艺术家本人的。《艺术家们》也如我们所愿，为我们留下了楚云天创造出艺术作品的几个瞬间，而让我们经由此，得以进入艺术家精神深处。小说中三次细描了云天作画的情景，涉及的画作包括了《解冻》《大山水图·黄河》《大山水图·长城》《思绪的层次》《永远的太行》《心中十二月》等。

第一次是在云天听过延年弹奏的钢琴曲，并与雨霏产生初步的情感交流之后。

他先用羊毫抓笔蘸足了清水与淡墨，一笔笔生气十足地横涂在纸的上方，于是一片寥廓万里、云烟滚动的天空立时呈现。一条条长长的乌云游龙一般，夹风裹雨地在天上奔跑。他没有忘记，在浓淡相间的水墨中特意留出一块空白。这块白便是最后一块没有被乌云吞噬的天空，熠熠发光，分外明亮。他很享受水墨在宣纸上充满偶然性的神奇感，也醉心于濡湿的宣纸散发的清香。这香味远胜于酒。跟着，他从笔筒里抽出一支长锋大笔，散开锋毫，在墨池里一滚，跟着由纸的下端，逆锋斜刺而上。一片风中摇曳的苇荡，洋溢着巨大的生命本能与力量，这力量把他自己都感动起来。

这一时期的云天，被朋友们所焕发的艺术激情所感染。在他看来，艺术是人生命力量的体现。只有进入艺术王国，人才能够获得自由与力量。作为时代最敏锐的触角，他们隐隐感到，一个容许艺术家们自由探索的时代即将来临。他们为之欢呼，为之兴奋。在艺术家之间，一种共同感把他们紧紧联系起来。

第二次，是云天带着学生跑了一趟山西和山东去写生的结果。在黄河边上，他深受震动，感受到民族的历史与文化扑面而来。

> 他好像还没有任何构思，却已急不可待，将蘸足水墨的长锋大笔落在纸上，随即腕子向上一扬，一股激荡在心中的情感随之迸发，一股巨浪在大河中流冲天而起，紧跟着，从身心暴发出的波浪层层叠叠落在纸上。社会的苦斗，生活的挣扎，灾祸的骤至，苦难的深渊，境遇的无奈，以自己心中那种孤独的执着的高贵的坚持，都融入这大河的形态与灵魂中了。
>
> ……
>
> 等到他画到心中坚持的那片崇高的精神情感时，他看到画中大河偏远地方，出现一片迷离、灿烂、漾漾不已的波光，他被自己这片波光迷住了。它令自己无限神往。
>
> 他心中忽然生出一种从未有过的神奇境界，他一下子和自己身后的无形、宏大又迅猛涌动的社会大潮融为了一体。

对于艺术家而言，这是一个十分迷人的时刻。在艺术创作过程中，艺术作品从时代汲取养分，并超出了艺术家本人的种种限制，不期然获得了生命，成为不朽。艺术家在这一刻从自己创造的艺术作品中也获得了启迪。冯骥才将这样的时刻称为“升华”，我们常常形容这一刻为“神来之笔”，或者是“上帝握着艺术家的手创造出来的”，都是在强调艺术创造的神秘性。每个艺术家的辛勤创造，其实都在等待这一刻的到来。

第三次，是在云天遭遇了市场热潮之后的坚守。他意识到，一个文人的生活，可以帮助他与喧嚣的时代拉开距离，读书、写作、画画、研究构成了他生活的全部内容。他得以从走马灯式的潮流转换中超脱出来，专心自己的探索。

> 他运笔在洁白的宣纸上，顿挫有力地画出一根苍劲的墨线，就如一条雄劲而茁壮的枝干伸展开来。然后从这枝干中生出一些长长短短的枝丫，有的清劲峻拔，有的艰涩迟疑。当一条长长的线顺畅无碍地舒展出去，他感到好像一种有灵性的思维那样信马由缰，恣意前行。这条长线行到一处，忽然分成两岔，各奔一边，脱缰而去。这时他意识到自己所画的，并非树枝，而是大脑中思维的图像。

这一次，他是将中国画的“写意性”与“抽象美”联系起来，实现了以有形的形象表现抽象理念的转换。中国画不仅可以表现自然的山水，表现人文和历史，同样可以表现理念与思想，表现力大大扩充与增强。

“你的艺术观是最纯粹也是最独立的。”在小说中，高宇奇真诚地对云天这么说，并期望获得他的评价。这也是作为读者的我们所感兴趣的。观察小说所描述的云天作画过程与画作，我们可以不妨据此推断楚云天的艺术观。

作为一名专攻中国画的艺术家，传统文化始终是他栖息的家园。小说不止一次提到，云天早年曾经精研过宋画，对此体悟很深。在美术界，有一种观点认为，宋画代表了传统绘画的顶峰。康有为在《万木草堂藏画目》中提出："鄙意以为中国之画，亦至宋而变化至极，非六朝、唐所能及。如周之又监二代，而郁郁非夏殷所能比也。故敢谓宋人画为西十五世纪前大地万国之最，后有知者当能证明之。"[1]云天不仅自觉继承了宋画的技术手法，还论证了中国绘画传统中也包含着现代精神。他以奥地利画家马克斯·魏勒为例来说明这一点。魏勒的画都是完全抽象的现代作品，然而，云天却从魏勒的画中感受到了郭熙、马远、许道宁等两宋大家那种辽远和清阔的意境。他敏锐地注意到，在不同地区的文化交流过程中，东方的传统有可能成为西方现代的因子。因此，不必把我们的传统一律视为陈旧的过时的事物，而是要寻找传统在今天仍然具有生命力的部分，通过创造性转换，在激活传统的同时也为艺术带来勃勃生机。因而，他强调中国画"写意"的一面，认为写意就是从主观出发，把客观融入主观，也是把主观融入客观。艺术是艺术家情感、审美、感觉的体现。考虑到此时的美术界大多认为"中国画已到

1 康有为：《万木草堂藏画目》，郎绍君、水天中编，《20世纪中国美术文选》，上海书画出版社1999年版，第23页。

了穷途末路的时候”，[1]云天对于传统的坚守更加意味深长。因此，云天与洛夫、罗潜的分歧，有时候不能仅仅看作是艺术家本人心性、道德的差异，某种意义上，艺术家所选择的艺术门类也决定了艺术家的道路。

说云天是传统主义者，并不意味他拒绝时代，相反，云天相信，一个时代有一个时代的艺术，时代在艺术家身上刻下了难以磨灭的烙印，这就是所谓的“笔墨当随时代”。云天的画作大多是直接面对自然，在自然山水中感受到了时代的气息。比如，面对着挟电裹雷，如万马奔腾而来的黄河的时候——“在那波涛的滚动中，震耳的轰鸣中，疾流的绞斗中，他仿佛看到一些灾难的黑洞，苦难的景象，重重叠叠的压抑与负载。他从中听到了一种声音是绝望的呼喊，求助的哀号，还是愤怒的咆哮？”这是古老中国在艺术家心中所呈现的形象。黄河与民族多难的历史联系起来了。云天笔下的黄河，不仅仅是自然形象的一种，必然包含着此时艺术家对于时代与历史的认识。这恰恰与这一时期文学界盛行的“寻根文学”构成了互文关系。云天是在用画笔践行“美术之根应深植于民族传统的文化土壤中”这一文化宣言。与传统为伍，并不意味着困居斗室，以临摹古人画作为画家生涯的全部内容，相反，云天是走出去，在自然风景中寻找艺术灵感的信奉者与实践者。他的几次重要创作，都是在身临自然山水后被激发出来的。因此，对于云天来说，

1　李小山：《当代中国画之我见》，《江苏画刊》，1985年第7期。

写生是中国画的基本方法。这不禁让人想起了二十世纪五十年代围绕山水画写生问题的多次讨论。[1]这是中国画遭遇现代情境的一个核心问题。某种意义上说，中国画的时代新变是通过写生来解决的。

在云天内心中，一个理想的艺术家，应当是古代人与现代人并存，中国传统与西方视野交织。鉴于此，云天将现代文人画视为自己的追求。现代文人画关注文人画中的文学性，特别是散文性，追求文学与绘画的互相照亮与互相阐释。不同于传统意义上的文人画，云天理想中的现代文人画超越了一己之悲欢，而融入了时代的整体性情绪，反映了人们共同的渴望。应该说，这是社会主义的艺术观念对于传统文人画的一次巨大改造，赋予了文人画在现代的新的生机。当然，现代文人画中也不乏隐逸的趣味。正如小说所说的："现代文人既有小我，也有大我；既有黄钟大吕，也有一弦清音。二者兼有，才是当代文人全部的生命与艺术。"在小说中，云天提出的"文人画"遇冷，实际上，在现实生活中，文人画的前景同样晦暗不明。有艺术史家认为："二十世纪是中国文人画走向终结的时代。它多方面地摆脱了儒学文化的影响，而重新思考艺术的价值意义，

---

1 几次重要的讨论包括：1954年2月中国美术家协会召开的山水画创作问题讨论会，讨论"如何发扬山水画的现实主义传统"和"山水画的取材及表现方法"；1954—1956年"关于国画创作与接受遗产问题"的讨论；1957年3月中国美术家协会创作研究室召开的"国画山水写生座谈会"等。参见于洋：《图画江山——20世纪50年代的中国画论争与"新山水画"的写生观》，《国画家》，2016年第6期。

重新定位艺术的社会功能。它在激进与保守、求内与求外、共时与历时所交叉组构的张力场里，催化着文人画时代所未曾有过的艺术情境、艺术生态和艺术课题，激荡起更大时空范围的思想风云。”[1]理解了这一点，就能理解，云天晚年的孤独，表面上看是因为他未能妥善处理情感问题，导致隋意出走，更深层的原因是他的艺术理想失去了实现空间。冯骥才未必是完全照着自己去塑造楚云天的形象，但是，将楚云天的艺术观，看作是冯骥才本人的艺术观，大抵是误差不大的。在《艺术家们》中，冯骥才以楚云天的所思所想、所画所行，触及了当代艺术的中西之争、古今之辨等若干重要问题。而这些问题并未随着小说的结束而得到解决，它长久地徘徊在不同艺术门类中，呼唤今天的艺术家重新认真面对。

《艺术家们》跨越了文学与绘画的边界，是对绘画的摹写、感悟与思考，也是对理想艺术家的想象与塑造。在我有限的阅读中，楚云天大概是最为幸福的小说人物之一。他终生与他热爱的艺术为伴，才华既没有被滥用，也没有被浪费，可谓是得到了最大限度的发挥。他的艺术观与他的艺术实践始终是匹配的，他似乎没有被现代艺术家所常有的创造焦虑所攫住，时代及时给予了他以回应，他也从来没有陷入艺术价值虚无的深渊。他生活顺遂，衣食无忧，收获了至深至纯的友谊与爱情。当然，他的品性也配得上他却所享有的生活。他忠诚于艺术，为人深情，品性高洁，淡

1　卢辅圣：《中国文人画史》，上海书画出版社2012年版，第604页。

泊宁静，虽然有的时候不免软弱，但仍然向我们示范了一个兼具传统文人气质与现代知识分子的典范人格。《艺术家们》改写了文学史上穷困潦倒的艺术家的形象，艺术不再需要以艺术家的人生作为献祭，艺术与人生可以互相成全。这是一个艺术家基于理想主义与浪漫主义的自我定位，也是对于他毕生钟爱的艺术，对于他所经历的时代的深情告白。

辑三

小说之可说与不可说

大雪封门日，拥被读红楼。

今年冬天，北京的大雪一直没落下来，但不妨碍重新读《红楼梦》。与许多少年一样，我也在十几岁的年纪不止一次读过红楼。但不得不说，我自以为自己读懂了，而其实并没有。此次拿起书来，就像与熟悉的陌生人重逢——于我而言，那些字句都是熟悉的，我却第一次石破天惊明白了字句背后的意思。关于这一点，一个明证是，少年时代，一直困惑我的问题是，如果单从小说本身，胡适是如何得出后四十回跟前八十回不是同一个人写的。而这一次读，我明确意识到前八十回精美别致，而后四十回确实粗糙许多。这感觉确实奇妙，原来，你过去那些人生经历，那些眼泪和欢笑……一切的一切，无非是让你在时过境迁之后，能够读懂一本小说。从这个意义上说，《红楼梦》是一部以血肉饲养的小说，这么说的意思是，它不仅是以其作者曹雪芹的血肉饲养而成，更是以一代又一代读者的血肉浇灌而成。在《红楼梦》的阅读中，一代又一代少年老去，他们不曾到过大观园，却在张望中了悟世间还有这么一处园子，也了悟了这么个好园子，也终究会败给时间，一径荒芜。

真真是红楼老了少年啊。

当然，和所有的老少年一样，在看完红楼的这些日子，我一直有些恍惚，似乎胸中有巨大的块垒，不得不说，不说不快。然而，拔剑四顾心茫然。在这吵吵嚷嚷的都市，能和谁坐下来，说一说这宛如迷宫一样的红楼呢？顺便说一句，在博尔赫斯看来，大观园简直就是一个大迷宫——“我们好像在一幢具有许多院子的房子里迷了路”。好在，有那么多人说过红楼。我如饥似渴地寻找那些说过红楼的人，那些关于红楼的话，它们散落在时间的荒野里，却让我觉得无比亲近——我们就仿佛坐在大观园的院子里，在缤纷的落叶中谈天说地，知人论世，明知道夕阳将至，世界终归一片黑暗——不需要更多，仅仅谈论红楼这件事本身就带给我极大的快乐。

这大概也是《红楼梦》的独特魅力了。它是一个可说的文本，我的意思是，《红楼梦》呈现出巨大的开放性与未完成性，几乎所有读者都被它召唤，兴致勃勃地投入到自行补全的活动中。那么，关于红楼，为什么我们有着巨大的言说热情？

言说的一个指向是作者。关于曹雪芹，我们确实知之甚少，少到甚至有人会质疑，曹雪芹真的是这样一部伟大小说的作者吗？然而，正是因为知道得太少，我们尤其渴望知道关于红楼作者的一切事。就像无法容忍一个孩子不知道他爹娘是谁一样，有着现代版权意识的读者简直无法接受这么一个伟大的作者居然湮没不闻。于是，关于作者的追索堪称蔚为大观。老实说，我也是那一类吃了鸡蛋就想见母鸡的读者，这不纯然是出于八卦的庸俗心态，我确实想知道，究竟怎样的人生才能凝结成这样一部奇书。可是，历史已然漫漶不可追索，借助他人触摸到一点历史的烟尘也是好的呀。有鉴于此，我从书柜里找出了史景迁的《曹寅与康熙》。读来读去，终于发现了跟曹雪芹有关的一鳞半爪。史景迁在谈到康熙南巡驻跸曹家时的情景说："若是曹雪芹没有写下《红楼梦》，是无从了解南巡对个人造成何等的影响。……贾府的辉煌精准反映出曹寅为康熙安排一场又一场的宴筵与演戏。……曹雪芹必定听过家人说起这些事情，而把昔日的辉煌写入小说里。曹雪芹当然也会用自己在家里亲历的事情作为小说题材，极有可能他那嫁给镶红旗讷尔苏并产下子嗣的姑母，回曹家省亲时给年幼的曹雪芹留下不可磨灭的记忆。有时，曹雪芹的描述也会如实反映往事，显示除了家族相传和个人亲身经历之外，也可采撷史料。"看到这儿，我不禁乐了。在我看来，史景迁更像是小说家，而不是历史学家。如果历史不能为小说的诞生提供更多的材料，反而是小说需要为历史提供补证的时候，这固然并非小说唯一的目的，但确实可以看作是小说独特的荣耀吧。这样的荣耀，在老巴尔扎克这样的现实主义小说家那里或许有过，可是，在《红楼梦》这样的非写实小说上再现，则不能不叫人拍案惊奇了。在作者与作品的关系问题上，小说家张爱玲走得更远。众所周知，目前一个基本达成共识的说法是，《红楼梦》的后四十回是高鹗所著。张爱玲发现“高鹗对袭人特别注目，从甲本到乙本，一改再改，锲而不舍，初则春秋笔法一字之贬，进而形容得不堪，是高本违反原书意旨最突出的例子”。续书者就算是违反原作意旨，也是常有的事。偏偏张爱玲不放过，她甚至考证出高鹗曾经有一个妾，因为受不了痛苦才离开了他，其身世或许与袭人有相通之处，于是免不了在续书里对袭人大张挞伐。这可真是地地道道的红迷啊。看到这个，我原谅了所有根据张爱玲的身世来讨论她的小说的文章。原来，祖师奶奶早就向我们示范了一部小说的真爱粉是如何疯狂，怪不得她居然写了一本论红楼的文集，还将之命名为“红楼梦魇”，因为她自己说：“偶遇拂逆，事无大小，只要‘详’一会《红楼梦》就好了。”还能说什么呢？真爱无敌。

其实，“详”作者还在其次，作为小说读者，《红楼梦》吸引我们的还是那个充满着丰沛汁液的日常生活世界。按照李敬泽的说法是：“《红楼梦》百余年来一个隐蔽的文化功能就是，它是中国人的人情教科书，举凡婚姻家庭、私事公务，直至军国大政，都能在《红楼梦》里对了景儿，借得一招半式。……对于我们的生活世界的体会与言说，在二十世纪的大部分时间里中国人所借助的是一部《红楼梦》。”不得不说，此言真是切中肯綮啊。我们对《红楼梦》的热情很大程度上来源于这其中隐藏着中国式的人情世故。举一个很简单的例子。普通读者初入红楼，大概是从喜欢哪个人物开始的。事实上，这也是《红楼梦》最著名的公案。就好比到一个江湖，你得先报门派，确定了门派，就欢天喜地找到了组织，从此可以行走江湖了。据我有限的经验，大多数时候，你都需要在宝钗和黛玉之间做一个选择。这固然是因为她们俩同为整部红楼的女一号，整部红楼，都围绕着宝玉与黛玉、宝钗的情感展开，读者不自觉地站在宝玉的立场上，在“木石前盟”和“金玉良缘”之间做出选择。更重要的是，她们俩象征了不同的人生态度和价值选择。从这个意义上说，喜欢哪个人物从来就不单纯的是个喜好问题。好吧，让我先亮出我的底牌吧。这一遍尚未读完，我已经给朋友发微信，“我喜欢宝钗，不喜欢黛玉”。都说“晴为黛影，袭为钗副”，那么，按此逻辑，我是喜欢袭人，不喜欢晴雯吗？不不不，恰恰相反，我喜欢晴雯，不喜欢袭人。听上去似乎很拧巴，但是，每一个拧巴后面都有不得不如此的理由。我知道，拥林派爱的是黛玉的天真、才气，对宝玉的一厢痴情，讨厌宝钗的无情、圆滑。可是，在我看来，宝钗是多么的大气！她一来，黛玉自然而然就把她看作假想敌，足可见她自身的出色。可是，宝钗真的对宝玉有想法吗？未见得吧。宝钗很早就发现宝玉跟她的价值观天差地别，再说，她的风格不是“任是无情也动人”么？第三十四回，宝玉挨打之后，宝钗劝哥哥薛蟠不要出去惹事，薛蟠拿话堵她说她是对宝玉上了心才处处护着他，结果，“宝钗满心委屈气忿……到房里整哭了一夜”。要真是被说中了心事，会整哭了一夜么？宝钗是黛玉的假想敌，所以黛玉处处挑衅，乐得看宝玉和宝钗之间不自在。倒是宝钗，从未计较过这些，相反，时时刻刻替他人考虑，体贴又周到，即使拿住了黛玉读西厢，也只是劝她，不要为这些“移了性子”。谁能说，这话又不是金玉良言呢？对于宝钗的种种，黛玉最后也是叹服，二人情同姊妹。能让林妹妹服气，恐怕凭着伪善是很难的吧。宝钗最为人所诟病的是，她劝宝玉求取功名，似乎是认同了这个社会的基本价值取向。《红楼梦》之巧就巧在，作者并没有直接写宝钗是如何劝宝玉的，而是当湘云劝宝玉该“常常地会会这些为官做宰的人们，谈谈讲讲些仕途经济的学问”时，插入了袭人说“上回是宝姑娘也说过一回”。可是宝姑娘究竟是怎么说的呢？小说并没有明写。这个问题涉及关于《红楼梦》的一个常见看法：宝玉和黛玉象征着对这个陈腐不堪的世界叛逆的力量，他们旨在冲破社会所织就的罗网，去创造一个新的世界。事实上，这是典型的青春期人格。从这个意义上说，他们虽然与宝钗同在一个空间结构——大观园里，年龄也相差无几，但却不在一个时间层面。宝钗已然形成了社会性人格。对于社会性人格来说，毁灭并不是重要的，相反，长期形成的维系一个社会基本运转的价值结构是值得保存下来的。倘若作者真的写出来了宝钗的话，恐怕绝不会像湘云说的这么简单。试看她是如何劝黛玉的，就能揣想一二。因此，在我看来，宝钗的“旧”并不完全是该弃绝的部分。在我们这个时代，已经过分相信新的才是好的，但“旧”有“旧”的价值，正是新和旧咬合在一起，才推动着这个社会从容不迫地向前。再者，对我来说，年纪越大，对于才华、情感之类的原先觉得重于泰山的东西看得越来越淡了，相反，越来越喜欢那些格局大的人，譬如宝钗。

因为格局大的人，不仅能让周围的人感觉舒服了，还能安妥自己的身心，没有强大的内心，是做不来的。这恐怕就是时间教会我的事吧。那么，宝钗的格局从何而来？无情。在大观园这么一个温柔富贵乡，宝钗毫不恋物，所以，宝钗的居所蘅芜苑才会“雪洞一般，一色玩器全无，案上只有一个土定瓶中供着数枝菊花，并两部书，茶奁茶杯而已”。她也不恋人。我并不觉得她对宝玉有多少流连。我说的无情，是心无挂碍，不滞着，而不是冷漠无情的那个“无情”。恰相反，宝钗是能体贴所有人的。对湘云，她看出了她的不自由和寄居人下的不得已，会资助她办螃蟹宴；对黛玉，体谅她的小性情与孤苦无依，悄悄送她燕窝；就是对戏份不算多的邢岫烟，也见出了她的友善。或许真是无情了，反而显出了有情。有情与无情的辩证法，就是这么奇诡。也喜欢黛玉的真性情。每个姑娘大约都能在黛玉身上发现一点半点自己的影子，于我，她简直就是一面镜子，照出了我所有的刻薄、要强、任性。但因为一个真字，我们原谅了这一切，就像原谅那个不完美的自己一样。另外，我的一个不靠谱的推测是，黛玉是一定会早夭的，因为有一天我们总会长大。至于袭人，看上去她似乎和宝钗很像，贤良淑德，在大观园也是人缘儿倍好。可是，从第十九回开始，我就不喜欢她了。仗着宝玉对她的感情，用赎身之论来骗其词，探其情，压其气，然后好下箴规。这一点多像今天那些任性的姑娘呀。难道仗着一个人对你有感情就可以为所欲为了吗？那感情算什么？筹码吗？至于她向王夫人进忠言，终究埋下了大观园分流云散的根儿，就更不用说了。相比之下，生得漂亮的晴雯虽然有种种嚣张跋扈的恶劣行径，但在紧要关头，好歹她拼上了自己去补金雀裘，此一举，宝玉房中再无其他人能做得出啊。更何况，因为王夫人的不喜欢，她赔上了自己的性命。所以，喜欢谁和不喜欢谁，其实不过是清晰地照出了自己罢了。这大概是为什么关于红楼我们有那么多话可说。说出来的和没有说出来的，都是自己。

此外，红楼之可说，还在于红楼之未完。张爱玲有一句俏皮话说人生三大恨事，一恨鲥鱼多刺，二恨海棠无香。在她看来，三恨《红楼梦》未完。作为一个普通读者，与大观园的一应人等一起经历人世风雨，当然迫不及待要知道所有人的结局。可是，要我说，恰恰是因为"未完"，红楼永远地让我们牵挂。每个读者都跃跃欲试，试图根据自己的人生经验替他们找个归宿。倘若真是完结了，大概读者会心满意足地把它放一边，继续过自己的日子吧。说起种种续书，我真心不喜欢现在流传度最高的高鹗的本子。完全是韩剧的搞法嘛。好端端地突然就让宝玉丢了玉，然后失魂落魄，一点预兆都没有，就像韩剧的主人公突然得了绝症，完全不像前八十回仔细铺垫的风格。我也不喜欢宝黛之恋这么个收场法，一边是娶亲的热闹，一边是焚诗稿的凄惨，过于戏剧化了。虽然人生难免戏剧感，但是，在最重要的问题上，用戏剧化的方式去处理，反而让人生出不自然之感。高鹗的后四十回只有一处我喜欢得紧，就是一个乍寒下雪的日子，一只小船停泊在一个清净的去处。众人都上岸了，只有贾政独自在船中写家书。正写到宝玉的事，“抬头忽见船头上微微的雪影里面一个人，光着头，赤着脚，身上披着一领大红猩猩毡的斗篷，向贾政倒身下拜”。想想白茫茫的雪中那一领大红，光是颜色的对比就让人惊心动魄。小船摇晃着，让人想到“人生天地间，忽如远行客”之类的句子。这一拜别也拜得好，与宝玉挨打一节参照着看，把中国式父子之间的感情渲染出来了。不满足，又去找别的结局，看到红学大家周汝昌有本《红楼真梦》的书，也是试图续红楼，开头似乎还行，可是看着看着就不对味了。对，我也没法接受黛玉跳水而死，就像没法接受将“寒塘渡鹤影”一句诗给坐实一样。我承认我是那一类百般挑剔的读者，可是，大约正是因为有我们在，红楼永远是一个沸腾的话语场。

我猜，曹雪芹大概是会很高兴地看到我们就红楼的种种问题争论得不亦乐乎的，因为他本身就是个猜谜爱好者。关于这一点，看看《红楼梦》里有多少谜语就知道了。《红楼梦》第二十二回，元妃突然差人送出一个灯谜儿，命大家去猜，猜着了每人也作一个进去。于是，红楼梦中人一个个制谜、猜谜，与此同时，我们也在猜谜——从他们的谜语中猜测他们的命运。事实上，一部《红楼梦》，处处埋伏着文字机关，不必说什么“贾雨村”（假语村言），什么“甄士隐”（真事隐），也不必说小说中处处设置的修辞机关，引得读者纷纷以猜谜为乐事，就说全书最大的一个谜语，就在第五回贾宝玉神游太虚幻境，警幻仙姑与他看的判词，以及十二舞女演唱的《红楼梦》十二支之中。这也是《红楼梦》的奇异之处，一开始就把所有人的结局告诉读者，因此，无论此后是如何的富贵温柔，袅袅悲音始终盘旋在耳畔，提醒你大厦将倾。

说到猜谜，一些我们耳熟能详的现代西方小说也有邀请读者猜谜的偏好。记得最早遭遇的是塞林格的《九故事》，初读的时候也有几分懵懂，比如，在《逮香蕉鱼的最佳日子》里，你明确知道，香蕉鱼就是一个谜面，等着你猜出谜底，而谜底，实实在在跟小说人物的行动有关——换句话说，如果你不理解香蕉鱼是什么，你恐怕也很难理解为什么西蒙最后会开枪自杀。可是，在你明白了这一切之后，你突然就会丧失了所有言说这部小说的热情。说到底，塞林格也好，极简主义小说家卡佛也罢，还有前几年开始大热的在《纽约客》上写短篇的安·比蒂，甚至所有的现代小说，他们所讲述的只有一个故事，那就是关于人与世界的对抗，人与自我的对抗。他们的小说是枯寒的，就好像刀劈斧凿的悬崖一般，下面是叫人凛然的深渊。他们不像《红楼梦》，是一场接一场的宴筵，是喧声笑语，而人生的荒凉却是在热闹最深处。说到底，我们的小说和他们的小说还是不一样的。他们的小说，“诞生于孤独的个人”；而我们的小说，是人群深处说书人源源不断的“说话”。孤独的个人所萌生的关于世界、关于人生的看法，往往如当头棒喝，只能自我消化、自我体悟；围着说书人的我们，其实正在和说书人一起完成小说的创造。

这结论当然肤浅。如果沿着这一粗陋的逻辑追问下去，是可说的小说伟大呢，还是不可说的小说更伟大？这问题恐怕难以回答。突然又想到，张爱玲曾经说，有一个早本的红楼梦，大概是一百回，曾经设计了这样的结局：黛玉病故，元妃令宝玉宝钗成婚，之后宝钗产后病故，贾家落入赤贫的境地，宝玉落魄为看街人，在一个风雪之夜与沦为乞丐的湘云重逢。老实说，这样的结尾真叫人动容。这世界是如此冷酷，与其让宝玉出家，不若让他从头至尾亲身经历这红尘，从一个翩翩美公子苟活成穷困潦倒的普通人，然后再与同样潦倒的少年伙伴相遇，过去种种，恍如隔世，不知此身何身，此世何世。到了这一刻，小说之可说与不可说，犹如两条蜿蜒曲折河流，终于合在一起，共同汇入了汪洋大海。

老之将至，何枝可依

黄昏，大概是一天中最富意味的时刻。用尽了一天力气的日光失去了初生时的万丈光芒，混沌成鸡蛋黄的模样，懒洋洋地往下坠落，仿佛是在宣告，最好的时光已经过去，黑暗即将笼罩大地。此时此刻，是会牵动人们许多思绪的，譬如，“夕阳无限好，只是近黄昏”。于是，黄昏常常与老年联系在一起。如果说，死亡是地平线之外那神秘的无垠的疆域，那么，老年，就是接近地平线之前那一段不平常的旅程。因为目的地就在眼前，那些令人不快的真相逐渐显形，人生的意义也在虚空中一再被追问。老年，确实是包含了诸多情味的生命时光，无怪乎写作者把目光投向此处，小心翼翼地用文学的方式探究其中的意味。近来的文学期刊上，《从透明到灰烬》、《胡不归》和《漫长的瞬间》都关乎此，可以看作“同题作文”，将之对比起来读别有一番趣味。

先说纳兰妙殊的《从透明到灰烬》。这位年轻的作者以散文的形式记述了姥姥生命的最后一段时光。等等，这听起来有些耳熟，确实如此，前面已经有成功的范例。乔叶的《最慢的是活着》就是关于“我”和奶奶的故事。也是散文的形式，然而容纳了小说的细节，就使这篇小说有了不一样的质地。《从透明到灰烬》也是如此，是散文，亦可以当作小说来读。只不过，当乔叶孜孜探求几代人之间的关系的时候，纳兰妙殊的兴趣点更在于“老”是什么模样。从这个意义上说，这散文的题目着实不错。“透明”，可不是绝佳的对于“老”的形容么。“人们以为爷爷死了，不过有时空中会传来爷爷说话的声音，大家才知道他还活着。”因为年老，不免衰朽；因为衰朽，不免与世界越来越隔膜；因为隔膜，不免越来越被忽视。所以日子久了，这声音仿佛是从“空中”传来，真真离天近离地远了，这才提醒亲人他的存在。这“透明”得令人悚然而惊啊。在这一点上，活着本身，就有无数个破绽。显然，昭昭如明日的作者已然能预感到夕阳的凉意，所以她说，衰老是“凌迟”，是“彻底地索取”，是“纯粹的萧索”。因为是散文，所以作者写来也更自由，也更直面“衰老”所包含的种种残酷。比如，写姥姥年老以后“性格的大变”，就有着结实的生活的质地。最有戏剧感最有小说味的，是“钱财”这一节。作者毫发毕现地描绘了姥姥是如何对钱财紧张，乃至到了梦魇的地步。“对于失掉钱财的恐惧，日日腌心，熬炼出一个幽灵盘踞在心里。至耄耋之年，记忆昏芒，理智再也禁锢不住那个幽灵。”姥姥演练出的一出出闹剧，与其说是与“衰老”如影随形的糊涂，倒不如说，是一辈子的生活在黄昏时光的投影。是这样么？我们所经历的一切，会在我们年老之时一起向我们袭来，如同善于偷袭的敌人，让人措手不及。大概，是悟透了这一层，在这闹剧背后，有着无处可说的凄凉吧。在这分外孤单的时刻，亲人的陪伴就再重要不过了。有人懂得、体谅，或许还能让这颜面全无的老年时光变得好过一些。“缘分”一节讲的就是赡养老人的事，因为切身，所以质朴、接地气。对于轮流赡养老人，作者与乔叶有着差不多相同的愤慨。乔叶在《最慢的是活着》里说：“哪个正常的老人都不会喜欢被轮着住。——这真是一个残酷的事，是儿女们为了均等自己的责任而做出的最自私最恶劣的事。哪儿都不像是自己的家。到哪家都是在串亲戚。”这里，纳兰妙殊则把“最自私最恶劣”解释得更明白：“轮换制实在是莫大的侮辱，推卸和嫌弃得太明晃晃了。分配得越公平越清晰，越表示儿女只愿承担责任之中的部分，增一分嫌多，少一分又怕少。”正因为如此，母亲和姥姥的缘分才让人无限唏嘘。显然，“母亲”并不是姥姥最疼爱的小女儿，却无怨无悔地承担了赡养老人的责任，为了让老人“舒服”一点。那死前最后一夜母亲抱着姥姥的细节格外感人，所有人世间的腌臜都烟消云散了，剩下的，是至亲骨肉的亲密无间。有了结结实实的“缘分”打底子，到“吊唁”“圆坟”一节，便有些云淡风轻的从容了，仿佛情感累积到一定程度，攀上了顶点，就蒸腾成水汽，四散开去。于是，当我们读到母亲在姥姥将将去世之后，镇定从容地做这个，做那个，始终没有哭，甚至将逝者前一天换下来的白棉布小褂洗净了晾上，便有无限的理解了。或许，这才是真正的生活吧。对于姥姥这样的“喜丧”，那些在灵堂前当着众人的痛哭流涕，更像是一种表演。平凡的生活并不如此。死亡因了母亲的举动而有了些许人间气息，能为我们所坦然接受。可以说，作者描绘“从透明到灰烬”这一过程，实是因为她想告诉我们：“荣誉和财富，艺术境界或丰功伟业，都太虚妄，都如鸿毛。尽自己的力量，让父母平静地度完残年，直至谢世，这是真正伟大的艺术，是真的壮举。”是啊，因为我们大多数人都会经历“从透明到灰烬”。

如果说散文氤氲的是人间烟火，那么，小说则更多的与隐秘的内心世界息息相关。笛安的《胡不归》则深入“老”的心灵深处，丈量“透明”与“灰烬”的距离。从这个意义上说，“胡不归”倒也恰如其分。陶渊明说，“田园将芜，胡不归”，笛安却改成，“死期将至，胡不归”。“归”到何处？中国人大概是不愿意也不擅长探究如此幽深的话题，所谓，“不知生，焉知死”。那么，容许我们描绘的，是面对“死亡”的心境。小说一开篇就说，“从七十五岁到八十五岁的那十年”，“他是真的怕死”。这话合情在理，没有人知道属于死亡的那片森林究竟都有些什么，说到底，对死亡的恐惧未尝不是对无知的恐惧。于是，“他讨厌这世上一切提醒自己死期将至的事情”。这“提醒”里就包括新的生命。这很好理解，对于年轻的作者们而言，对于“老”进行正面强攻无疑并不那么确凿，他们需要一个与他们等高的视角，迂回到“老”的城堡。如果说，《从透明到灰烬》里的“我”是一个观察者、体验者，她忠实地记录“姥姥”的一言一行，并加以评价，那么，在这篇小说里，“柠香”更像是一个参差的对照。作者刻意将“年轻”与“衰老”并置，“年轻”有多鲜亮，“衰老”就有多残酷。“衰老”意味着时时陷入对往事的回忆中，现实不再重要，过去了的岁月绽放出奇异的光彩，那支在他脑海时时出现的傻大姐的歌儿就是明证；“年轻”则“骨子里有种戏谑”，“不在乎他身上背负着过分沉重的岁月”。“轻”和“重”构成了鲜明的对照。“年轻”和“衰老”的另一个差别则体现在对死亡的态度上。“衰老”因为离死亡太近，会生出许多依赖，即使活得再累，即使经历了亲人四散而去，可是只要活着就是好的；年轻则不以为然，柠香在开快车的时候偷偷解开安全带，除了是对冒险的追逐以外，更多的，可能是对死亡的蔑视，这或许是年轻的特权吧。死亡对于他们而言，实在太远太远，谁也不会想到，每个人都可能在拐弯的一瞬间就与死神迎面遭逢。相比之下，想活下去的愿望是如此卑微，卑微到，每一次，他都要与死神讨价还价，甚至还要面对家人的无心提醒。“从那以后，女儿就成了他的敌人。她的一举一动似乎都在提示他，想活着是件不体面的事情，承认想活着就更多添三分贱。”作者敏锐地触及了这一微妙心理过程，不过就像鸟儿，偶一停留又翩然而去了。用力最多的，还是“他”与死神的数次讨价还价。起初是恐惧是凄凉，是有一线希望也要紧紧抓住；后来是“不想活了可是也怕死”，是屈辱地哀求死神再给些时日；再后来是“活惯了”，即使活着没那么好也要活着；终于，当他经历了漫长的衰老之后不再那么害怕死亡的时候，事情发生了奇异的逆转，他害怕活着，可是此时死神偏偏要让他活下去，活成历史。生和死，从来都不是我们能够选择的吧。此时，年轻的作者感喟，或许活着，就是在别人的目光下装作乐在其中吧。悲凉油然而生。所以，归根结底，作者其实讨论的不是“老”，也不是死亡，毋宁说是一种生活哲学。为了成全这哲学的表达，她甚至请出了西方电影里常有的死神的形象，使之日常化，试图将死亡演练得更为生动。但是，不得不说，这稍有些隔。毕竟，神在我们的语境中并不那么常常显身。倒是写小女孩柠香有如神助，在漫不经心的几个小细节中，她跳脱出来，活脱脱呈现在我们眼前。当然，你可以不同意她的哲学，但是，不能不说，在短篇小说这一架构里，她将作者本人对生活的看法表达得别致而新颖，确实匠心独运。

姚鄂梅在《漫长的瞬间》里似乎并不执意表达“看法”，她更希望呈现老人们真实的生活状态。人们常说，生与死就是一瞬间的事，可是，活在这一瞬间的老人们却觉得如此漫长，漫长得远远超出他们的期望。题目本身就传达了老人们生活的窘境。显然，《漫长的瞬间》里的“她”也未能逃脱“透明”的命运，栖身在小小的储藏室里，关起门来就跟不存在一样。“他们把这声音当成她仍然活着的信号。”生活的条件已经降到最低，最难堪的是精神上的尴尬，在子孙们的眼里，长寿就意味着“抢后人的阳寿”，此时，活着本身就变得是一种罪。为了弥补由活着而造成的“罪恶”，她的心态也不知不觉发生着变化。“自从儿子儿媳死后，她就变得格外会夸人，不论是谁，但凡跟她交谈的，总要想方设法夸几句。”会夸人，无非是希望得到更多交流与关心，这里面有不自觉的讨好的意味在。可即使再懂事再体贴，只要活着，对于晚辈来说仍然是一种妨碍。她只能选择饿死自己，虽然，挨饿是她最怕的一件事。于是，就有了这样一个荒诞的故事。当孙子需要她活着成为领导关注的焦点的时候，想死都成了一件不容易的事。我们看到，身体康健的她在医院里经受各种折磨，就像经受某种刑法。只是在肉身煎熬的过程中，意想不到的事情发生了。“但一进医院，他的感觉就变了，他是她最近最近的血亲这一事实，从来没有如此醒目地出现在他目力所及范围内，他不由分说想走上前去保护她……”世雄尽心尽力地照料她，在真心对待老太的过程中展开了与老太的心灵对话。这场心灵对话虽然发生在梦境中，可是，作为读者的我们都知道它是那么真实，每个人的尴尬处境也四两拨千斤地呈现出来。如果顺着这个逻辑发展下去，或许是一个大团圆式的结局。倘若真如此，这篇小说的分量就轻了。妙就妙在，作者笔锋一转，老太越来越好，奇迹般地恢复了健康，当老太没办法抗拒身体的要求，真的提出自己想吃什么的时候，“他到底没说出老太关于红薯丸子的请求，拉开门，上班去了”。这意味着，去医院的这一遭仅仅只是一个插曲，一切又都回到了从前。孩子们依然漠视着老太，从肉体上到精神上；老太依然满怀愧疚地活着，不知道怎样才能不给孩子添麻烦。或许，这就是今天老人们的真实处境，无可奈何、卑微地活着，等死。

每一轮朝阳都会变成落日，正如我们每一个人，都会从灼灼其华走向风烛残年。老人们的生存状态，没有哪个时代会像今天这么严峻。所以，在我看来，这三篇作品几乎在同一时间出现并不是偶然。从前，老人们是权威，是传统的来源，年轻人的生存任务就是保存和复制传统；而现在，一切都变了，这是一个属于年轻人的社会，老人们要向年轻人学习。这就是美国社会学家玛格丽特·米德所提出的后喻文化和前喻文化。问题是，当年轻人变得越来越强大的时候，他们以何种方式对待不再强大的长者？长者又如何在这个愈发逼仄的时代寻找到自己的立足之地？这问题值得我们每一个人认真思考，毕竟，今天的他们，就是明天的我们。

像生活一样的文学

在我的书架上，中篇小说大多被归置在最打眼与最容易取放的那两层，它们俨然一个先锋军团，带着睥睨一切的表情，面对着隔壁楼层的长篇、理论乃至一些杂七杂八的书，其优越感是不言而喻的。虽然因为工作关系，长篇小说是我必须完成的功课，可是，在私心里，中篇小说更像是一家里头最小的那个孩子，完完全全占据了当娘的心。去书架找书的时候，总忍不住在中篇小说前停下，随手取出一册来。常常是看着看着，就忘了原先的目的所在，转而沉醉不知归路。

说起来，中篇小说不像长篇小说那样鸿篇巨制，天然地具备了与时代同呼吸共命运的表情。面对一部长篇小说，得打起全副精神，绘制出复杂的物质与精神地形图。短篇小说呢，似乎更精巧些，对艺术性的要求也更高。我心目中的短篇小说典范，大概是塞林格的《九故事》那一类，充满了空白和断裂，仿佛一个谜语，考量着你的智力。可惜，这样的短篇小说真是可遇而不可求。许多常见的短篇小说更像是长篇小说的一个片段，让人觉得结尾处的那个句号更像是作者刻意断下的。这么衡量来，中篇小说自然成为我的心头好。它的篇幅适宜。喝一杯茶的工夫就能读完。在写作上，作者似乎也更从容些，既不需要像长篇小说那样旁逸斜出，不停地分出新的枝杈，也不必像短篇小说那样将生活剪裁成一幅画片儿，静静地了无生气地挂在书房的墙上。当然，这都是我个人的偏见，是无法当作阅读指南的。

我热爱那些具有某种命运感的中篇小说。这么说的意思是，有这么一类中篇小说，它们似乎更适宜用来讲述一个人所经历的一切，以及在经历中洞悉的人生的全部奥秘。《一个迷途的女人》就属于这一类，让人读来不禁深深喟叹，无限唏嘘。这篇小说的作者是一位美国女作家——薇拉·凯瑟，算不得鼎鼎有名，却奇迹般地将这篇小说雕琢成宝石，留在我的记忆中。《一个迷途的女人》有着旷野般的西部味儿，仿佛有大片土地在你面前展开，延伸到天的尽头，百业待兴，等待着你去征服。说实话，能让小说绽放出这样一种气息就足见作者功力着实不弱。这首先应该归功于作者对自然环境的描写。弯弯曲曲流过草地的河，两岸还有薄荷、节连节的和闪闪发亮的柳树，似乎象征了宅子主人某种品位：他们和自然界的关系是互相尊重的，而不是掠夺性的。故事发生在甜水镇，一个与勃林顿铁路有关的镇子，故事的主人公是福瑞斯特先生和太太——主要是福瑞斯特太太，却是通过青年尼尔的眼光，将一个时代的结束与另一个时代的开始描绘得栩栩如生。在孩童时期的尼尔的眼中，福瑞斯特家的宅子和福瑞斯特夫人简直宛若天人，巨大，笨重，似乎世界由此而安稳，人们可以无风无雨地过一辈子似的。然而，事情永远不会像人们期望的那样发展。灾难的乌云缓缓移动，罩住了这个镇子，也让福瑞斯特一家无可避免地往衰败的路子上走去。先是福瑞斯特上尉从马上滚了下来，接着，福瑞斯特太太和艾林格的暧昧关系将这个从不同的世界来的人扯回了地平面。显然，艾林格与福瑞斯特先生并不是同一类人。福瑞斯特先生大概是那种典型的拓荒者，他的哲学是“你天天念叨、天天打算的东西，不管你如何，可以这么说——你总会得到”。显然，不屈的意志是这代拓荒者的共同标记。“我们所有的伟大的西部就是从这种梦想里发展起来的。”非但如此，在福瑞斯特先生身上，还有那种老式的绅士气，或许，这种绅士气也是一个时代结束的标志及原因。当福瑞斯特先生投资的银行面临破产的境遇时，他用自己的绅士气保护了储户的利益，同时也守护了自己的尊严，虽然这让他们家的境遇一落千丈。好吧，现在，属于福瑞斯特的时代大幕已然缓缓落下，小说中另一人物艾维的时代正在降临。新的时代仿佛同艾维本人一样，粗鄙、世俗、见利忘义。当然，你别忘了，这篇小说的主人公是福瑞斯特太太，那个有着非同一般魅力的女人。随着福瑞斯特家的颓败，她似乎也变得灰蒙蒙的。艰难的生活将她身上的活力压榨得一干二净，特别是艾林格的背叛，深深地击碎了她。或许，她会随着那一代探险者们一道消失在时代深处吧，可是不，正如她自己所说，“也许有人以为我已经安定下来，过安生日子告老。可是我没有安定下来。我觉得我身上有这么一股力量”。于是，在尼尔看来不可思议的事情发生了。最优雅最动人的福瑞斯特太太投靠了艾维，她竭尽全力地用招待绅士的方式招待年轻一代的小伙子们，可是，我们看到的却是两个世界相碰撞时候的滑稽与变形。那让人留恋的美好就这么消失了，恰如马克思的名言，“一切坚固的东西都烟消云散了”。当然，用世俗的观点看，福瑞斯特太太有了新的生活，似乎过得还不错，有了新的丈夫。小说的张力正来源于此，作者缅怀的是那个属于拓荒者的时代，然而，福瑞斯特太太不愿意牺牲自己，去与这个时代共存亡。“她愿意接受任何条件去生活”。或许，我们同尼尔一样，不满意她这一点，认为她是误入歧途，可是，转念一想，难道生活不正是这样一头怪兽，以每个人的血肉之身为饲料，满足它饕餮的胃口。念及此，那份氤氲有致的温情迅速消散，取而代之的是一种刻骨的悲凉。

我也热爱那些深刻展现人性的中篇小说。有些人宣称，过了青年时期已经不再读小说，因为自己经历的已经足够多，不再需要从小说中汲取人生经验。其实，隐藏在大同小异的经验下面的，是人性。在我看来，人性就像一个幽暗深远的大森林，有着众多不为人所知的暗流与树木。我们对人性的了解永远不如我们自以为的那么多。作家就像一个勤勤恳恳的导游，他们用文字做成的探照灯照出黑暗森林的一小片领地，让我们每每对人性有了新的理解。毛姆大概算是这方面的行家里手，随便哪一篇都叫人兴趣盎然。比如说《狮皮》吧，不可靠叙述者的运用简直妙极了。当弗雷斯捷太太喋喋不休地诉说弗雷斯捷上尉是如何正直磊落，又是如何洁身自好，堪称“英国绅士的完美样板”的时候，我们，和哈代一样，正在心底偷笑。显然，事情完全不是那么回事。几乎可以说这个“完美”的男人用种种小手段伪造了自己的一切。当然，哈代本人也不是那么光明磊落，所以，他并不打算将一切拆个底掉。当然，常识告诉我们，真的假不了，假的也真不了，总有一天，一切都会水落石出的。阅读的快感在等待真相大白的那个契机的到来。然而，聪明的作家就是这样，他不会让故事按照惯常的轨道溜下去。一场突如其来的大火将弗雷斯捷家的房子置于危险境地，也将弗雷斯捷本人置于被考验的处境。所以，当弗雷斯捷为了他太太的小狗而奋勇冲进着火的屋子的时候，我们和哈代一样都惊呆了。谁也想象不到弗雷斯捷用自己的生命作代价去成就了一名真正的绅士。最后，叙述者，也是作者说：“鲍伯·弗雷斯捷假装了这么多年的绅士，结果都忘了这完全是在作假了，最后他已经身不由己，只能按照他那个愚蠢、死板的头脑中认为一个绅士必须如何行动的标准来行动。他已经分不清作假与真实之间的区别，他已经把自己的生命牺牲给一种伪造的英雄主义了。”这回，你大概和我一样，想起了《红楼梦》中太虚幻境门口那副对联——“假作真时真亦假，无为有处有还无”的个中滋味了吧。

说到中国作家，最近我在重读孙犁的《铁木前传》。这部中篇小说发表于1956年。但凡对中国当代史稍微有所了解的人都知道，在那个时代，文学是如何被绑上政治的大车，只能负重前行。时代在这篇小说身上打上了鲜明的印记。小说写的是今天我们已经不怎么熟悉的“两条路线的斗争”，一条是以傅老刚、九儿、四儿所代表的互助合作化道路，一条是黎老东、六儿所代表的个人发财致富道路。显然，小满儿属于落后的阵营。孙犁却在这个看似轻浮女子身上开掘出了广阔的性格空间。“她像萤火虫一样四处飘荡着，难以抑止那时时腾起的幻想和冲动。她拖着沉醉的身子在村庄的围墙外面、在离村很远的沙冈上的丛林里徘徊着。在夜里，她的胆子变得很大，常常有到沙冈上来觅食的狐狸，在她身边跑过，常常有小虫子扑到她的脸上，爬到她的身上，她还是很喜欢地坐在那里，叫凉风吹抚着，叫身子下面的热沙熨帖着。在冬天，狂暴的风，鼓舞着她的奔流的感情，雪片飘落在她的脸上，就像是飘落在烧热烧红的铁片上。”如此抒情的句子，我们似乎可以见到作者满含欣赏的目光，落在这个美丽的充满了热情的姑娘身上，哪还有落后分子那令人可憎的面目？因了这份对人性的理解，这篇小说才从它产生的那个时代漂流而下，直到今天仍然经得起我们一读再读。我们喜欢这个姑娘，衷心地希望她拥有自己想要的完美的爱情。

哦，对了，还有爱情，爱情也是小说永恒的主题，无论是中篇、短篇还是长篇小说。中篇小说似乎更适合讲一个纯粹的爱情故事。还是美国作家。劳伯特·纳珊在1940年写的一篇小说《珍妮的肖像》，是关于两个人在时间的荒野里相遇、相爱的故事。低微而辽远的冬夜，穷画家“我”在公园邂逅了一个“不大知道时间”的小女孩珍妮。她唱：“我从哪儿来，没有人知道。我去的那儿，所有的都要。海风飘，海水高——哪有人知道。”画家为她画了一张速写，被画店经理看中了，并嘱咐他继续给小女孩画张像。以后，他一次次碰见珍妮，每次她都要长大几岁。画家终于画出了珍妮，跨过残忍的时间的距离。画家最后一次看到珍妮，是在度夏的巴沫河，暴风雨中，珍妮在河里竭力挣扎，画家跳下水去救她，然而抵不过飓风的力量，或者说时间的力量。对于画家而言，整个故事发生在从1938年冬到1939年秋不到一年的时间里，而珍妮却已经过完了她的一生。在最后一次分别时，珍妮说：“世界多美啊。世界就是为美而存在的。——不管我们是现在活着，还是多年前活过。”爱情在小说里活过许多次，究竟什么是爱情的本质，每个人都有一个答案，且各个不同。在茫茫不可知的时间背后，《珍妮的肖像》提供给我们的是对爱情单纯的信仰与珍重。一阵无可名状的惆怅抓住了我，我几乎要与画家一起追问：“为什么这个世界上这么多男人女人之间，其中有一个男人和一个女人觉得她属于他，他也属于她呢？这是什么缘故？是不是只是机会和遇合所致？只是因为他们同时一起活在世界上？是不是只是由于喉部的一弯，下颌的一根线条，眼睛的神气，谈话的风度，还是由于一些更深刻，更奇特，超出遇合、机会、命运之外的东西呢？会不会在这世界的别的时代，还有别人会被我们爱上，而且也爱上我们呢？会不会，在所有活过的人里面——在那无穷无尽的一代代人里面，从世界的这一头到那一头——其中有一个非爱我们不可，不然就死的人，会不会有呢？而反过来，我们也非爱她不可，非一生一世地追求她——不顾一切，一直到死，会不会呢？”原谅我情不自禁地当了文抄公，我还得说，这本书最让我着迷的，是画店老板的这样一套理论，他说：“一个女人总该有点超出时间的气质……她们好像同时属于所有的时代。一种永恒的气质——你在一切名画里，从达芬奇到沙赞，都见得到。”或许，无论我如何努力，都无法拥有超出时间的气质，但是，这不妨碍我将这一点作为人生理想，生气勃勃地活着。我又想道，小说之所以让人如此迷恋，大概也是因为此吧。虽然在不同的小说里，有着不同的时代背景，不同的男女主人公，不同的生活，可是，超出时间的那点气质，让这些小说始终被我们珍视。

爱情是什么，我猜，对伊坦·弗洛美而言，大概是斯塔克菲尔阴冷冬天里的微光，是逃离枯寂沉闷生活的途径，是“秘密的灵魂终于找着了表达的词语”。细娜和她在的这个家，简直是囚禁他的又冷又寂寞的牢笼。他以为玛提是派来拯救他的使者，他沉溺在爱情那些微的光亮里。然而就是那么一点点的幸福，也如此轻易地被粉碎，就像猫儿打破一个盘子那样简单。万念俱灰？这不足以形容他和玛提的心情。这是年轻时候沛然的生气和狂热的爱情使然。好吧，伊坦开始一步步踏上他的命运了。伊坦也像画家一样，想过和情人永远不分开。于是他断然放弃了令他不能忍受的生活，然而，命运却显出狰狞的一面，他们没有死成，却双双成了残废，从此由细娜照料他们的生活，跟“躺在坟圈里的那些个没有什么分别”。这也是我最近在看的一本书，《伊坦·弗洛美》，也是一本旧书。它讲的是爱情，也是命运，最古老最深奥却又每每让人悚然而惊的命运。

检索这些书单的时候，我突然发现，这些为我所珍视的小说的的确确是“私人”的。也就是说，它们不在卡尔维诺所说的“那些你经常听人家说‘我正在重读……’而不是‘我正在读……’的书”之列。没错，尽管它们无可争辩地具有经典的品质，但它们并不是人们常常名之为经典的那一类书，不是托尔斯泰、陀思妥耶夫斯基，不是歌德、卡夫卡，也不是福楼拜、普鲁斯特。怎么说呢？似乎经典的作品天然就是厚重的，就像陈列在博物馆中玻璃柜里面的展品，让人情不自禁地屏住呼吸，满怀庄严感地走近，小心翼翼地仰视之。美国批评家莱昂内尔·特里林在讨论我们为什么读简·奥斯丁的作品的时候说：“受过教育且思想活跃的知识分子不会将他们喜爱的作家当作受人喜爱、受人欢迎，又惹人怜爱的‘宠物’来对待，相反，他们会把这些作家变成所谓的‘重要人物’——也就是说，这些‘人物’的作品所具有的创新精神要求读者进行尤为仔细的推敲，因为这些作品具有重要性、神秘感，以及强大的力度；这些品质使其超越了我们在松散而普遍意义上所说的文学，甚至超越了我们所认为的优秀文学的标准；同时，它们使其成为了我们文化中最为近似神圣智慧的成果。”为了帮助我们理解这段话的意思，特里林举了这些作家为例：“福楼拜当然是一位出类拔萃的人物；司汤达则有所欠缺；尽管巴尔扎克备受仰慕，但他还只是个作家。狄更斯在很久以前是个人物；而我们现在越发地欣赏特罗洛普，但他却不可能成为一个人物。卡夫卡从一开始就是个人物；纪德则在二十五年前是个人物，但现在似乎失去了成为人物的基础。”这的确是真的。即使在当下的文学作品里，我们也能历数哪些是“人物”，而哪些则不是。

为什么经典的作品必须具有强大的力量与厚度呢，我私心以为，这是文学批评出于“利己”原则所设定的藩篱。想想看吧，同那些浅近的，似乎不需要反复阐释就能抵达其核心意蕴的作品相比，那些具有“重要性、神秘感，以及强大的力度”的作品似乎更适于评论家们大显身手。他们在浩如烟海的文本中来回穿行，试图为千百种对于文学作品的阐释，社会学的，哲学的，宗教的，人类学的，如此种种再增添一种。这当然考验批评家的学识、智慧和见微知著的能力，也给人带来发见的快乐。于是，我们看到，文学作品被过于大量的、越来越紧迫的知性活动胁迫着，半推半就地前进着，似乎所有的感性材料都服务于理性洞见。这没什么不好，但是，当文学在理性的道路上狂奔的时候，我更怀念那些有着生活质感的文学。

那些像生活一样的文学，似乎没那么高深，也不强加给你某种理念。同那些簇新的，让人读着读着就正襟危坐起来的小说相比，这样的小说更像是一件穿旧了的睡袍，柔软的，暖心的。在这些小说里，你往往会遇到一些虚构的人物，但是，你觉得他们比邻居张三，同事李四还要熟悉，还要亲切。他们仿佛真真实实地存在过。你洞悉了他们生活中的一切，所有的情感、苦恼和秘密。你觉得自己理解他们，因为你自己就是这样生活的。更重要的是，在他们身上，你隐约感觉到某种叫作“价值观”的东西，或者他们为你呈现了某种生活方式，是你所向往的，或者愿意去尝试的。因了这些，你觉得，你和他们息息相关，你是那么关注他们的命运，就像关注自己的生活一样。老实说，正是这些像生活一样的文学在我童年时期把我引进了文学的宅门，它承诺我，可以从中获得一种幻想，来弥补生活中所有的匮乏。这承诺是如此迷人，这也是直到如今我还在孜孜不倦地阅读那些小说的原因。我相信特里林是会同意我的，他还说：“阅读由一位极具道德想象力的作家所呈现的他人的行为举止，并承认这些行为与自己息息相关，那么他们就已经承担了一种人文主义所尊崇的活动，从中它可以将个体从道德的愚钝状态中拯救出来；这一活动的共同效力常常被认为是人类生存中的决定性因素。”好吧，如他所说，一代代读者，包括我自己，不都是在阅读小说中走向成熟的么。或许，是时候重新估量那些像生活一样的文学的价值了。阅读，打量生活，经由他人的生活去培养我们的道德敏感，是这一类文学给我们的最好的礼物。

当我们谈论短篇小说的时候，我们在谈论什么

结束了一天的工作之后，你挤进人头攒动的地铁，这意味着属于你的阅读时光开始了。地铁里很嘈杂，但这嘈杂里有一种无言的宁静在，仿佛有什么无形的东西区隔开了你和其他人。站在你左手边的是一个穿着皱皱巴巴的夹克显得有几分疲惫的青年，他正聚精会神地埋首于手机上。你不经意地扫了一眼，“修真、冥界、元婴”等你不熟悉的词汇飘然飞过，提醒着你站在你身边的这个人灵魂已然离开了这个世界，登临到某个不知名的仙界。站在你右手边提着公文包的那位，也在看手机，出现在他的手机屏幕上的是二号首长，是官场……极现实与极魔幻，就以这种古怪的方式扭合在中国的土壤上。所幸，还有短篇小说。当你从背包里掏出一本短篇小说集开始阅读的时候，一个全新的世界向你打开了大门。

有时候，短篇小说说的是生活的一种状态，是生活于其间的人们极力想摆脱却又摆脱不了的时刻。比如，《十一种孤独》，

你能够猜到的，这部短篇小说集讲的就是一个个普通人沉闷的、乏味的人生。作者是理查德·耶茨，没错，就是那个写了《革命之路》的理查德·耶茨。比如，你小的时候，有没有插班的经历？刚到一个陌生的环境，在那里，同学们彼此熟悉得如同家人一般，即使是敌人，也是熟悉的敌人，只有你是孤零零的陌生人。如果你回忆起了那段时光，你会深切地理解《南瓜灯博士》里的文森特·萨贝拉。这个来自纽约的插班生，明显不像他来的地方那么光鲜，“即使你能对他那乱鸡窝一样的头发、灰不溜秋的肤色置之不理，他的衣服也会出卖他：灯芯绒裤子新得可笑，而帆布胶鞋又旧得可笑，黄色运动衫太小，印在胸前的米老鼠图案只剩下些许痕迹”。相信我，即使是孩子，对于“势利”，也是无师自通的，文森特的孤独也可想而知了。最难熬的课间休息时间，他想不出任何打发时间的方法。为了博取大家的注意，文森特甚至不惜编造故事，想通过夸张的谎言来赢得朋友。唯一的温暖来自他的老师普莱斯小姐。可是，你比我更清楚，老师再多的关怀，也不如同龄男孩子的友谊来得亲切。所以，文森特所有的矛盾和纠结都在那幅被他命名为“普莱斯小姐”的画像里表露无遗了。读耶茨，你大概想到了他在文学上的友朋，写《都柏林人》的詹姆斯·乔伊斯和这些年来大热的雷蒙德·卡佛，说是友朋，他们也各有各的不同，比如，乔伊斯更清冷更优雅，卡佛则有股啤酒上堆积着的泡沫儿的劲儿。但无论如何，他们书写的都是一种卑微的、沮丧的，甚至令人有些绝望的人生。

日常生活单调、灰暗、压抑，一定会有人不甘于此，想方设法从生活这所监狱里越狱。2013年的诺贝尔文学奖“新贵”爱丽丝·门罗此前唯一一部被翻译成中文的短篇小说集《逃离》说的就是这样的故事。“逃离”似乎颇能概括这部小说集的主旨。卡拉用逃离来体现她与生活的对峙。在她还是少女时期，她逃离了父母的家，她母亲在给她的信里说：“你都不明白你抛弃掉的是什么。”对此，卡拉的回答是：“我一直感到需要过一种更为真实的生活。我知道在这一点上我是永远也无法得到你们的理解的。”问题是，什么才是“真实的”生活呢？逃离，能解决生活中的全部问题吗？现在，在西尔维亚的帮助下，她逃离了克拉克。可是，这一次逃离在巴士走到第三站的时候就被卡拉自己叫停了。因为，“她现在逐渐看出，那个逐渐逼近的未来世界的奇特之处与可怕之处，就在于，她并不能融入其间”。顺便说一句，门罗老太太虽然被媒体誉为“当代契诃夫”，被诺贝尔文学奖评委会盛赞为“当代短篇小说大师”，可她真算不得我的“心头好”。相比之下，我更爱的是爱尔兰的一位女作家克莱尔·吉根。说起来，读书这回事，就跟谈恋爱一样，是说不起因由的。《南极》这部短篇小说集中的同名短篇小说，仿佛是从南极吹来的一阵风，让人有凛冽之感。这个婚姻幸福的女人，看上去，围绕她的日常生活，有着温暖的质感。然而，她也依然对“逃离”有着某种向往，还是会想，“如果和另一个男人上床，感觉会怎样”。她不是想毁掉她的家庭，不想毁掉虽然有着各种各样的问题但是给她带来安全感的日常生活，她只是想尝试一下生活以外的味道，就像，给自己放个假。她似乎如愿以偿了，碰到了一个好情人，让她觉得像个孩子，没有责任，不需要付出，享受就好。但这显然不是生活的逻辑，出乎意料地，“好情人”将她锛在了他的家里，她真正到达地狱了。“南极”这一意象冷静而富有诗意，有着极强的爆发力。吉根是在暗示我们，所有的逃离，比如逃逸生活的规则，将会使你抵达一个永远难以想象，甚至丧失一切存在性的境地吗？

你爱读短篇小说，是因为短篇小说这一文体所赋予你的智力快感是其他文学体裁所难以抵达的。博尔赫斯，这位“作家中的作家”已经向你示范了短篇小说所能呈现的另一副模样，许多作家已经通过模仿或阐释向这位作家致敬，用不着我再多絮叨了。是的，只有短篇小说才这么神秘、迷人。因为必须在规定的篇幅内讲完故事，所以短篇小说的作者大多节俭、经济，不旁逸斜出，另生枝节。同时，短篇小说还讲究留白。那么丰饶的人性，就像枝叶繁茂的森林，总需要大片的空地来让你思量、揣度、了悟。在这个意义上，我喜欢塞林格的《九故事》远胜于文学史上大名鼎鼎的《麦田里的守望者》，因为它包含了我所期待的短篇小说的全部元素：智慧、神秘、意在言外……读过《为埃斯米而作》的人大概都不会忘了查尔斯提出的那个谜语——“一堵墙跟一堵墙说什么话了？”谜底是：“墙角见！”这似乎就是“我”——一个年轻的军人和那个早熟聪敏的姑娘埃斯米关系的隐喻。两个孤独的人彼此发现，大概是这个因为战争而污秽凄苦的世界里一抹亮光。麦克尤恩的短篇小说集

《最初的爱情，最后的仪式》也有这样的魔力。不信，你去读读《立体几何》，当“我”把梅茜的腿按照M的故事折叠过去，“她的肢体展现出惊人的美丽和人体结构的高贵，正如纸花，它的对称具有一种令人神魂颠倒的魔力”。令人惊异的事发生了，梅茜消失了。日常生活的恐怖感油然而生。

当然，有的时候，你只是需要“逃离”，像小说人物一样逃离到你觉得更为真实的世界去。这个时候，你会选择读安吉拉·卡特。这个像精灵一样的作家，有着最为美貌和神异的文字。你读她的短篇小说全集《焚舟记》时，你以为会穿过时间的烟尘，回到童年世界。那个时候，临睡前，妈妈会给你讲一个童话故事，你会带着“王子和公主永远幸福地生活在一起”的美妙梦想沉沉入眠。可是不，安吉拉·卡特将你儿时的梦击个粉碎，她要讲述的是童话背后的幽暗真相，有着哥特味道，那是现实世界在奇幻世界的投影。难怪苏童说：“童话作家是为孩子们上床入睡而写作，而短篇小说就像针对成年人的夜间故事。”

短篇小说究竟是什么？关于这一种文体，虽然有许多大师在此间建功立业，留下了不朽篇章，也有不少人因此而折戟沉沙，败走麦城。我得承认，我们对它确实所知甚少。它是轻的吗？看上去是。可是，它的轻，是像卡尔维诺所说的那样，“应该像鸟儿那样轻，而不是像羽毛”。那些卓越的短篇小说，无不是朝向人的精神世界，谈论那些事关灵魂的最沉重的话题。在犹如庞然大物的长篇小说面前，它更像是一根针，扎进人最敏感的神经。该怎么描述它呢？或者，它就是那一尾最为灵巧的鱼儿，时时逃脱语词和逻辑编织的网。

2013年年末，在门罗获得诺贝尔文学奖的时刻，短篇小说因为一个擅长写短篇小说的作家获奖而被重新加冕。事实上，在真正的作家和真正的读者那里，短篇小说的魅力一直在，从来未曾离开。为什么如此？铁凝有篇文章，叫作“人生可能不是一部长篇小说”，回答了这个问题，真真深得我心。她说：“短篇小说给作家提供的条件较之其他体裁大约更为苛刻，它仿佛不给你犯错误的机会，也让你没有改正错误的可能。但那些技艺不凡的写作者却能够在极为有限的字数里创造出无限的可能性，以及意外、活力和美。因此短篇小说是一种挑战，也是一种诱惑。我曾经以一位美国作家的话给短篇小说助威，他说他终生喜欢短篇小说，因为人生本不是一部长篇，而是一连串的短篇。我亦在一些文字里表述过我对短篇小说的看重，我说，我看重的是好的短篇给予人的那种猝不及防之感：在滞缓、恒久的大背景前后，正是不同的人在上演着同一剧目的不同片段，走马灯似的。好的短篇小说在于它能够把这些片段弄得叫人无言以对，精彩得叫你猝不及防。因为世界上本不存在一气呵成的人生，我们看到的他人和自己，其实都是自己和他人的片段。或者再精彩的小说，你读过之后愣愣神儿，也会说一句：不过如此。的确不过如此，人生本来如此。重要的在于你毕竟被那猝不及防的精彩迷惑过，不过如此的人生，是不可以没有片刻的迷惑，片刻的忘情的，甚至于片刻的受骗。”这大概是你热爱短篇小说的最大原因吧，在最短的时间内，去领略人生的万千风景，最终，在他人的生活里，意外地发现了自己的影子。于是明白，那些曾经以为是残片的，其实就是人生。好了，地铁到站了。在合上书页的一刹那，你知道，阅读后的你和阅读前的你，已经有了些许的不同。

杀人游戏，或相遇

“走，我们去坐船。”

“现在？”

“是的。”

我抬起头，在逼仄的茶楼里，旁边是孙甘露。刚才我还对着他夸夸其谈，鹦鹉学舌般卖弄我对一部小说的看法。他旁边是黄子平，不知怎么，我总是无端觉得他有点像《哆啦A梦》里的大雄，这么一想，顿时觉得亲切好多。黄先生的夫人张玫珊，亲和得简直不像话。在那一边，有叶兆言、刘恒、何立伟、吴亮、徐星。之前，是韩少功和格非在谈天说地。哪怕没有文学史常识的人都知道，他们，就是二十世纪八十年代文学的历史本身。

而现在，我们要去坐船。

“我们”是上海的小伙伴们：80后青年批评家金理，才子张定浩，低调温和、有时候也犀利得惊人的黄德海，据说是最好的文学对话者的木叶，以及绿叶丛中的那一朵红花项静。把我们聚集在一起的，没有别的，就是写批评这回事，从某种意义上说，我们是同行。现在，我们要暂时告别八十年代的历史，去坐船啦。到了嘉兴，船是一定会坐的，但没想到，不是在南湖，而是在西塘。

小船在狭窄的河面上漂荡着，两岸是复古的商业街。这似乎是所有古镇的面貌。漂荡在小河中间的我们一时无话。不是我们还不够熟悉。除了我以外，他们大概是常常相聚的，吃饭，喝酒，谈文学。在室内，辩证，碰撞，甚至争吵都是正常的吧，可是，一到了自然环境里，哪怕是不那么“自然”的自然，沉默就笼罩了我们。是因为相较于自然生活，我们更习惯过二手的纸上生活吗？如果我知道这次出游之后不久，我将收到了小伙伴们寄来的一套新书，那时候是会有很多话要说的吧。书的外套是蓝色、橙色、紫色、绿色的温柔的波点，整整齐齐地排在书架上，仿佛他们穿着一样的衣服站在我面前，见书如见人，让人好生欢喜。

终于有人打破了沉默，说起了近来的新闻，这新闻，也不是大众传媒上的新闻，而是关于我们都认识的，或者知名学者的近来消息，更令我们振奋。七嘴八舌不觉登了岸，又不知怎么说起杀人游戏来。我们一面诧异金理居然全然不知道这曾经风靡一时的游戏，一面讲解游戏规则。规则是永远讲不清的，于是，有人倡议说，不然我们来玩好了。好吧，好吧，来杀人吧，在西塘的门口百无聊赖地等待“历史”的时刻，我们居然玩起了杀人游戏。

德海是法官。这是没有异议的事情。很奇怪，在我们这群人里，怎么看都只有德海最适合当法官。是因为他刚直不阿吗？更可能是，他具有最大的包容度，能包容我们所有的人。他的新书叫“个人底本”。这本书还没有出的时候，有一回，我到上海，那也是我第一次见到德海他们。在饭桌上，有几个人说起了这个书名不太好。“什么什么？”我凑上去。“个人底本。”“真好。是说他所谈论的书是如何浇灌了他个人，是他个人得以成型的材料么？”那时候我不知道，这正是德海的意思。在后记里，他交代说：“这其中包含着我的各类思想来源，是我缓慢成长过程的个人底本。”这大抵是我们契合的地方，争论的时候更多。想起来，第一次见他，那会应某杂志之约我正在给某位作家的一部小说写评。于我而言，这部小说评价起来实在有难度，徘徊之际读到了德海关于这部小说的评。说实话，读完之后，我就更迷惑了。所以，刚见到他，我就迫不及待地说出了我的疑惑。初看，觉得德海是在批评这部小说写得不好，但是看着看着，我发现，德海的立场变了。当然，在批评写作中，这也是有的事，思考会随着写作而深入，从而可能扭转自己开始的观点。问题是，我觉得，这是过度阐释啊。德海说，他觉得以这位作家的资质，不可能看不出来这些问题。他要做的，是帮这部小说补全，也就是说，在小说思考结束的地方，再翻出一层。“不！这是一个批评伦理的问题。你只能说出来你看到的，而不能替作家说出他没有写出来的东西。”这是当时我的坚持，现在想来，也未免可笑，但却见出了德海的体贴。就是在写批评的时候，他也体贴地对待他的批评对象，“体察当事者所处的具体情境，不悬空立论”，或许这也是吴亮说的，“批评不要满足于指出谬误更不要奚落谬误，因为谬误正是人性的部分也是文学必须呈现的部分，还常常是被伪装过的倒置了的真理”。

德海看的书很杂。以我这个文科生的简单头脑，我大概是不会去看《爱因斯坦谈人生》《丽丝·迈特纳：物理学中的一生》之类的书，也想不起来去关注我们的时代英雄乔布斯的，尽管我早就明白了搞文学的人不能只看文学书这个道理，但是，限于精力，限于有限的好奇心，我还不能自如地跨越学科的界限，随心所欲地读书。这一点，对德海，不成问题。他什么书都能看，任何书里都能发现有趣有益的地方。此外，看上去是“乱翻书”，但是，他有他的重心。他关注的，始终是人，活生生的人，人身上一切好的东西，用他的话说，那是“神性”。在他看来，神性和魔性构成了生命的两极，我们一辈子所孜孜以求的，是让自己尽可能靠近神性的那一端。《个人底本》一书，笼而统之，是关于读书的指导。对于德海来说，如何读书，确实是他念兹在兹的事情。他就像个好老师一样，带我们走进普鲁斯特的书房，看他是如何转化自己的阅读所得；从爱德华·吉本的《自传》里学习如何寻找适合自己的学习方式；从孙犁读史、集两部的文章推求假如孙犁能将阅读延至经，是否能在晚年“再现生命的勃勃生机”。这些读书心得都很好，不过，最让我受教的，是他关于金克木的文章。我是读了这本书才知道德海如此喜欢金克木，还曾经编过两本书。我得承认，我从来没有读过金克木，这里面有急功近利之心，也有自卑在作祟。就像德海一样，我们一再被告知要读“伟大的书”，可事实上，“伟大的书”总是阻拦我们进入。于是，总是浅尝辄止，我思想上的粗陋概来源于此。没有想到，在我眼里饱读群书的德海也曾经遇到过我这种情况，是金克木先生解答了他的困惑。德海说：“我这才恍然，自己所得有限的一个重要原因，是因为一直站在这些书的门槛之外。不事先做好充分的准备，槛内的种种，并不自然呈现。”德海的心得是：“必须调整阅读思路，设法勘定一本书的基本门槛。”这于我确实是重要提示，只可惜我知也晚。不过知道了，还算来得及。

在某一轮里，我抽到了杀手。心如撞鹿。杀谁呢，杀谁呢。这是一个问题。睁开眼睛看到项静。前几轮这姑娘表现出了惊人的洞察力，不可小觑。不过更多的时候，她就像一面镜子，我在她身上清晰地看到我自己。是因为她在《肚腹中的旅行者》一书中所谈论的作家大多是我读过的，有一部分还写过文章吗？是因为我们都是性格中有直率、倔强的一面，对外界往往又手足无措，甘心埋首在自己的小世界里的那一类人吗？还是因为我们都是女性，有时候会困在女性思维之中，用女性的眼睛看世界呢？似乎都是，又似乎都不是。准确地说，在这本书里，我看到了她和我一样，首鼠两端、徘徊不定。在刚刚开始写作的时候——比如她写陈应松，写王安忆，写刘继明，我们都被学院派这只大手握住，试着模仿别人的声音。当然，项静比我成熟，师承蔡翔，让她很早就获得了以历史的眼光看待作品的方式，所以，她才能镇定自若地说出“空间的选择，比如城市/乡村近年来已经成为中国当代文学纠缠不休的讨论话题，它看起来是一个小说写作的技术问题，其实隐含着地域的分级所牵涉到的权力与经济的背景”这样一番有见解，又掷地有声的话。这样的思路，我承认，我是在最近两年完成博士学业过程中才学会的。所以，在《肚腹中的旅行者》这本书前面出现的，几乎都是标准意义上的学术论文，借文学问题讨论的也是学术界关心的大问题。可是，这于我们而言，仿佛是孩童捏着嗓子学大人说话，那个更本真的声音还是会忍不住抬起头来。项静把那些声音都用在那些从欧洲漂洋过海，然后在我们这个国度安顿下来的异乡作家身上，这个名单是：劳伦斯·布洛克、保罗·奥斯特、奈保尔、路易吉·皮兰德娄、桑顿·怀尔德、尤多拉·韦尔蒂、乔纳森·弗兰岑……她对外国小说有着不知餍足的热情，它们为她建立起一个框架，让她在评论中国作家的时候是处在一个世界视野之中。她把那个温柔的声音奉献给了他们，比如，在写奥斯特那篇的末尾，她会说：“我们会怀念这样的背影和冲动，在阳光里，在风暴里，在晨昏的微光里，会一直如此。”这样的声音，仿佛是面对挚爱的少年。可是，写作不就是这样的吗？不能说那些宏观的大词就没有意义，在文字所构成的汪洋大海里，有时候我们是男人，我们像男人一样关注阶级、关注历史；有时候，我们又是女人，喃喃低语，说给自己听。

当然，我们又是如此的不同。项静比我更阔大。她还有小说的世界。我只是偶尔才发现，她也写小说，写得还不差。在读完她的一个小说后，我装作评论家的样子对此加以点评。我说："亲爱的，你其实更适合写小说，看看你的叙事，多么流畅。" 我一直很羡慕有叙事能力的人，但是不，我并不是真心想把她推向那个小说家的世界。留下来吧，留下来陪着我，在这个属于男性的批评的世界。她也比我勤奋。多少次，倦怠症加虚无感将我席卷的时候，我就会打开QQ，敲敲她的头像，跟她说会儿话。她说："写吧，写吧，好的和不好的东西，我们都要写出来。你得保持手熟，在你写好的东西的时候才不至于忘了该怎么写。再说，谁也不可能跳过不好的东西直接写好的东西，除非天才。" 是的，我们都不是天才，但是，我们都渴望写得好一点，再好一点。这大概是我觉得我们如此相像的地方吧。

好吧，那就先她吧。这几乎是杀人游戏的一个"潜规则"。杀手最先干掉的，往往是自己亲密的人，或者根本就是另外一个自己。

轮到大家指证杀手了。我装作若无其事的样子，安静地等待陈述。很快，定浩在陈述的时候将矛头指向了木叶。太好了。我平了平起伏的心绪，义正词严地说："定浩是我很佩服的批评家。我相信他的判断。"

定浩是诗人，也是批评家。2013年，余华的《第七天》出版后，定浩以极快的速度写了一篇评论文章《匆匆忙忙代表中国》，一时之间成为《第七天》的阅读指南。不得不说，定浩切中了余华的某个关节，站在这个角度上，《第七天》为何如此等许多问题就迎刃而解。定浩的影响力也瞬间从豆瓣扫荡到文学界。当然，在我看来，这篇文章也不乏诛心之论，可是，好的批评一定是某种偏见，就像吴亮在这套丛书的序里说的那样："某些文学真理恰恰由偏见构成，反对某一真理的强劲敌人未必是谬误的盟友。"所以他建议我们："留心你的偏见，克制它，有时却要放纵它。"这真是一个好主意，我的问题在于，与定浩比起来，我属于没有勇气去放纵偏见的那类人。所以定浩的文章犀利，我的温吞。可是，出人意料的是，在一波锐利又刻薄的批评文章之后，定浩拿出了一本温柔小书《既见君子》，读过去的诗。这转换既出人意料又在意料之中。在《倾盖集》这本小书里，大概可以找到答案。他说："这种'劣质的诗所导致的厌倦'，我想身处汉语氛围中的当代中国读者应当更有体会，很多人也因此走上重新理解古典的路。"他说的就是他自己吧，一个诗人，大约是对当下的文学不那么满意，于是重新回到了过去的诗。也是在翻阅这本书的过程中，我发现我了解了定浩更多。他是一个西方文论的爱好者，我也是。看到他大段大段引用帕慕克、布鲁姆、艾略特等人的论述，我不禁会心一笑。人与人何其相似呵，我也是这么勤勤勉勉地当着"抄书匠"，还不是因为那些吉光片羽中绽放的真理的光芒实在令人心动。他感兴趣的，始终是人，我也是。他说布鲁姆，对，就是那个写《西方正典》的布鲁姆，说他年轻时写的东西倒也不坏，只是太理论化，理论化的东西再好，审美批评的趣味再纯正，因为没有触及人自身，也还不能令写作者真正满足。写作，在他眼里，是自我发现，自我创造的过程，而这过程如此漫长，可能终其一生也不会真正完成。当然，也有很多不同。受艾略特的启示，他的评论，写的是他自己喜欢的书，谈论的是他真正感兴趣的话题。这也确实勇敢，我敢说，比他批评余华要更勇敢，但唯有如此，才保证了他的书有一种新鲜的活力。此外，我觉得，定浩还是一个教导者，他教导给我很多写作的秘诀，比如，如何保持生生不息，不要让写作消耗生命。很有用，但不知道为什么，却给人一种距离感。就像，在回程的大巴上，我诚心诚意地请教他，怎样才能写得好，他回答我说，诚实。我相信，这是他的肺腑之言，但不知为何，肺腑之言却有了不诚恳的意味。是因为这样的问题过于宏大，宏大到，你不能正面回答，必须向村上春树学习用炸牡蛎这样日常生活的开放式谈论吗？我不知道。一碰到这样的时候，我就像碰到了看不见的玻璃墙，被反弹回来，于是，谈话总是不能深入下去。想起项静说我说话总是文艺腔，大概某种程度上也阻碍了交流的深入吧。

就这样，木叶成了无辜的被冤枉的人。木叶为此一直耿耿于怀。他一再声明说，看出了我的慌张，我迥异于平时的表现，足以证明我就是杀手，可惜，大家不相信他。这我倒是信的，且不说他的职业就是记者，观人察物是他的看家本领，他的新书，《一星如月看多时》，瞧瞧，一颗星星都能看呀看呀看成月亮，还能看不出我拙劣的伪装吗？

此前并不认识木叶。他们告诉我说，他是《上海电视》的记者，他自己也这么介绍自己。记者，是他的本行当，所以，在这本书里，他记录了作为记者所经历的现场，比如，与贾植芳、钱谷融等老先生的恳谈，悼念张中行、张枣、苇岸等人，评大大小小的文化事件，还有，对诺贝尔文学奖的看法。顺便说一句，我们之中，木叶大概是最关注这个奖项的人了。那几天，适逢莫迪亚诺获奖，一问，他正在写莫迪亚诺。无疑，他是一个好记者，观察细致入微，比如，他会看到贾植芳先生的房间里，“有好几个书架，其中一个书架伸手便可摸到的那两层上，放着高高低低的药瓶。要取阅背后的书就得先拿开药瓶，即便不取书，老人亦要一日三次像吃饭一样取下药瓶，放回药瓶”。这样小小的细节写出来，不知道为什么，让人有莫名的感动。可是，且慢，我们总是用一个人的社会身份来标签他，就像，木叶永远不会介绍自己是一个诗人。他真的是一个诗人，虽然我没有读过他的诗，但我执着地相信这一点，因为，他的文章处处都有属于诗的细碎之光。在例行感谢的后记里，他写到父母，“岁月摇曳，我已面目模糊，有悔恨，有无奈……此刻，一本小书渐渐变得清晰。某种意义上，父母与儿女就像一部书的上卷与下卷，各自书写，相互阅读，终究，在别人的故事里或是在他乡静静地合一，复而开启”。读到这一段话，你会不会像我一样，突然觉得万籁俱寂，那一刻天地澄明。对于父母而言，我可不是在变得面目模糊么？而膝下的小儿，此刻如此清晰的面容会不会有一天也让我觉得面目模糊呢？属于诗人的才华就像星光一样，漫布在这本小书里，让人读一会儿，忍不住合上书页，静静地一个人待一会儿。再比如，他写张枣，说“时光涂抹起一个男人来，也是毫不含糊”。“涂抹”二字，何其精准，又是何其有力量。“终究，字和字，以张枣的方式立稳，侧转，走来。”多么绝妙的意象！还是这篇文章，在结尾，他说：“是谁，是谁觉察到，诗人的手正慢慢握在读者的手里，彼此的掌纹‘急遽地改变’。”除了赞叹才华，还能说什么呢？

和木叶一样，我喜欢一切有才华的人。但是，那喜欢，大多数时候停留在纸面上，是叶公好龙式的喜欢。我有一个偏见，上天给了你才华，或许会剥夺你人性中平衡理智的部分。多少有才华的人任性使气，就是明证。但显然，木叶不属于这一类。他是温和的，包容的。他似乎总是能站在不同鞋子里。当我们就一个作家好不好争得脸红耳赤的时候，他总是微笑着看着我们。想起他对木心以及木心评价的评价——“我毫不掩饰对木心先生的喜爱，看到别人批评他我亦心生欢喜——于他我绝不取仰视。我还喜欢陈丹青那种爱一个人便疯魔般推崇一个人的做法，这一点在这个时代太匮乏了——爱变得模糊的时代是不可理喻的。我也理解那些出于真情或假意而拒绝木心作品的人……一切自有命数，奈何。”忘了说了，因为他叫木叶，所以我们总取笑他是木心的小兄弟。谁又能说，从木叶，就不能到木心呢？

可惜，伟长没有来。伟长太忙了。据说，每周六，他都要到思南公馆组织文学活动。算下来，他不知为工作倾注了多少心力。这让我这个同在作协的人不免心有戚戚焉。和伟长认识，还是因为工作的关系。有一次要召开一部作品的研讨会，北京和上海的领导是策划者，我们俩就是秘密接头的地下工作者。就是那一次接触让我充分感受到了伟长工作的细致、认真和考虑事情之周全。我是一个马大哈，做事情不免丢三落四，有伟长在，我分外踏实。还有一回，领导命令我上穷碧落下黄泉地寻找有代表性的90后作家。我耳目闭塞，只能求助于伟长。他给我推荐了三三等一批90后作家，我才知道，他的目光已经转移到比我们年轻的作家身上去了。他的新书叫“年轻时遇见一些作家”，我总是给念成“遇见一些年轻的作家”。可不就是年轻的作家么，看看他写的那些人，路内、走走、徐敏霞、周嘉宁、任晓雯、小饭、小白、张怡微、甫跃辉、蔡骏、那多、孙未……这个名单还很长很长，说起来，都是70后、80后的样子。换言之，他的目光是平视这个世界的。某种程度上说，你选择了什么样的研究对象，也就选择创造什么样的自己。为什么“年轻”会成为伟长的关键词呢？是因为年轻就意味着一切都还没来得及定型，连才华都是，从年轻这面魔镜中可以看到未来的样子吗？还是因为年轻的伟长，要与年轻的作家们一同成长呢？关于这个问题，我没问过伟长，倒是在他写陈丹燕的文章里，透露了些许天机。他说：“陈丹燕这样写道，一个人在童年和老年时容易接近童话的理想，是因为人生的这两个阶段，有更多的心灵生活，而不需要与现实苦苦搏斗。而我们读者，无论年轻的或是不再年轻，还得搏斗，但也别忘了心灵生活，别忘了还有童话。”他将他自己的心灵生活，建筑在这些年轻的作家身上，就这样一次次接近童话的理想。然而，别以为这是件容易的事。有一回，我开玩笑说，伟长你是周嘉宁的专业阐释者。这话里有玩笑在，也有我隐隐的赞赏。的确，有些批评家是某个作家的专门阐释者。但是，对于像周嘉宁这样不容易被归类的作家而言，批评确实是难事。至少对于我而言，是不敢写这样的文章的，伟长却勇敢地做了。在一篇对周嘉宁的批评中，伟长的题目叫作“正面强攻精神生活”，在我心里，他做的事亦是如此吧。

游戏还没有结束，他们过来了。他们之中的王安忆，曾经写过一个小说《叔叔的故事》，那时候，叔叔是张贤亮们。然而现在，他们成了“叔叔”。他们构成了我们关于中国当代文学最初的认识，最早的想象。我们之中的哪个人没有写过关于他们的文章呢？我们对他们的作品、对他们与过去那个狂热的理想的精神八十年代有着深深好奇，正是依据这好奇，我们才初步建立了我们与这个时代的关系。然而，现在，我们从“历史”中抽身出来，去玩小小的游戏。这大概就是我们这一代人吧。我们不是冬天凝结的河面，固定一块，不分你我——这是大多数人对我们的想象。不是的，我们是春天奔流的河水，你有你的，我有我的，方向。有的人执着于“历史中诞生”，有的人只愿意创造更好的自己，而无论什么样的道路，都是经由写作才能到达。

有一段时间，写作与生命的关系问题困扰了我，写作之于生命到底是丰富还是消耗，如果是消耗，我又是如何一步步走上这条不断掏空自己的道路的呢？得不出结论的时候，我就想起那一次出游，想起短短几天和小伙伴们相处的时光。《诗经》里说，“邂逅相遇，适我愿兮”，他们之于我，不仅仅是同行，是同道，甚至也不只是一般意义上的朋友。我们常常以为，文字，最多能带给人精神享受，殊不知，有时候，文学和生活，也能融为一体。据说，包法利夫人的一个“罪状”就是“混淆艺术和生活”。这样的相遇，请允许我用文字珍惜。